纵使
人生荒凉，
也要
内心繁华

侠客 等著

中国华侨出版社

序

　　两年前的八月，阳光同样地热烈，时光也刚刚好，中国文字缘文学网如一朵初荷在众荷喧哗中正式上线。简约的版面，令人耳目一新；唯美的文字，给人爽心悦目之感；精致的图片，使人不忍释手；灵巧的互动，让人有如游子远归。

　　喜欢，便不会离开。短短两年，网站发表作品近 3 万篇，精品荟萃。"给文字安个家，让灵魂与文字共舞。""倘若比作莲，中国文字缘文学网定是最为安静的那一朵。"大家如是说。

的确，日子总是平淡的，周而复始，久了，便如落叶般重重叠叠。零碎的时光穿透老树的缝隙，泊进心湖，些许斑驳陆离的亮闪便泛将出来。一发不能平静之时，方方块块，记录着这些亮闪的文字，则如泉而汩。生命里的一念感动，一丝情结，一份心痛，几许愤然，流淌于字里行间。

　　现代生活繁华喧嚣，却也压力倍增。但在文字的世界，我们却可以静坐一隅，我们把自己的思想、精神、情感，一一放逐在字里行间，在文字里狂欢，在文字里泣泪，在文字里醉饮流年。此时，最好的时光，在笔上，更在心上。

　　这本散文合集，精选了中国文字缘文学网20多位优秀作者的精心之作，内容包含友情、爱情、亲情、心情、人生、山水等。不敢说文章字字珠玑，但一定是作者呕心沥血之作，正如刘勰在《文心雕龙》里所指出的那样，好的文章"志思蓄愤，而吟咏情性"，不娇娆，不做作，记自己所思，写自己所想，实为真文章也。

　　纵使人生荒凉，亦要内心繁华。工作中，无论多少压力，希望内心依然强大；生活中，不论多么难过，希望信念依然坚守；感情中，无论多么失望，希望内心真爱依然存在……如果有缘，你遇见这本散文集，我希望它成为你最好的邂逅，最难的再见。

中国文字缘文学网站长

侠客

目录
CONTENTS

第一辑／时光不老，我们不散

可遇不可求，遇见，就那么随心，随性，仿佛神来之笔，没有期许，无须寻觅，不用脚本，一切的一切，天工巧合，但却妥帖自然，顺理成章。

第二辑 / 想念，开在心底一朵素白的花

总会在某个不经意的瞬间，被某个熟悉的场景，某句熟悉的话语，或者某个突如其来的念想所牵扯，随之而打开记忆的门。那被时光清洗得发白的往事，便如一轮明月，挂在遥远的天际，泛着清幽的光。

第三辑 ╱ 水云深处的牵挂

都说父爱如山，母爱如水，在常人的心目中，父亲永远是那个脾气暴躁或沉默寡言，关键时刻挺起脊梁，默默背负着家庭重任的人；母亲总是那个唠唠叨叨，遇事无助，对子女呵护备至，疼爱有加的人。

第四辑 / 邂逅，生活里的那一抹阳光

经历过诸多人性的苍凉和命运的颠沛后，或许，已不再需要去执迷地探知未来的结局。

第五辑／一半明媚，一半忧伤

人生，或许没有青花瓷的梦，一朵孤影只是随着风雨匆匆，但是，我们还是许自己在凡尘的烟火里爱憎分明。当岁月已然磨平了你的棱角，你唯一可做的，就是放牧心灵，舒展眉梢，然后对着喧嚣莞尔一笑。

第六辑 / 人生何处不风景

那些被河水润泽过的故事，带着迷人的风韵，带着易感的情怀，在迷离的灯光中，让人想起千帆过尽的悲凉和生死别离的无奈，原来，山水也如此动容。

第一辑
时光不老，我们不散

可遇不可求，遇见，就那么随心，随性，仿佛神来之笔，没有期许，无须寻觅，不用脚本，一切的一切，天工巧合，但却妥帖自然，顺理成章。

遇见

文/侠客

　　遇见，分明是一种缘，从不需要特别的预约，蕴藏着深奥的禅意，注定于冥冥之中，而又释放在预料之外。就像经过漫长寒冬的煎熬，你遍寻春天不着，然而，在某个未知的早晨，你懒懒地躺在床上，倦怠的心正无处安放，忽然间从窗外射进一缕朝阳，柔柔的，暖暖的，带着清新的气息扑面而来，你欣喜地往窗外一瞥，似乎一夜间，所有的枯枝都绽出了绿芽，顿时，春意爬满了你的心窗。你惊讶地发现，你与寻寻觅觅已久的春天竟如此毫无征兆地不期而遇。

　　可遇不可求，遇见，就那么随心，随性，仿佛神来之笔，没有期许，无须寻觅，不用脚本，一切的一切，天工巧合，但却妥帖自然，顺理成章。

　　人生的华章，随处缀满遇见的诗行。每一次遇见，四目相接，造就一次意外的心灵碰撞。电光火石间，一切都还未来得及细细体会，便已尘埃落定。滚滚红尘，茫茫人海，谁是谁的过客？谁是谁的风景？谁把尘世情怀悄悄点燃？谁把诗意年华盛满杯盏？

　　一次擦肩，终成陌路，一次遇见，咫尺天涯。一个照面，就会掀开一段故事的扉页，冗长了精彩的流光。这样的故事，也许长，也许短，也许轰轰烈烈，也许悄无声息。宛若枫叶遇见了秋意便会羞涩起舞，纸鸢遇见了春风便可冲破禁锢而自在飞翔。该发生的一定会发生，哪怕故事不完美。人生本就不完美，早已夹杂太多的留白和断章，一个个遇见，抒写一段段流年，正是美丽的补遗和点缀。

遇见的背后，其实隐匿着一双关注的目光。有些目光，飘忽不定，宛如云烟；有些目光，惊鸿一瞥，回味一生；有些目光，过目则忘，宛如流星；有些目光，一见如故，魂牵梦绕。

对的时间，遇见对的人，注定邂逅一场春暖花开。这样的遇见，无须标签，盈润着最合适的温度，在彼此的心端晕开绽放的白莲。不论何时何地，他们总能心心相印，默契犹如琴瑟之和。这样的遇见，恰似天空坠入凡尘的诗行，曼妙无比，如舞动着的音符，轻灵成曲，独奏一段完整的人生乐章。

每次在冬日里遇见洁白的雪，总能激起我异样的情怀。雪，就那样悄无声息地来，静静地映入眼眸，过后静静地走，留给单调的冬天一幅祥和静美的景画；雪，低调，毫不做派，高洁而晶莹，将世间的一切污浊悉数掩埋；雪，以其博大的胸怀，把所有卑微的生灵置于它的保护下，度过一段最艰难的凛冽时光；雪，不惧淫威，宁可融化自己，也要维持傲然的纯洁……

行走于人生旅途，我看着这个世界，我知道，这个世界同样也在看着我。我用目光关注着每一个我想要遇见的人，我知道，也会有想要遇见我的目光在关注着我。每当我在合适的时间，恰巧遇见像雪一般高洁的人，这种一见如故的遇见，成就了我最最动人的传奇。我会珍惜这段共同的时光，静守这段共同的故事，不求篇幅的短长，但愿内容的充实。然后，静静地在记忆里徜徉，等待晚霞铺满西方的天空，等待星星陪伴着月亮。

我深知，我是个感性的人，而感性的人最怕离殇。既遇见，何分离？即便等不到地老天荒，也大可遥相守望。因为距离从来就不是问题，无奈的只在于中间相隔的沧海桑田。遇见了，就该清空所有杂念，任整个世界花开无声，任整个流年风过无痕，只要彼此的世界都来过，便已经足够，没有遗憾。

淡淡的遇见，回望一段传奇，坐拥一寸幸福。毕竟，人活着，本身就是一个奇迹，而能够在红尘彼此遇见，更是一个天大的传奇。

七月，相约一朵夏花的芬芳

文/莲韵

七月，骄阳似火。走在街上，仿佛一下子就被卷进了滚滚热浪中，这是个热烈奔放的季节。所有的植物们都拼尽了力气，铆足了劲，要在这短暂的一季，绽放生命的精彩与华丽。

你看，那攀缘在高枝上的凌霄花，高高在上地炫耀着它的艳丽，还有那又白又香的栀子花，也静静地盛开着。最惹人眼目的就是那水中君子——莲花，满池清幽，亭亭玉立，清香四溢。以及路边各种不知名的闲花，都尽情地吐露着芳华，争先恐后地捧出了一腔热情。不，那不是一朵花，是一颗火热的心，一份燃烧的情。

在这个季节，走进大自然，在一花一草里，感悟着流年里的点点滴滴，寻一方绿荫，让心灵回归到最初的那份纯真。

人生一世，草木一秋，生当夏花，用感恩的心去领悟生命的真谛。

邂逅七月，我有着太多的感触。因为，两年前的今天，也是在这个绿意葱茏的季节，我开始了我的写作生涯。回首两年的时光，一程山水，一路风雨，芳香满径。我用心播撒下的快乐，在今年的七月，终于有了微薄的收获。莲韵文集《做一朵凡花，优雅独芳华》盛装面市，而且是在全国新华书店及几大网络书店发行。这将是我人生路途上的一个里程碑。

本是个烟火女子，从来不敢以莲自居。因为莲的圣洁与高雅，非一般人所能抵达。我独爱莲，只希望在凡尘里能沾染上莲的气息，看取莲花静，方知不染心。一截扎根于泥土中，一截飘摇在水里，然后捧出一颗玲珑剔透的莲心，淡雅出尘。

如果没有污泥，我将无法汲取足够的营养，也就失去了生长的力量，如果没有清灵的水，我将该怎样洗涤我蒙尘的灵魂？所以，烦扰的尘世，就是我的根，文字就是洗涤我心灵的泉水。因此，我喜欢在每一个晨钟暮鼓的日子里，驻足在一花一草前，来感悟生命，然后感动自己。用一山一水，来描绘五彩人生，用落花如雨的情怀，来装饰一个个美丽的梦。

"如果世界以痛吻我，我将报之于歌。"

看惯了世事无常，经历了太多的悲欢离合，慢慢地懂得，生命本是一种承受，人生就是一场慈悲的修行。只是在这场修行的过程中，你需要用一颗感恩的心来体味。所有的痛苦与挫折，都是在磨炼你的心智，到最后，你会发现，它是一笔极大的财富，它使你的生命变得更加丰盈与厚重。

总觉得，人活着，总要有点精神信仰与追求，才不枉这仅有一次的人生。至少努力了，争取了，就算不成功，也无悔了。心中有梦想的人，会把每一个平凡的日子，都过得诗情画意，懂得在有限的生命里，绽放与众不同的精彩，活出独一无二的自己。

始终相信，生命是一场独行，没有一个人可以陪你到永久。在其中，有相遇，有别离，有梦想，有期许，有痛苦，有错过，我感恩着每一次的遇见，我珍惜着每一份情缘，即使是别离，也毕竟有着擦肩而过的美丽。

隔山隔水，隔不断那一份份沉甸甸的深情厚意。这一路走来，最令我感动的是那么多曾经给予我支持与鼓励的朋友们。尽管不曾谋面，但你们始终如一，不离不弃的陪伴，的确给了我足够的勇气，我才坚定地做了回自己。可以这么说，没有你们，就没有今天的我，你的鼓励，我的动力，你的陪伴，我的温暖。

当我的文字，一次次在网上推荐时，当我的文字第一次在杂志上发表时，当我的文字，被重庆市当作高中金卷联考试题时，我庆幸。但欣喜之余，不免叹息，因为我知道，我还需要沉淀，还需要进一步学习与历练。路漫漫，任重而道远，既然选择了，就不会轻言放弃。

牵手文字，相约时光，我愿在生命的旅途上，用心灵去歌唱。若可，我愿做一株草，扎根在大地上，活出自己的坚强；若可，我愿是一朵夏花，优雅独芳华，在人生的舞台上，用无可替代的姿态，舞出不一样的精彩。有人欣赏也好，无人喝彩也罢，在自己的世界里，默默地盛开。

如果你喜欢，我愿在一朵花里等你。

一朵不待风吹而自落的花

文/花谢无语

喜欢在光阴里说风月，说慈悲，说山河日月的苍劲与欢愉，说诗词歌赋中的刻骨与铭心，说着这样或那样的冷暖与怜惜。一切，皆是掌心与墨迹中不曾遗漏的故事，点点滴滴的归类，丝丝缕缕的整理，或许，也唯有这样才可以在往来的繁复中许自己一份安心。人生，终究是一场又一场的相遇与离别，如花的时光蜻蜓一般点过岁月的湖心，当一圈一圈的涟漪平息之后，恍若是喧嚣中的一份氤氲，临了，也只剩下一个人。

就如，在陌生的境地中想熟悉的你，怎么念，不过是岁月隔开的情意，转身，抑或是面对，都是愈来愈久的生分。如果，我们途经了四季之后仍旧看不透这世间的轮回，那么就不要去走近，去聆听，那关于风里的倾诉，雨里的对白，是生命里不可言说的缘分，而唯有做到尘心不染，才是人间大爱，俗世清芬。

有时候，喜欢回头去看写过的文字，那些风月静美的段落就好像是氤氲在纸墨间最恬淡的光阴，在尘世的因果里明灭，在时光的物语中沉淀，纵使，到最后已经缺失了某种印记。想来，那冷暖交织的情意，还能够被一一念起，那也定然是来自于山清水秀的日子。每个人心里，都有一个无法替代的朝夕，或哭，或笑，只遵从自己的心性，念一次花落，守一次云开，让四季的风景都贯穿心海温清如许，然后你在思之，点点滴滴，那就是生命最美的底蕴。身为女子，从曾经到现在，也只是一直坚持着一种执意，在文字里安放心绪，在烟火中编织美丽，我不为写阳春白雪的故事，不为寻清风明月的消息，只为安暖着内心的清寂，看一种明媚，在诗音里来去。

那些，停留在指间的芳华，因为随性，因为动人，所以，总是被我们刻意描绘成最美。而岁月的韵脚里所掩藏的精致，在草木的间隙里，在山河的欢愉里，都在等着，念着，写成诗，作成画，然后，可以被时光清晰地认领。一如，六月的雨天，采一朵新露入茶，在馨香绕指的那一刻，此时的风景都将无华，我只看取盈满眉间的这一抹青翠，那便是我于尘俗中最喜欢的颜色。我们，总是喜欢听别人的故事，而后，在别人的故事里寻找那个贴心贴肺的情意，却往往忽略了，自己才是那道最赏心悦目的风景。所以，女子，请用你一生所有的时间来爱自己，再用自己的温和去引领别人，唯有这样，才是无比的从容与优雅。

时常，在诗歌的底蕴里捻起，那关于一朵花的心事，是否，还在江南烟雨的巷口，愿意为某个路过的人而不动声色地开到绝迹。时常，也会无由地叹息那晨光微曦中的记忆，曾经温情满满地潋滟着时光，继而，一转身又薄凉了心绪，如流水洗白的情意，再也不复初初的鲜明亮丽。日子，就这样一天一天的沉寂，或许容颜，也当如此这般瑟瑟地老去，那么可否，不说落花的低语，不听云朵的叹息，不念薄风的戚戚，不问流水的消息，小情绪在眼里，小秘密在心里，终究，我还是一个懂得欢喜的女子，这样，足矣。

越来越中意写一些小文字，薄薄的，柔柔的，有着细微的烟火味，如夏日里初开的紫蔷薇，清风拂过，便是星星点点的馨香。而一个人，抑或是有些许的闲绪，有些许的痴迷，也只是暗自浮生的情绪，纵使悲喜交集，也不过是戏里的风景。往来的时光，不要高朋满座，不要邻里喧哗，只需温一盏茶，静坐，慢饮，然后将心底的话语浅浅地说起，就好像对着山野说一段老故事，然后低眉，莞尔，就这样，恰似有阳光撞进暖暖的怀抱。大千世界，芸芸众花草，谁是谁的，谁又是我的，何须斤斤计较，唯有小字小念中滋长的筋络，才符合小女人的情调。如，你从远山来，我在近水等，四目相对，话不需要多，心，便已知晓。

邂逅一句美妙的话语，就如邂逅一个人，不需要言表，也不刻意掩饰，想着，念着，仿佛那就是盛夏中的一树芬芳馥郁，只待清风拂过之后，低眉垂目中都是那样的满心欢喜。最好的人，可以如花开静好，如四时明媚，要看在眼里，放在心里，时刻妥帖着情意。而最好的句子，或许也应该装进青花瓷的静谧里，闲暇时翻阅，让心绪沾一点清香，存一季美丽，如此，也算是岁月恩赐的一份殷实。

吉田兼好在《徒然草》里写道："人心是一朵不待风吹而自落的花。"这样的句子，好比是锦心绣口中浮动的香息，不需要揣摩与拿捏，只是轻轻一嗅，整个世界都已经是醉了。那一种字里的禅意让你清晰地领悟，这世间万物都有其繁衍生息的法则，不痴，不癫，不责罚，不埋怨，不要把不愉悦都归罪于旁人，只应修养情绪静处一隅，心怀里安放慈悲，文字里盛放温良，而生命的花朵，便是开也欣喜，落也欣喜。

每一次的行走，我们说，要尽量走得慢一些，因为灵魂还在路上，不要丢给路旁的树木，也不要丢给远行的风，因为树木不懂你的多情，风不会陪你到有始有终。人生，就是一程又一程的风景，看过了禅韵幽清，看过了绿树成荫，看过了山水静美，看过了花香正浓，看到最后，还有几分可以一直地留存在眼中？

尘世里的缘，时常被我们用在诗里，用在画里，用在更多的笔墨里，其实，那也不过是在一纸的故事里，深了，浅了，来了，去了，都应该秉承从容不为所动。每一天，要懂得晾晒潮湿的心情，掬一弯晴好在手中，让小情绪在心海里长出别样的葱茏，如此，就会有无尽的馨香装点着你的梦。

她说，你看那春天的第一朵杏花，多像是你曾经怀揣爱意的守望，开得热烈，开得忘情，仿佛拼尽了全力也要开出一个圆满的结局，然而，当花期开败之后，你也只是再无人探问的一枚青果。或许，这尘世间的因果从来不需要去肆意地评说，或在风里，或在雨里，或在尘里，或在梦里，她只是自顾自地开着，不为博他人笑，不为听旁人好，如此的一种馥郁，也唯愿，心，哭了，苦了，笑了，妖了，之后的之后，还能够轻轻拾起一份懂得。三月过了，四月过了，五月也即将过了，一如情感，终归要折枝的折枝，践踏的践踏，零落的零落，这人生的风景就这般纷至沓过，而我，只愿是那一枚青涩的果，看风雨交替，看烟火明灭，看百万里喧哗之中谁还能固守最初的承诺，将人生的四季演绎得如荼如火。

她写好了字，邀我去看。是一段一句的对话，是一年一月的情韵，是充满诗意的骨骼里又抽出丝丝缕缕的念来。故事，总是这样的开场白，途经了千篇一律的情节之后，不过是一朵夏花，开在眉梢，美在云端，又老于时间的筋脉。

一叶枫红，一笺秋韵

文/开拓

秋，竹笺上诗人的一阕清词小令，历经了唐风宋雨今时依然牵情如故；秋，水墨丹青中画翁笔下那一处故意的留白，苍岱水碧之余还蕴有另一番幽深；秋，一首多情老歌，于光阴故事里亘古吟唱着生命轮回的亦喜亦忧。伫立深秋，读一叶枫红，今夜也语秋。

拾一枚红透的枫叶，即拾起了深秋。今时，枫红的万点随风浅舞，于光阴故事里岂不是深秋丽裳那衣袂飘飘？人说，枫红彰秋深，或许是百花凋零的凉寒清寂中，这点点片片的红惊了眸也牵了心情。一叶枫红离梢而跌落于笔端，就染色了心念成平平仄仄的满笺秋绪。敛起秋的一个个清词，于字里行间任缕千丝万的心绪循着这叶面交错的脉纹延伸。

秋，静于冬与春夏之间，一泓淡泊秋水敛起了春的清新、蓬勃，一苍岳黛峦碧也沉淀了夏的葱茂、繁盛。但季节的更替，不止是风景，还有人的心情。说秋，一叶可知秋，一叶却也更牵情，一树枫红，漫舞的是深秋韵致。换之而来的是时令予人心情的一份清新！秋来，花果成熟，秋深，也并非只是荼蘼至落叶的寂寥景象，烟波深处的静谧也不尽为愁绪，就犹如一幅水墨丹青里的一处留白，清丽隽秀，另有一番至深至美意境，还可牵人入幻！

南飞雁啼报秋来，红枫叶叶彰秋深，每每一点枫红初绽枝头，一季秋的至美也就达到了峰巅，寒山素水中的一点红自是萧疏、清寂中的一份清新。秋渐深，叶渐红，它从斑驳渐红的那一刻起，天愈凉红愈浓，霜愈浓红愈烈，随风零落碾作泥化为尘，却依然"红"如故！然，它的红是经过了春至夏过长的孕育，风雨的洗礼，才吐出红来。于百花凋谢时才火炬般地燃旺起来，一补秋野的肃杀凄清，所以才可以说是至美。

细品，一春一夏的三千繁华，凝结于一枚枫叶纹脉交错的曲折里就描画了秋的幽深。而秋风秋雨的凉寒中，这一枚枫叶的火红则绘出了深秋远岱近碧的一抹儿韵致，更为秋的深添了一分灵秀。拾一枚红透的枫叶，也就是拾起了一季秋深的至美。若，银杏叶的金黄可读出浅秋眉梢上的一分娇，则掌中这一叶枫红就是深秋眼角的一分俏！若，把它夹在光阴故事里这岂不是自己匆匆流年中一叶美丽的记忆书签。

秋风若画笔，洒脱挥毫，在萧疏之间，只轻舞一叶枫红即把深秋涂上了惊人眼眸的清新，若燃旺了簇簇篝火一般，为远岱近水苍绿描上一点猩红韵调，也煨暖了秋的薄凉。而秋水的一汪嫩寒，多少秋愁都隐匿在褶皱的时光里秋水的眸光。那一泓水碧，淡泊宁静。涟漪着本真的清澈。剔除了浮华与喧嚣。亦如人生，经历了风吹雨打，苍老的是容颜，滋生的是坚强，是一生无改的拓步匆匆。

一叶惊眸的枫红，在一季秋的水墨丹青中悄然润开。落一地红，添一抹秋韵，就犹如一叶落红挂在角一抹缱绻的笑意，洒脱俊逸，繁华与萧瑟，虽五味杂陈，于我的眸中却怎样也读不出唐宋竹笺上的那份惆怅与哀怨。

年年都读枫，岁岁都语秋。逝去的秋里存贮了过往留恋，今时的秋仍牵人驻足。经年后的秋又该怎样？于老去的光阴里可否还能静静地熏字煮酒，洒脱人生？想问，一叶离枝，是因为风的追求，还是树的不挽留？或许，老去光阴的每个秋里沉淀了身影，岁月沧桑模糊轮廓。晓得，自己终也会若这深秋的一枚红透的枫叶随风一般飘落。细数，自己于大阪已读了21秋枫红，于此，把每个秋深里一叶叶的枫红敛起，穿成记忆的一朵美丽蝴蝶结系在岁月枝头上，以奠远去的华年。

秋，凄美于落叶，一场秋风，遍地枯黄。落叶经历了春夏的繁华，随风而落。带给人喜悦，却奉献了自己。它委身于树根，息身于大地，予秋以最完美的衬托。假如没有这些落叶的陪衬，又怎么会彰显秋的凄美？那可谓一种繁华后的剪影，是成熟后的沉淀，也可谓懂得后的洒脱。更何不为一次如火的涅槃，抑或是一次生命轮回的诠释。

不经意，平凡的自己，悄悄地推开了不惑之年的门扉，步入了生命力最旺盛的人生之秋。时令里的秋，是个成熟的季节，是个收获的季节，因收获而充实。人生里的秋，自己是沿着岁月长河一路匆匆跋涉，摆脱了年少时的幼稚与狂妄，克制了花样年华的浮躁与冲动，在渐渐成熟中抵御困惑，又在困惑中渐渐成熟。一路走来，在留下的那一行或深，或浅的脚窝里，印记着生命的喜怒哀乐，荣辱是非，成败得失。也曾拼过、搏过、哭过、笑过。渐渐学会思考，成熟起来。犹感那一行或深，或浅的脚窝里留下的些微，些许，与时令里的秋何其相似。

秋，这个时令。自古至今的文人墨客留下了数不胜数的佳作名篇，而大多是"愁"的意境。"秋"字加上"心",便成了"愁"。秋天里的肃杀、凄凉,草木凋零,确是些许惆怅。但却是自然规律的必然趋势,有繁华就必然会有凋零。这可释为生命的使然,似人的生命,有青春就会有苍老。又何必强引愁肠?

何为秋?禾加火,便是秋,"秋"一拆为二便是"禾"与"火"。那稻禾硕实的金黄,是一种收获的快乐。那似火嫣红的枫叶,那花瓣如剑的秋菊,那随风飘飞的落叶,是一种由绚烂至极走向质朴、内涵的洒脱。秋在冬到来之前,已积蓄了力量,以延续再一转的生命轮回。这即是我眼里最真实而又最唯美的秋。

一叶枫红,一笺秋绪,光阴无改,流年却水逝。回首,时光虽斑驳了来时路,然,岁月的褶皱里脚步依然匆匆,绽于嘴角的仍是微笑……

人生何处不相逢

文/爱雨菲

八月的风,吹醒了我,远处的风景示意我走入你们,于是,我来到了网络。人生就是那么奇妙,因为文字,我们用简单的惜缘,在人间婆婆迷离地行走,闲看红尘烦忧,在文字中搁浅流年的慌乱。一次又一次鼠标的点击,让我感受了真情的温暖,生活不需过多的绚烂,朋友,你虽然不在我的生活里,却走进了我的生命;朋友,陪伴虽不是时时有,默默地注视,不曾牵手,却是真实的拥有。

或许，不曾知道你的容颜，不曾知道你的职业，不曾知道你的名和姓，不曾知道你经历着什么苦难，我们却相逢在最美的景致里。牵着季节的手，一起往前走，这满目的斑斓，是深情的守望。偶然相逢，却成了心中的挂念。人啊，说不清楚这一生，会有多少令你意想不到的回味，文字的镌刻，祝福无时不在心底晕染蔓延，用真心呵护了最真的情缘，一曲呢喃，斟满思绪万千，倾诉着念的缱绻。

　　穿越前世的今生，你我在冰冷的屏前结缘，这是上苍的美意，于千万人中与你们相识，只记得这是灵犀的时光，在超越时空的领域的网络相逢了，都说那是久别的重逢。一定是命运的安排，你我才充满融融情意，一定是神灵的礼遇，你我才结下深厚的友谊，一定是缘分的奇迹，你我才成为今生的知己。它是无言的默契，是彼此相似心灵的召唤。相逢，就是缘分，人生在世，随缘而安，缘来不拒，缘走不惊。

　　有没有一首歌，素昧平生也能牵动心弦？相逢这首歌，是寂寞的歌，需要寂寞的人来和，虽然明白距离遥远，但沟通穿越了时空，没有世俗的牵绊。即便天各一方，也能感受这份无法触及却也美丽的心灵慰藉。人生路上，有心相伴，也不觉得寂寞，用你我的善良、真诚，弹一首琴瑟和鸣的高山流水，朋友相逢，一个问候，一抹微笑，也是一种幸福，一种愉悦。

　　正如生命中无数的故事，一直以来我喜欢沉浸在自己的故事里，不知道会在哪一段情节里触景生情。

　　爱好文字的我，喜欢信笔涂鸦，感恩网络结缘的朋友，在你生病的时候也不忘在我浅薄的文字下，写下你们的祝福，写下你们的鼓励。漫步在记忆的小巷里，多少次我想放弃，要不要再写下去，是你们的默默陪伴，让我坚持，坚持创作。而我坐在窗边苦苦思索，也不知该用什么语言去书写心里的那份感动。

抬眼，看着夏日的流云绵绵，心境也纯净悠远，时光的脉律，依然有节奏地跳动，我用一杯茶的时光，嗅一抹花香，品尝着沁人的心灵物语。深眸里，无数的欣喜让我泛起了泪花。以前不把岁月放在眼里，现在岁月却把我捏在手里，它是雕刻家，无论是否完美，我们都伤痕累累。时常担心会失去谁，可我却忘了问，又有谁会害怕失去我？是啊，网上一个你，网上一个我，温暖在左，明媚在右，一路风景，寻求自己内心想要的那种结果，茫然千里曲折路，日升日落日匆匆，红尘一梦，无须刻意，让半夏时光，在惬意中开一朵美好。

都说网络虚拟，千里情缘一线牵，真情在无声的文字中跳动，让思想共鸣到感情共融。尽管现实灯红酒绿，热闹非凡，你的心却越来越寂寞，或许朋友的寒暄中可以暂时忘却烦恼，可内心深处的寂寞又向谁诉说？知音难觅，知己难求。网络，不怕虚拟，只要真诚，距离不是问题，只要心懂，走出的是一个身影，走不出的是一份真情。漫过时光的悠长，把一抹真情传递，淡定穿梭在时空之间，给了孤独的人一片净土。一份流连，让有缘人在这里相识、相知，用真情抚平彼此心中的伤痛。

这时候，我想起了韩剧《网络情缘》。女主角莹芝原是游泳高手，却无用武之地，水族馆负责清洗大鱼缸，她厌倦了这种刻板的生活，闲时喜欢上网。勇达是网上游戏设计师，对事业倾心，魅力迷倒不少异性，奈何他无一看上，继续自己的单身生活。勇达和莹芝本是天涯陌路，因为网络的安排而彼此熟识了，在这个自由而空灵的舞台，风花雪月的故事就这样发生了。有人问过我，网络有真情吗？我说有，它和现实的感情是一样的，因为心灵最至善至美的真，在网络里被激发出来了，无论它多么单纯，又多么肤浅，可在网上表达的那一刻，至少精神上是无瑕的。

茫茫人海中结缘，缘分天空，让你真切地闯入了我的生活。一眸相遇，一生牵念，网海中，感知着丝丝温暖，一字一句，刻画着一路走来刻骨铭心的暖。笔尖无数次勾勒彼端你的影子，默默地想着，你的微笑，似乎在眼前，温柔的目光如此近距离，仿佛能听得到有韵律的心跳。网络情深似海，在这里共鸣，在这里互诉衷肠，守的是一份宁静致远的真情，拥入怀的是一份相濡以沫的感动。每当灯火阑珊夜幕降临，相依相伴的嫣语，抚慰了如烟的岁月。踏遍千山不为峰，只为潺潺溪水清。但愿山水都有意，纯洁情谊守一生。

心，静了，舒适而温馨，我的情怀在指尖的文字里记载。走过红尘，未曾奢望留下名和姓，不想惊动任何人，让生命中诸多的巧合和偶然，也许是诸多的意外和错过，拽一丝明媚的笑意，拂去淡淡的浅扰，用生命书写自己一个又一个的故事。岁月的宣纸会浸满一卷卷真挚，没有人能脱离浮世，找一块地方，让网络寄托自己的心灵，将阴霾除去，把阳光请进来，打开心窗，放飞心情，让人间最美的景致浮现。

时光不老，我们不散

文/琉璃疏影

茫茫人海，每一场相遇，都是一场美丽；每一场离散，都是一场放逐。时光，淡化了曾经的一切，岁月磨平了最初的痕迹。无论快乐，还是忧伤，就这样被时光遗忘，在红尘的烟火里了无痕迹。

转眼间，岁月，已经将我们摆渡到又一年的伊始。可是，恣意生长的思念，让我在这个冬天又想起了你。忽然，想拈一片北方的雪花，放进我思念的诗行，托风寄给你！

仰首是春，俯首是秋。有些话说着说着就成了回忆，有些风景看着看着就成了诗画。我们的相伴，也不例外。走着走着，就走成了生命中最暖的部分，不可分割。隔着遥远，我们相伴走过一程又一程。

红尘之外，总喜欢浅笑着，将所有美丽婉约成一抹恬淡。静静与你一起，放牧心灵，淡听风雨，浅守流云。在陌上，感受烟火的葱茏，沐一片光阴的温润养心。感恩这一场相遇，未来的日子我愿与你浅梦淡寻，深情浓藏。

缘分，始终简简单单，清清浅浅。这个冬天，我依旧心怀一抹暖阳，宁静为篱。在浩荡的感动里与你且行且惜，且珍且重。一直相信，有些遇见，是有缘，亦是注定，譬如你我。

早已知晓，漫漫人生路，不是每条道路都会铺满鲜花和掌声，不是每条道路都能达到梦想的彼岸。但，我很庆幸，在熙熙攘攘的人群之中没有错过你。这个冬天，我，因有你而暖。四季风景本不同，我却始终以温暖自己的方式温暖着远方的你。那些如影随形的爱与喜欢，总是悄悄深埋心底，妥帖珍藏。

摒弃，红尘路上那些搁置已久的如烟轻愁，将满怀的嫣然素语，沾染上一些唐诗宋词的韵。为你，凝成寒冬里一抹融融的暖意。这个冬天，让我们静静相依，默默相伴。任岁月，依旧温润安好。我们亦从容着、感动着、欣喜着、明媚着。

感谢上天对我的眷顾，遇见你，是我一生最美丽的场景！与你一起相伴走过的每一段光阴，在心底深处熠熠生辉。我不曾刻意靠近，你也不曾特别邀约，心底却一直有一根缘分的长线把我们紧紧相连。因为，早已懂得，不联系不代表遗忘，我们都有各自的烟火。在心上的人会永远放在心上，无论多久不联系，无论走出多远，都是彼此心中永远的暖，一如你我！

因为有念，我们居住的城市也成了彼此向往的地方。一程山水，暖一程相伴。期许有一天我们会越过万水千山，在相逢的时刻轻轻相拥。其实，有时候也会想。相遇已是很美，见与不见又有何妨呢？念，会一直温暖着我们的这份深情厚谊，会一直温暖着我们的整个遇见。无论时光走出多远，相伴的点点滴滴都将是我们生命中不可复制的风景。

空气中，忽然飘起了雪。片片晶莹，如一个个飞舞的精灵，像极了那个我们相遇的场景。好久不见，念你如昔！此刻，你那里也下雪了吗？是否也像现在的我，一个人对着天空遥望有你的方向？街角，播放着我们喜欢的"你那里也下雪了吗"？熟悉的旋律，让我又一次想起南方的你。

原来，有些风景，无论经过多久，念起依然是心底的暖，就像我们淡淡的情谊。其实，一直就知道，你那里一年四季都温暖如春，怎么会下雪呢？但我永远记得，你曾对我说："我们这里一年四季见不到一片雪花，所以我向往北方，想看一场雪，体味雪的晶莹，雪的剔透，体味如你的温柔！"我默然，无语哽咽。我又何尝不想，想让你来我们这个美丽的小城，陪你看一场雪，舞一段相遇无悔。

我这里下雪了，但我知道你在窗前等一场雪已经等了很久。我也知道，你也想和我一样，希望有那么一刻可以如雪一样晶莹剔透，不染尘埃。那么，就让我采撷一朵雪的晶莹，装帧成一阕清浅的诗行，寄给你。一纸素笺，不只有雪的纯白，更有我对你一如既往的思念。我能想到，你在读到我浅浅心语的时候，嘴角肯定也会和我一样轻轻上扬，心底澄澈如雪，绽放出绝美的笑颜。然后，你也会轻轻对着有我的方向说出一句：今生，认识你真好！

昨天，飘远的风信子，在我们相伴的时光里已开出素白的花朵。相信，无论时光如何流转，容颜如何苍老，我们都会为彼此在心上留一个位置。我知道，你会和我在一起，在文字的旅途上执手。即使隔着万重山水，也会陪我看一程程更深邃、更美丽的风景。

缘来，真好！遇见你，是我一生的暖。始终认为，所有的相遇都是久别重逢。朋友如是，亲人亦如是。朋友，就像一首老歌，让你百听不厌。朋友就像一瓶老酒，越醇越香。朋友，就像你我，隔山隔水割不断那份暖暖的情谊。

或许是天性，我一直是个寡言的女子。心怀善良，葱茏着一个人的清欢。或许是性格相同，那一日，你从蒹葭水岸，带着你的妩媚，带着你的淡雅，就那样如一枝出水清莲，翩然来到我的身边。感谢缘分，让我遇见，遇见婉约如莲的你。拈几许墨香，将念融入文字，珍惜每一程相伴的淡暖清欢，永恒我们这一场温暖的相遇。

至今，一直记得。你说："我们相约，淡淡岁月，静静相守一份暖。"也记得，那时我说："我们相携，滚滚红尘，默默共一弦清音。"

相遇开始，总是无言。随着时光渐行渐远，我们的心却靠得越来越近。隔着遥远，总感觉是在眼前。是你的不期而至，让我懂得。世间，总有一份真情，无须诉说，内心早已熟悉。早已习惯，静默着与你且行且惜。无论在与不在，依着那一脉荷香我总会轻易找到你。

陌上花开花谢，时光静好无言，像极了我们淡淡的情谊。铺一笺有你有我的时光，你安静着为我写下祝福万千，我欣然着把牵念植于心间。隔着天涯，静静相守一季花开，默默珍藏一季花落。

早就知道，你也是个不善言辞的女子。但我一直记得每次对话，我们都会不约而同说出："和别人没话可说，为何我们一见面就会有说不完的话？"每当此时，心底总会泛起一丝丝温暖。你开心着给我一个笑脸，我微笑着轻轻敲下：可能我们前辈子就是亲人吧，不然为何不曾相见，却总感觉有说不出的亲切！

时光荏苒，相伴的日子，如花开般蓄满了诗意，盈满了芬芳。庆幸，我们在且行且惜的路上走出了很远。

记得有一段时间我们没联系，见到我的时候，你哭着对我说："姐以为把你弄丢了，再也找不到你了。"你还说，每次和大哥提起我总会泣不成声。

我的心，瞬间湿了。泪水，忽然决堤如海。请原谅小妹，原谅我那一段时间的沉默。念一直不曾走远，只是忽然很累想休息一段时间。我说过，我们要做一辈子的好姐妹，我怎么会轻易放弃呢？

一直喜欢你的简单素雅，喜欢你的知足常乐，喜欢你静默着给我一袭暖暖的关怀，喜欢你和我一起傻笑着说我们的悄悄话。你那样素雅，那样温柔，那样和我一样知道随遇而安。或许，我们抓不住如流的时光。但我们会是彼此心中——永远的暖。我们相伴走过的每一天，每一刻都是我们多年以后回忆时的温暖。

窗外的枝头，雀跃着暖暖的阳光，像我此刻的心情。端坐屏前，这个冬天，像每年一样，我依然为你敲下一些温暖的文字，安然我们相伴无言的灵犀，撰写我们天长地久的传奇。任时光在我们不经意间匆匆走远，我们亦是彼此心中永远的只如初见。

这个冬天，因为有你，真的很暖！若时光不老，我们不散。

结缘文字，一路芬芳

文/桃园野菊

有人说，文字是灵魂上盛开的朵朵鲜花，清香幽幽，芬芳了自己，也芬芳了别人；也有人说，文字是沧桑旅途中一泓清泉，香醇沁爽，滋润了别人，也滋润了自己。

我想说，文字是我前世的擦肩，今生的重逢，醉美了流年，润泽了心房，更涤荡了灵魂。今世有缘，久别重逢，叫我，怎能不痴醉沉迷，怎能不倾尽柔情？百年修来同船渡，万劫修来双栖飞，世事沧桑，红尘漫漫，人生难得一回醉，在文字的诗情画意里，醉一回风花雪月又何妨？在文字的温婉魅惑里，痴一回花前月下又何妨？

闲暇时分，午后溪边，日暮窗前，月夜床头，在一个个字词上旅行，在一个个故事里牵动，穿越时空，跨离红尘，尽情翱翔，倾情畅想，在氤氲的书香里，遇上一棵草，听一声鸟鸣，相逢一个人，叩来一次心动，镜花水月尽浮眼前，阆苑仙葩尽现脑海，何其快哉悠哉。

乏味烟火外，寻得半日闲，逛空间，品美文，听梵音，染清欢，颐养心性，参悟凡尘，洋洋洒洒的平仄中痴迷，精美动人的空间里陶醉，净洁诚挚的友情里感动，纯然透彻的氛围里熏陶，无不喜哉乐哉。

春暖花开，芳草萋萋，燕莺喈喈，葳蕤浪漫。广阔的空间，倾诉着缤纷多彩的情缘；浩瀚的文海，演绎着咫尺天涯的牵念；花开的世界，飘扬着芳香纯洁的情缘；炽诚的祝福，荡漾着真情无限的心愿。

轻轻的一次点击，你走近了我，我走近了你，那么巧然，那么奇妙；你读我，我读你，那么温暖，那么美妙。

悄悄的一声问候，你温暖了我，我温暖了你，那么真诚，那么实意；你关注我，我关注我，那么默然，那么真实。

不经意的一次凝眸，你来到了我的空间，我回访了你的空间，那么偶然，那么虔诚。轻轻地你来了，宛如一缕春风，送来万紫千红，让我的空间多了一道彩虹；轻轻地我回访了，正如一片云彩，让你的空间多了一道足印。我们彼此，来来去去，去去来来，不声不响，无惊无扰，却留下馨香阵阵，刻下情意脉脉。

每每发现自己的文字被素不相识的朋友制作成精美撩人的音画，一股股发自心底深处的感恩之情便会汹涌而来，说不尽的感激，道不完的谢意，终究只能渺小成简单的"谢谢"二字。我那苍白无力的文字在动人心弦的音乐与韵味悠悠的图片共同衬托下，倏地有了生命，有了魂灵，那些个缓缓流淌着的音符似乎融入进了每一个字眼里，让原本乏味的一词一句赫然鲜活起来，闪着光，浸着爱，含着情，在翩翩起舞，在欣然欢腾。

都说，文字是写给灵魂相通的人来读的，文海茫茫，浩渺无垠，我不知道，一篇不起眼的文要修得怎样的福分才能遇上一个相通的人；网海无涯，漫无边际，更无法知道，一段短小的文字要有怎样的缘分才能等来一个欣赏它的人，甚至还将它赋予生命。我只知道，这不是简单的喜欢和欣赏能做得来的，我想这里面最可敬、可颂的还是那一颗颗博大的胸怀，以及那一份份无私的爱。于自己而言，都难情愿花太多时间去编制自己的文字，收集图片，配好音乐，精心制作，没有足够的爱与无私是难以做到的，何况还是不曾相识的人。

因而，常常心在颤动，情在飞腾，意在飘扬，绪在翻跹，思在缱绻，怎一个"醉"字能形容，怎一个"谢"字能表达。醉在情意绵绵的音乐里，暖在人海茫茫的遇见里，美在前世今生的遐想里，痴在灵魂触动的共鸣里。若可，只愿一生这样痴迷下去，陶冶下去。

有一种缘分，没有风花雪月的故事，没有天长地久的誓言，没有莫失莫忘的邀约，却是今生最感动的缘。

有一种遇见，相隔万水千山却似近在咫尺，从未谋面却能触摸到灵动的心田，无须相依相伴却能怦然感动不尽，不必相携相守却能一生牵念，只需远远欣赏便能发自内心的欢愉，只需轻轻问候便觉是今生最温暖的遇见。

结缘文字，邂逅网络，感动无穷，温暖无限，今生今世，永不舍弃。爱上文字，不为逢迎，不为吹捧，只为真心的喜欢；码写文字，不为虚名，不为赞赏，更不为利欲，只为心灵的小小欢欣。品读别人的故事，也抒写自己的故事，快乐着别人的快乐，也快乐着自己的快乐，有滋有味游文海，从从容容走红尘。

喜欢文字的世界，喜欢文字的氛围，干净剔透，温馨和美，没有硝烟，没有算计，没有奉承，没有钩心斗角，更没有灯红酒绿，一颗颗淡泊心，一支支清浅笔，一首首悠然乐，一声声问候语，尽情挥洒心灵的恬淡静好，尽情彰显文字的精彩魅力，一路芬芳，一路感动，一路温暖。

寂寞的光阴里，寂寂的文字路上，格外庆幸，有来自五湖四海的朋友们携手同行；无限感恩，于这个不早不晚的时刻，能偶然遇见这么多志同道合的朋友。感谢你们那么不经意地融入我的生命里，感激你们那么不刻意地温暖了我的经年，未来的路上，愿我们相惜相暖，相知相守，不离不弃，真心实意，描绘文字缘上最永恒、最纯洁的友谊，勾画文字缘上最美好、最感动的遇见。

邂逅于你，一片冰心在玉壶

文/廖星榕

　　邂逅，很是奇妙的一个词语，邂逅相知无论相隔多远，当你的心情涌现某种情绪，即便远隔天涯，亦会传来最温暖的声音，会有最贴切的解答，人海渺茫，多么难得呀，这种无意识的知心，不是冥冥之中上天的安排，只是相同的嗜好，相同的品性释然，从而，和另一个自己偶合。

　　邂逅，一两个足矣，淡淡如山涧溪水，明净，清凉，清澈而悠然，有如王昌龄《芙蓉楼送辛渐》的名句"一片冰心在玉壶"。玉壶通透晶莹，亦容不得太过于拥挤的繁华。

　　置身纷争的尘世，赏心只需三两枝，如同看过一篇文章最精华的一句，"不必把太多的人请进生命里"，只是这一句就入了心，入了肺腑。是呀，人生的途中，若连这，都不得随心，要背负太多，岂不更是累心？

　　不妨，简单一切，赏幽径落花，看庵门外一树落梅，清冽的香，入了肺腑，方，随意，随缘，一片冰心存玉壶。

　　清凉夏花的寂静，这里，是灵魂邂逅的栖息之地。有些，大可不必刻意，每日，随心，寂静阅读，微笑欢喜。

　　行走于文里行句，聆听清凉音乐一曲，寂静，看一段文字，因为入心，显得极其珍贵，停住了点击收藏的手指。只因停不住尘埃里，风一样匆忙的步履，来不及细细品读，很怕进入了角色又要离去，悱恻的音乐迤逦于心底，就此作罢，离去。还是行走烟尘金色阳光的堤岸。

一路行走，品，每一次的言谈甚欢和别离，想起唐朝诗人的句子——杨花落尽子规啼，闻道龙标过五溪。我寄愁心与明月，随风直到夜郎西。

你寄愁心与明月，而我，于墨海读着片言只语，于一小方块文字里，聆听到，远方的消息。纵我无语，也欢喜。阳光从木窗外探寻，春落寞时她的欢喜，轻轻地拈一缕温暖，藏匿衣袖间，回忆，花开时初遇时的欢喜。

凝露的枝叶，摇曳，风捎来的话语，懂得，窃窃私语，在耳畔，还萦绕在耳畔，浅笑无语。只是，向着风来的方向，轻轻握住，那柔似水的呼唤，呼唤。

那山外最纯净的呼唤！你我隔岸天涯，同聆听，墨迹上的翩跹。心里默默地说你我自己，请你，别沉溺华丽的此岸，空灵着该舍弃就舍弃！只是别渐行渐远，舍弃，指尖上多年幻梦，请，虔诚的走向，安暖灵魂游离时的归岸。

无论，有没有片言只语，我知道，念，都在你我的心底徒生，盈满花海的香息，每日里看一行行文字，盈满情真的字句里，读懂，是最初的相知，墨舞，字里，寻找忧郁感伤甜美相同的情绪。你我相识，是因为《菩提树下，枯坐落花》触动你心底的秘密，如此便为知己！

有些，情真，无论说与不说，已经，沉淀在岁月画页里。随缘，方为欢喜。那年，说过，悄悄地藏起，年华中懂得的笑意。悄悄地藏起，不为人知，是你我的秘密！

风翻动的纸张，有你，婉约，凝练的诗句，一篇篇，那某一处都是邂逅相知的懂得！然而，尘埃里裹挟了天空的阴霾，彼此，停不下匆匆的步履，各自，向东，向西。

深巷里，不同的风中伫立，衣袂飘动，已经模糊了那一抹最为靓丽的印迹，渐行，渐远，渐行，渐远，唯有一句祝福在心底，蔓延，愿，你一切都好。只是，不说，不说。真的懂得，何必去说？心湖的低底，相知，相惜。

那些碧水河岸的故事，微阖眸子，依稀，你我相坐于篾棚船舱，船只摇晃去了江南，一盏茶喝到黄昏夕阳没落水岸。

对岸青山黛，房舍炊烟，青竹绕屋檐，一树树桃花，粉烟如画。因着匆匆的步履，烟尘里追寻，未能与之赴约，拘谨的时间里，看楼台转角处寂静的牡丹，不几日竟花开盛似雪，粉金的花蕊馨香。

忆起，与你文中对弈，品茗一盏茶香！别离，独自伫里木门边，落花的清愁，风过，无痕，香味浓郁。相知的邂逅，无酒清欢，自是无由醉。先是交谈甚欢，后是知己无语也清欢。然，无语，虽好，却有着别离后，车儿投东，马儿向西的落寞，人如是说："青山横北郭，白水绕东城。此地一为别，孤蓬万里征。浮云游子意，落日故人情。挥手自兹去，萧萧班马鸣。"

没有相见，亦江水边诗人落寞的离别，却又怅然别离！寂静于两岸，聆听，风中之灵犀，彼此，相同的趣味与气息。纵然现实里日复一日，年复一年，各自匆匆着步履，那冰心玉壶存邂逅知己，那一些邂逅的记忆，无语，自清欢。

如兰，盛开，只是，淡淡的，淡淡的欢喜！微笑着扬起秀美的头颈，听风中传来最美的音律，一遍遍回味昨日的故事，将一份墨海迤逦藏匿衣袖间，淡淡的欢喜，欢喜，独自嫣然而笑的美丽。

妖娆在心底的秘密，只有谁懂得，不必说，懂得，三千里风和云，二十四桥明月夜，撑一杆幸福的竹竿，灵，到达彼岸，妍丽的灯火，照亮眼眸中素淡的情绪，唤起夏日树荫下的恬静。

知己，必然是不多一分，不少一寸的距离，淡淡的欢喜，相知相惜，很好，一切风轻云淡，真的很好。心，少了那一份执着，少了几分贪婪，多了满园爱的晨曦，一缕缕从青绿的叶片间照射，楼台花圃间，是如此的馨香，美丽而温暖，春又来。

邂逅知己滋养着人生的春天，春又来，年年花会开，花开盛似雪，纯净娇美如初见，应是如初见！一如君子之交淡如水，淡淡然，如一溪的流水，清澈，滋润，一生的情绪，笑颜，如花。多年后，还在，还在，春又来，盛似雪，读来，忆起，纯净如初见！一片冰心在玉壶。

素衣，寂静，写字，听雪，行走落花幽径，看庵门外，一树落梅，清冽的香，纷纷，有琴声，叮咚，叮咚……

一生看花相思老

文/明月如霜

一直喜欢简单的生活，喜欢在廊前窗下，东种一垄桃花诗，西种一行翠绿萝。东风一吹，春天一来，桃花盛开，绿萝泛青。而后，我就从岁月的长廊，拣拾朵朵芬芳，让植物的芳香洒满生命的每一个角落。

喜欢花木，喜欢静静对着一朵花，看它从嫩芽一点豆蔻枝头，微吐芳华娇羞含苞，如火如荼奋力怒放，直到花褪残红落红一点。把相思写满岁月的每寸热土。

一直是个喜欢简单的女子，喜欢沉醉于一枝花木，一段老故事，几行入心的文字。

一个下午的时光都慵懒地斜倚在沙发上，随意地翻阅着手中的小说。

一颗心也随着艾米的文字，在故事的跌宕起伏里游走。清新淡雅的文笔，感人至深的故事，在心湖泛起片片涟漪。这个炎热的下午，躲在凉意漫洒的斗室里，享受心底一米阳光的柔软。在一份慵懒，一份惬意的闲暇时光里，邂逅自己的灵魂，遇见岁月深处的你。

有一种遇见，无所谓早晚，遇见了就是幸福。有一种陪伴，不在身边，而在心里。牵挂着就是温暖。有一种交集，不是身体，而是灵魂。交集了就是缘分。有一种温暖，牵挂着便是最好的相惜相依。有一种幸福，你在，我的灵魂永远不孤独。

今世，我只与樱花交换了一生的情思。每一个春天，我都会去看他，看他在枝头摇曳着入骨的风姿，恰如遇见另一个灵魂深处的自己！因为他在，所以我的浪漫不流俗。我的春天只开满他一个人的眼眸！伫立花前，心变得柔软，眼里只有美好，心底便会生出许多旖旎的情愫。

人生如同一条单程的旅途，只有前行，没有回程。总会在不同的站口，遇见不同的人和风景。那些留在记忆深处的遇见，或温婉，或薄寒。经年过后，回忆起那些刻骨的经历，莞尔一笑间，所有的过往，也只是一段人生旅途的风景。阳光漫洒的日子，不用打捞，那些沉在水底的回忆，如同夏日雨后的满池浮萍，摇曳在记忆的眼眸。

一些微笑，已在记忆里定格成永恒。念与不念，它依然独自在记忆的城池曼妙。尘封的记忆，在风的吹拂下，又一次开启。那些相遇的美丽，又一次醉了记忆。思念没有声音，但它是清风吹拂下的种子，一场风起，一程记忆。牵挂在心底旖旎，是一种孤独的美丽。今生，已无法走出刻在心灵深处的记忆。

一程相遇，一生相忘。一些人，见与不见，念与不念，都已不再重要。这一世，你曾在我的城驻足停留，就已足够。我用一个人的日子，写尽你的欢喜。你是我人生诗行中最温暖的留白。小字情衷，在指尖描摹成一幅山水的清欢。

一个人的时刻，总有些不知所措，若你能在我身边，我的人生将会是多么美丽圆满。执笔，任一些情感在文字里游走。把一些执念，熨帖成一朵美丽的夏花，让她在夏日的晴空下兀自灿烂。我把一颗心种在婉约的宋词里，用一抹永恒的温度，伴你走过斑驳流年。

每个女人都是一朵美丽的女人花，或如牡丹雍容华贵；或如玫瑰艳丽如霞；或如夏荷端庄娴雅；或如茉莉，淡然素简。在文字里指点江山的李清照，用自己的美丽定格在布达拉的文成公主，更是女人花中的骄傲。用一颗素简心安然于尘世，做一朵雅致女人花。在月白风轻的日子里，灿烂无比。与你，一朝绽放，相思满地。

洗尽铅华，做一个淡然、素雅的女子。努力追求有品质的生活，在自己力所能及的范围内，创造舒适的环境，让身体舒适，让心灵快乐。生活的快乐不是与人相比，而是追求心灵的满足，精神的灿烂。就如一朵花的样子，不必娇艳到噬骨。只含一缕幽香，温柔整个走过的时光，已是美到心醉。

闲暇的时光，总喜欢去花市寻觅心中的芬芳。每日，与女友在散步途中都会遇见那在路灯下，摇曳着无限风情的花木。一日，在满目青翠的绿植中发现朵朵色如白雪、状如白掌的花卉，在夜色下傲然挺立。问及老板，才知道它有一个很好听的名字——一帆风顺。一帆风顺花的叶片与竹芋相似，开出的花犹如鹤立鸡群，洁白无瑕，给人安静、祥和的感觉。

喜欢它的样子，更喜欢它一帆风顺；亭亭玉立；洁白无瑕；和和美美的花语。于是，和女友两个人顾不得一路的劳累兴冲冲地抱得花木归。一路在言语的交谈中，亦是享受着朵朵芳菲暗香四溢的惬意。

因为喜欢与花木厮守，所以庭院的廊前檐下，室内的窗前案头，都植满了自己喜爱的植物。一个人的时光，喜欢静守一帘月，淡煮一盏茶，喜对一株花的淡然优雅。喜欢自己也做这样一枝花，开时静香绕花枝，落时抱香枝上老。开也美好，落也美好。

与友约好，等到我们老了，老得只剩下满头的白发，就躲开都市的繁华，找一处老房子住下。屋后植树，屋前种花。等到春风一吹，那绿绿的藤蔓就会爬满院子里的枝丫。那时的我们远离尘世的繁华，只做个安静的看客。沿着墙壁布满青苔的斑驳，悉数一起走过的锦瑟年华。走不动路的时候，我们就只坐在藤蔓下：听风听雨听蝉声，赏树赏花赏月明。等到红颜淡了，我们也老了，就只与花木厮守，与时光对坐。

若可，来生就做一棵开花的树。长在你途经的路口，不管你在与不在，来与不来。就那么在枝头努力地绽放。且妖娆着，散发出迷人的芳香。东风一吹，就让满城的桃红，肆意地蔓延一地。而后，那张张桃红小笺，就化作你最爱的桃花酿。

一生看花相思老，一世煮茶寄相思。一种相遇，珍惜着，经历着，坚持着就是最好的过程。只待，那一树繁花，开满生命的枝丫。与你，一见倾心，再见倾城。

遇见，不必在最美的年华

文/梦音

　　世间的缘，聚聚散散，分分合合。有心的人，总会驻足，不会徘徊。

　　有一种遇见，没有惊艳的开场，没有华丽的告白，普通的问候，简单的交流，一颦一笑，醉入眼眸，一字一句，温馨入心。都说人与人的遇见是前世注定好的，在某个不经意的拐角，无须铺垫，不加修饰，自然纯净，寂然欢喜；没有猜疑，无须伪装，笃定不移，简单干脆。

　　茫茫人海，有多少擦肩而过；苍茫一生，有多少真诚守候。于千万次的回眸中，于无数次的寻觅里，遇见一场缘，遇见一份情，如赴一场花事，馨香盈面，在鼻尖轻轻绽放成岁月薄凉里的暖。

　　和有缘人做快乐的事，别问是缘还是劫。遇见，就不轻易说离别；相守，就不轻易说感伤。短暂的热情并不难，难在不离不弃的相伴；客套的蜜语谁都会，贵在发自内心的流露。有多少人，来了又走，如浮萍飘散；有多少情，浓了又淡，如烟云舒卷。真正的心，平平常常；真正的情，平平淡淡。

　　感情，需要的是纯粹，与利益无关，与世俗无染，你欢喜，我欢喜，你快乐，我舒心，不是辉煌时的掌声，而是落寞时的依靠；不是花信年华时的颂歌，而是耄耋之年的陪伴。最初的情最真，最初的爱最深，陪你从低谷走向高峰，需要的是耐性，更是一种勇气。

遇见，没有早晚，不必在最美的年华，在刚刚好的时间，遇见刚刚好的人，如绿芽遇见春雨，如朝阳遇见晨露，惊艳了谁的眼，柔润了谁的情，你知我知，你懂我懂。

人生无常，或许一个转身就是天涯；缘分奇妙，或许一次驻足就是永恒。当苦苦寻觅那个懂心的人时，当感叹入心的人太少时，怎么就那么巧，怎么就那么好，一个身影跃入眼帘，从此走不开，离不去。

情到深处无由，爱到浓时不语，无须多言，齐眉默契，四目相对，眉也欢喜，神也飞扬。珍惜一个人，是一种深深的疼惜，绵绵的眷恋。当心与心，互爱生温，当情与情，互敬共暖，那么，就是一场魂与魂的相牵。

有一种人可以百看不厌，有一种感觉永如初见，我不知道假如不曾与你相遇，我会不会相信缘分。

生命奇妙，缘分神奇，深深浅浅，长长短短，不能预知；岁月匆匆，蓦然回首，那些春天里邀约如今早已长满青苔，而你，相逢于秋季，未曾经历花开的浪漫，却落果成我人生旅途中不朽的传奇。

相遇很平常，相伴很美丽，一切都是那么自然，不知从何时起，你已悄悄驻入我的灵魂。寂静的夜，有你；沉醉的梦，有你；无声的念，有你。今夜，星子点点，闪烁的眸子里有你，沾一滴寒霜，抒一首爱恋，一笺诗行清清浅浅，在人生的华章里抒写精美。

遇见你，不在我最好的年华，却是我一生中最美好、最动人的遇见。一番番滋味泛滥了心海，一丝丝牵挂味染了年华。是你，奏响了我生命跃动的篇章；是你，撬开了我尘封的心门。如果没有遇见，如果不曾遇见，你会是谁的谁，我又是谁的谁？

风起的早晨，我在窗前念你；花开的时节，我在溪边等你。懂心的人在心，任何时候都走不开；真心的人用心，地老天荒也不离去。那种笃定的情，超越一切海誓山盟，无须掩藏，从不刻意，因为有你，所以期盼，因为有你，所以幸福。

金秋十月，风拂去了燥热，捎来了清凉，我于收获的季节里把你的模样定格，在心中刻下了隽永的诗行。十月有风，十月有情，十月有暖，十月是一颗饱满的果子，是低沉的稻穗，是被压弯了的果树。不言不语，却是满满的收获；不声不响，却是轻揽了柔软的心。你说，我让你改变了原则，改变了许多，或许，爱的力量谁也无法左右，由天由地由不得自己。我用真心为帆，思念为舟，漾起的涟漪为花，送你一生一世的情缘，当一个人历经变迁，依然在原处，是多么令人惊喜的事！

遇见美丽遇见你，不曾预约，未曾彩排，一场缘相遇在人海，是注定，更是幸运。遇见，一场魂与魂的相牵，一次情与情的长跑，一句珍，在眼，一声念，在心。这世间的遇见，没有早晚，没有对错，珍惜，才是最美丽的拥有。

遇见，不必在最美的年华。

遇见文字，墨舞芳华

文/婉约

已经很难说清楚，是从何时起与文字结下的缘。抑或是童年时，母亲讲的一个个童话故事；抑或是年少时，父亲借来的一本本连环画册；抑或是闲暇时，端坐在收音机前，收听的一部部广播剧；抑或是假期里，津津有味地听说书人的长篇评书；抑或是长大后，醉心捧读的一本本小说。总觉得文字的世界，异彩纷呈。

记得小时候的自己，就像一尾小小鱼，呼吸着特别清新的空气，在文字的世界里快乐地游来游去。那些图文并茂的画册，那些细致入微的描述，那些精彩绝伦的片段，那些浅显易懂的对白，那些引人入胜的章节，那些美不胜收的场景，无一不激发起自己浓厚的学习兴趣，成为文字最初的启蒙，引导自己一步步走上文字路。

随着年龄渐长，认识的字越来越多，知识面越来越广，读书的兴趣也就越来越高涨。从民间故事到安徒生童话集，从经典名著到经典散文，从张爱玲的冷艳到琼瑶的缠绵，从席慕蓉的诗词到沈从文的边城……从晨曦微露到日落黄昏，从懵懂少年到风华正茂，是文字，陪伴着自己，走过了一季又一季，是文字，点亮了心中那盏不灭的灯。

不说书中自有黄金屋，但清寂的日子分明因为有了书的陪伴而变得美好。不说腹有诗书气自华，但清浅的时光分明因为有了文字的润泽而变得诗意满怀。寂寥的光阴，在笔墨的清香里开出了朵朵娇艳，文字给予人的喜与悲，也早已走入生命里。

常常在想，是不是生命中所有被自己喜爱的东西，都会被打上一些特殊的标记，在某个特定的环节，让自己痛并快乐。一如我所喜欢的文字，在给予我快乐的同时，总会将一丝忧伤涂抹在我的心间；一如人生中的某些遇见，在给予我欢乐的同时，总会将一些滋味让我品尝？

细思慢品，不禁莞尔。想必这世上所有美好的东西，在给予你欢乐的同时总是会要你承受些什么，就像我们在享受甜蜜的同时，总会要承受痛苦一样，爱越深，情越真，爱到深处无怨尤。原来爱，早已深种。

忽然就想到了这么一句：人生有味是清欢。一直不知道清欢究竟为何物，所以无法用确切的语言将其定位，更不会附庸风雅去做刻意的探究和迎合。但是我知道，清欢应该是内心世界一种小小的欣喜与满足，那份欣喜与满足里，一定有笔墨的清香，一定有心音流淌，一定有满腔的柔情，一定有孤芳自赏，一定有欲罢不能的情深，一定有欲语还休的苦涩。清欢，一定是一种有着特殊气质的东西，如一叶薄荷，长在感性人的心里，散发着悠悠异香。

是啊，爱上文字，怎能不染上忧伤。文人固有的多愁善感，让这淡淡伤感的疼痛，萦绕在生命里，演绎着悲喜交加。它让我哭着，笑着，感慨着，它让我在别人的故事里找寻自己。它让我举杯消愁，它让我甘心沉沦。它，覆在我的生命里，如一方上好的织锦，冰肌水润，让我在感受着丝般润滑的同时，也碰触到指尖的微凉。

人有很多时候，是在为心找一个家。仿佛冥冥之中，一切早有安排，行走在文字里，一些遇见纷至沓来，总有些人，是植入生命里的暖，总有些事，是愿意驻足的流连顾盼。一如，我和文字的遇见，一见倾心，再见倾城。

因一篇文而相知一个人，因一个人而走入一片更为广阔的天地，这本身就是一个传奇。或许这样的遇见，是前世修来的缘，或许这样的遇见，也正契合了自己久藏于心，与文相伴的情深。

人世间，每一份情感，都是理解中的丝丝连心；每一颗真心，都是包容中的风雨同舟。对于随缘的人来说，遇见是一个偶然，对于执着的人来说，遇见是一种必然，对于情趣相同的人来说，遇见则注定是一场心灵的相守。

遇见，是多么美好的缘！

感谢文字，让我在时间无涯的荒野里，没有早一步也没有晚一步，遇到了最想要遇到的人。感谢文字，让我于命运的某个转角处，没有早一分也没有晚一秒，邂逅了最想要邂逅的一段缘。

　　时光不老，我们不散。今晚，且容我借缕缕秋风，在杭城渐浓的桂花香里，为我深深喜爱的文字书写一笔最美。执笔流年，共守心灵的桃园，今晚，且容我站在时光的一隅，为我倾心相守的文字许下一份永远：你若不离，我便不弃，你若安好，我便晴天!

　　默然相守，寂静欢喜。

第二辑

想念，开在心底一朵素白的花

总会在某个不经意的瞬间，被某个熟悉的场景，某句熟悉的话语，或者某个突如其来的念想所牵扯，随之而打开记忆的门。那被时光清洗得发白的往事，便如一轮明月，挂在遥远的天际，泛着清幽的光。

等你，在烟雨江南的墨色里

文/莲韵

读你，我用江南的烟雨为墨，蘸上春的颜色，用心去勾勒，用想象去临摹，你温暖的容颜如昨。寻你，梦里千百度，在青石板铺就的巷口，倾城回眸，你正在灯火阑珊处。只因一次不经意的擦肩，我便开始了漫长的守候。

水墨江南，是我梦中的缠绵。碧水蓝天，芳草青青，飘逸的柳丝伴着柔柔的暖风，轻轻抚慰着多情的杨柳绿堤。湛蓝的天空，纤尘不染，这里的一花一草、一砖一瓦，都写满了相思情浓，到处都充盈着美丽的幻境。万水千山总关情，牵引着我五彩斑斓的梦。一袭青衫，一抹芬芳，一段温馨浪漫的传奇，在小桥流水旁，静静流淌。

往来的风停下了脚步，一种清新，一种恬淡的气息，沁人心脾，醉了柳叶眉弯。一路寻觅，思念的羽翼轻盈而朦胧，在时光寂静处，在遥远的天边，弥漫成漫天缠绵的烟雨，轻轻挥洒着江南的水墨丹青。

婉约的江南，是我梦里挥不去的痴缠。千里莺啼绿映红，多少楼台烟雨中。碧波万千，翠绿做毡，繁花娇艳，柳丝绕成线，烟雨碾成墨，水儿柔，风儿暖，低眉凝眸，浅笑安然。将一怀如莲的心事，针针线线，镶嵌着温婉，为你，细细织就幽梦一帘。或许，我就是千年以前佛前的那朵青莲，千年的等待，千年的守候，不为超度，只为你路过我盛放的娇容，等你回眸！

一世的艳丽只为你绽放，一生的柔情只为你倾城。

等你，无悔今生；等你，在婉约的江南；等你，在氤氲的墨色中。

烟雨江南，是我梦里最美丽的一幅画卷。细雨如丝，飞花绕肩，相思墨染，水帘漫卷。一湖烟雨朦胧，一叶乌篷船，撑一篙唐风宋雨，荡一湖二十四桥月夜明，我与你画舫听雨眠，一曲幽怨云水间，千杯万盏，醉了红颜。楼亭阁榭，清丽温婉，雾锁远山，烟花瘦剪，细语呢喃，氤氲缭绕，翠屏如烟。风轻云淡，一切是这样的清雅超然。人在画中游，醒来不知身是客，一晌贪欢！

虽是生在北方，却对江南有着一种特殊的情感、不舍的眷恋。如梦的江南，是氤氲在我心间的一首婉约词，是缠绵在我梦里的一阕朦胧诗，吟诵着远古的韵律，谱写着千古的传奇。犹记得，一帘杏花微雨的江南，我执一柄花折伞，一身淡雅，莲步姗姗。古色古香的青石板，我站在细雨如烟的水帘里，留恋顾盼，等你一袭青衫翩然。一丝幽怨锁眉弯，一缕清愁，在幽深绵长的巷口，搁浅……

时光清浅，霏雨如绵。水光潋滟，清香悠远。情深深，雨蒙蒙，多少缠绵烟雨中？你在淡墨渲染的青砖绿瓦间若隐若现，我淡妆素颜，站在凝烟的水墨里，痴痴地等你！风起，帘动，掀起一帘幽梦，我的心停留在烟波深处。不知，你有没有看见我深情凝望的眸光？不知，你有没有读懂我幽怨的惆怅？

当你回眸的那一瞬，惊艳了落花流水！我恍然明白，这苍茫的尘世间，有一种割舍不断的缘，叫一眼万年。一瞥惊鸿，刹那的心动，人生最美的邂逅，莫过于心灵的重逢，眸光交集的一瞬间，便温柔了诗意的江南。

梦里的江南，一个多情之地、温柔之乡。多少缠绵的故事遗留在这里，那千年的烟雨，仿佛在诉说着一幕幕凄美忧伤的爱恨别离。这里的烟雨迷离，雨滴溅落在青石板上，是伊人洒落的泪滴，是寂寞的无奈，是清幽的禅意，是一声声无言的叹息！烟雨江南，一抹馨香盈袖，一袭水墨绕肩，含着水乡淡淡的哀怨，谱一曲清雅的幽韵，在水之湄，拨动着多少人的心弦。

多想与你一起漫步在飘雨的江南，撑一把油纸伞，任相思如绵绵细雨，缠绕在指尖，弥漫在心田。多想与你，沿着芳草萋萋的杨柳岸堤，静听落花流水，那亭亭的玉兰，幽幽的丁香，任凭时光就这样静静地流淌。就这样与你，在这静美的光阴里流离。感受着流泪的幸福，享受着有你的甜蜜！

因为有你，这里的风光更加旖旎；因为有你，再大的风雨不再犹豫；因为有你，我的世界不再孤寂；因为有你，我的文字便有了空灵的诗意；因为有你，我的思念像添了轻盈的羽翼，更加浪漫而美丽。

今生，等你，在烟雨江南的墨色里！

光阴的故事

文/婉约

流年日深，许多的往事已随风而逝，然而，总还是会有一些什么驻扎在心底。不管这些被称为曾经的东西是华丽丽的，还是暗沉沉的，不管这些曾经是念念不忘的，还是模糊不清的，它都像一颗种子埋在土壤，只待春风化雨，自然复苏。

总会在某个不经意的瞬间，被某个熟悉的场景，某句熟悉的话语，或者某个突如其来的念想所牵扯，随之而打开记忆的门。那被时光清洗的发白的往事，便如一枚咸咸的月亮，挂在遥远的天际，泛着清幽的光。

"中庭地白树栖鸦，冷露无声湿桂花。今夜月明人尽望，不知秋思落谁家？"今晚，当又一轮秋月挂上中天，中秋，这个特定的节日所蕴含的特有的气息便在夜的空气中弥漫开来。不知这一轮圆月，勾起了多少人的相思，寄托着多少人的牵挂。也不知这一轮圆月，承载着多少人的期许，埋藏着多少人的情愁。不知道又有多少双眼睛，正把它深情张望。

漫步在融融的月色底下，轻嗅着夜风中若有似无的淡淡桂花香，思绪就像被忽而拨动的琴弦，被一种叫作追忆的东西填满心房，怀旧的滋味在氤氲的夜色里随风荡漾。

抬头望月，低头弄影。耳畔仿佛有歌声传来：春天的花开秋天的风以及冬天的落阳，忧郁的青春年少的我曾经无知地这么想，在四季轮回的歌里风车在天天地流转，风花雪月的诗句里我在年年地成长。踏着音乐的节拍，走入时光隧道，那些一去不复返的青春岁月，那些被窖藏的熏香的记忆，那些因缘际会里的阴差阳错，那些日渐疏离的曾经美好，就像月色朗照，历历在目。

光阴的故事在眼前，被清风一页页翻过。

月洒清辉的日子，连记忆都变得如此清亮，仿佛撰写在心底的诗篇，在瞬间永恒。总想起年少时那个曾经为我执笔作诗的你，想起月色掩映下你纯真无瑕的脸。想起文字的世界里，我们携手走过的花季雨季，想起落在你眉心的点点忧伤。想起鸿雁传书的日子里，你随信寄来的一张张明信片，想起那年中秋，明月如霜。

记忆深处，刻满了你的影子，虽然这些影子早已被时光揉搓得面目全非，你的背影也早已淡出了我的视线，我们甚至都已经忘记了彼此的存在，然而，曾经拥有过的时光怎能抹去，那些被封存在记忆里的片段，犹如刺青，刺在心上，不管岁月如何漂洗，终还有丝丝缕缕的痕迹，透过月光朗照，影影绰绰。

记不起当时的月光，是如何掩上心头，也记不起当时的感动，为何会在心底绽放如花，只记得当年河畔，柳也妩媚，月也妩媚。

月光，从婆娑的枝叶间一泻而下，不远处，有秋虫在低吟浅唱，融融的月色下面，小河在静静流淌，清澈的水面泛着粼粼波光。你随手摘下几枝柳，为我编织一个美丽的花环，那淡淡的香草味从鲜嫩的叶子里流出来，散发出十分好闻的味道。你年轻的脸庞，在一袭海魂衫的映衬下俊朗无比，你纯洁无邪的眼眸里，藏着一丝我当时看不懂的温柔。

从别后，忆相逢，几回魂梦与君同。数十年的光阴在微凉的风中沉沉浮浮，你的笑容，亦已尘封。这么近，那么远，怀旧的滋味，就像这铺了一地的霜月，虽然如此真实地落满双肩，可是，却怎么也触摸不到一丝温度。只有光阴的故事，在经年的风里，悄悄流转。

"发黄的相片古老的信以及褪色的圣诞卡，年轻时为你写的歌你早已经忘了吧，过去的誓言就像那课本里缤纷的书签，刻画着多少美丽的诗可是终究是一阵烟。"凉薄的风中，缥缈的歌声如一声声叩问，不绝如缕。光阴的故事还在上演，而那些曾经让自己深深眷恋的东西早已散落在天涯。

不得不承认，时间是一个魔法师，它让深的东西更深，浅的东西更浅。在时间的洪荒里，多少的人来人往，就像一阵风，来也匆匆去也匆匆。多少的缘起缘灭，就像是一阵雨，湿了又干，干了又湿。多少的相遇，只不过是过客飘萍，留不下一丝痕迹。多少的愿望，只不过是永无交集的平行线，永远也无法实现。

阴差阳错的故事，酿造出多少无从追悔的遗憾，飘如尘烟的往昔，又将多少痴情与梦想改写？渐行渐远的日子，渐行渐远的你，面对命运，我们从来都是那样的无能为力。无力抗争，无力改变，我们甚至无力到，要想握住一份温暖都做不到。蓦然回首，物是人非，细数生命的角落，从最初到最终，留在我们身边，值得我们回味的人和事，还有多少？又有多少东西，是握在掌心里的暖，是真正属于自己内心的归依？

不再是旧日熟悉的我有着旧日狂热的梦，也不是旧日熟悉的你有着依然的笑容。这世间，有许多东西会卷土重来，唯有逝去的时光和错失的情感，永不再回来。透过岁月的缝隙，我们能够追忆的，不过是旧时光里曾经的片段。我们一忆再忆，最想要找回来的，也不过是那个曾经背手含笑的自己。

今夜，花好月又圆。在清幽的月色底下，听光阴的故事，轻声诉说。抬头，我看见了冷冷的光，低头，我照见了长长的影。

爱的颜色

文/黄叶舞秋风

已是盛夏，墙头的夕颜肆意地攀爬着，翠绿的叶子已经遮住了半个窗。隔着一帘素月如洗，掬一抹枝头的苍翠，追寻一丝熟悉的味道，温润着婉约的诗意。铺开岁月的画卷，用深情的笔触描摹，每一个落点都有诗情画意的过往，每一个韵脚都有无限风光的浪漫。

这世间，有人追求粗衣素布，清茶淡饭的平淡；也有人追求家世显赫，锦衣玉食的富丽。漫漫红尘，谁都渴望一份十指相扣的爱情，携手白头；谁都期盼一双撑着花纸伞的手，牵伴永远。谁不想温一壶月光做酒，独坐画楼一隅，看碧波潋滟，净水移星。扬起十指，拨动琴弦，和一阕《疏帘淡月》，浅唱低吟，把午夜里一道浪漫的风景，编织成此生恒久的缠绵。任思绪轻轻滑过岁月的转角，浅浅地品味，慢慢地释放。

时光于指尖悄然划过，一帘幽梦，挂在沧桑的鬓角。月缺月圆，霓裳轻舞间，岁月抹去了青葱的年华，阅历丰盈了内心的平淡。当人的思绪极度想远离那些浮华喧嚣、名利纷争时，浓于心底的那份淡然便证明了一切。其实爱情不必许下山盟海誓的诺言，一句有你就好，便足够了。真正爱你的人不会说许多爱你的话，却会做许多爱你的事。或许，此生注定一些人、一些事只能远远地相守。一些情、一些爱只能默默地收藏。用宽容的心去爱、去感受，去体会人生的苦辣酸甜。在每一个走过的路上懂得珍惜，在每一个路过的风景里懂得欣赏。

爱极了徐志摩的那句："得之我幸，不得我命。"

真爱未必是，陪你携手红尘岁月颠沛流离，或者，和你一起临风把盏，花前月下，抑或，伴你走过风花雪月，而后与你一起相依相偎，执手白头。爱的付出是多样化的，林徽因对徐志摩是爱，张幼仪对徐志摩也是爱，陆小曼对徐志摩同样是爱。只不过她们有的爱如莲般淡雅，有的爱如菊般平和，有的爱如玫瑰般热烈。

林徽因在她青葱似的年华里写过一首诗歌："这一定又是你的手指，轻弹着。在这深夜，稠密的悲思，我不禁颊边泛上了红。"

因为爱了，所以那一首弦音，她的脸颊才会有羞涩的红。但是，她深深地知道，爱不是唐诗里，在天愿作比翼鸟，在地愿为连理枝的誓言；也不是宋词里，问世间情为何物，直教人生死相许的浪漫；更不是死生契阔，与子成说亘古不变的约定；也不是衣带渐宽终不悔，为伊消得人憔悴的执着。有一种爱不在身边，却在心间，不曾牵手却真实拥有。于心灵是一种温暖，于生命是一种感动。隔着彼岸，是一份两两相望的牵挂；近在咫尺，是一份默默不语的相知。彼此的凝视，已胜万语千言，两颗心的相守，比无数承诺更加珍贵。

爱是携手风花雪月中双手传递的暖，是隔着彼岸你若安好便是晴天的祝福。爱是绵绵雨夜，为你撑开的那把花纸伞，是冷冷冬日为你捧来的那杯暖咖啡。爱是反复回忆中涂涂改改的五彩画布，是循着琴声绕过红砖墙追逐的过往。

所以，林徽因清楚地知道，对于这份情感，她没有太多的奢求，只是这样安静地守候与陪伴足矣。任凭深情在彼此心里静静地流淌，任凭思念在彼此心中缓缓地蔓延。那轻轻地挥一挥手，不带走一片云彩的洒脱，飘逸在莲花圣洁的馨香里，从容、素静、淡雅。

时间的渡口，人人都是过客，如烟的时光，如水的梦，谁都抓不住。执念越深痛苦越深，世上的爱，有冷有暖，有远有近，有浓有淡。不要让爱成为彼此的负累，不是所有的等待都能收获真正的爱情，索取越多失去越多。岁月老了，真情还在，花事老了，幽香还在。一份懂得，无语默契。一份相知，不言最深。以一种淡然的心态行走于红尘，与你隔着一首诗的距离，不奢望入我的唐风宋雨，不奢望落我的红粉墙头。用琉璃般的心境，如莲般的心事，静守一座方城，撑起一方安暖。

走过了红尘，经历了太多的风风雨雨。只想做一个普通平凡的女子。在优雅娴静的时光里，以删繁就简的心态，任思绪缤纷在如莲的心事里，静静遐想，默默沉思，淡淡回味。掬一帘淡月，研一方水墨，忆一段过往，晕开三尺柔宣的诗意，将黯然折叠，让心情明媚。浅书流年，不言悲欢。用心感动着每一次相遇，每一份守护，每一场爱恋，将缕缕相思化入一场没有纷争的旅程，镌刻成一段亘古唯美的回忆。珍惜那份遥远的牵念，清而纯，静而淡的相依相伴。信手拈来一片飘香的花瓣，糅进素笺，莫问缘来去，缘深缘浅，相信这是今生最美的瞬间。

爱是一张白色的画布，需要我们在人生旅途中细细地描绘，浅浅地临摹，画山便是山，画水便是水。当我们老成夕阳西下暮霞漫天的时候，彼此欣赏着这块画布，深深浅浅，浓浓淡淡的痕迹已经把这块画布，装点得色彩斑斓……

是的，爱的颜色是多彩多姿的画卷。

回眸但觉烟色浅

文/花谢无语

北方的冬天，与温暖无缘。就连呼出的气息都冰冷着，冷得连心里最后一点温度都随着瑟瑟颤抖。所以，平日里很少出门，一个人的时候，喜欢守着一朵暖阳，在窗下绣半卷时光，仿佛，是在一点一滴地梳理着细密的心事。本就是低温的女子，深知做不到大烟大火的燃烧，也只是希望，可以细水长流地润泽今生就足够好。而岁月，不曾凉薄于我，纵使年华飞逝而去，我也不曾轻贱自己半分。当一切风生水起都止于朝夕，那个关于爱情的字眼，虽不似从前那般的相信，可还是会暗自生出微微期许，还能想起那年"与君初相识，犹似故人归"。想来，这就是时光最终给予我的温存，如此，就是尚好的情意。

突然感觉，光阴旧了，情意淡了，日子倦了，曾经那一页提笔就可以书写成章的想念，早已与别人无关。时光，锐利如剪，来不及感叹，一段尘缘，灵动如风中的半卷心事，不待谱成华篇，便随着流年折损了未完的稿件。倘若，我说我只恋心中半盏温暖，不追溯往昔画面，不管沧海桑田，也只愿，想到一个人时绽开的容颜，可于风里，可于梦里，可于四季的轮回交替里，都是一抹亮丽笑的嫣然。问，你可还懂，这生生熨帖的喜欢？

一直相信，一个内心温暖的人，总不会输给岁月。不管是繁华与落寞，都将安守着内心的本分，会用心承载整个光阴的静美与微温。命运，掩合了你向阳的窗口，就一定会为你打开一扇门，是为了补偿你某时丢失的所谓福分。所以，不要以为自己见多了悲欢离合，就再也无法丈量出心的尺寸。平心而论，这世间，总会有一种情意，让你从此不再慌乱地行事，让你安心地去过心驰神往的日子，让你学会做细品风月的女子，朝朝暮暮聆听时光的深切感悟，任凭光阴磨平了眼底的沧桑，然后，守着现世安稳，直至，静水流深。

流年里的一些事物，看似漫不经心的路过，如云影拂过山峦，如雨露润泽田园，如春风又绿江南水岸，每一次喧嚣泛起，每一次风雨叠加，想来，都是让心灵蒙恩的一种升华。而我，多希望我只是那花团锦簇中的一朵闲花，不理外界嘈杂，不听云燕喧哗，只静静地陪你，陪你悠然采菊东篱下，陪你西窗秉烛共话桑麻，陪你松涛声里看百万里江山如诗如画。尘世里的念，总是这样深切地撼动着心底的牵挂，似写不完的雪月与风花。如若，等冬日里的冰雪都悉数融化，等微风拂动起我清秀的发，等长亭两边铺满嫣霞，愿，还能执子之手，随我看尽红尘冷暖，赏尽十里桃花。

有多久了，我的指间溢不出明媚的墨香，如冷空气侵袭着寒风萧瑟的城市，从日出到日暮的空旷里，都是寂寥的苍茫，心境如此，自然，也就写不出桃花满径的段落。倘若，我的整个记忆都静静地掩埋在这个深冬的日子里，那么手心里情感的线条，以及，那些剪不断的思绪，待风和日丽时再去翻阅，谁又知，那时的光阴该是深浅错落地安放在了哪里？从前写过的诗句还在，只是，一切，都如水洗落花的平静，一转身，就丢在了萧山的梦里，到最后清点，也唯有，时光还记得。

　　总是觉得，这个冬天就这样百无聊赖地过着，有些人，尽管万分地不舍，可还是不经意就被走成了身后的风景。于是，每一天，都会有很多时间在酝酿情绪，为花落了叹息，为雪融了叹息，然后，会一个人站在原地低着头默默饮泣。心绪如此，不分白天与黑夜的孤立，试想，人生，有多少时间可以沉浸在风花雪月里消磨着心智，又有多少情意还能隔着天涯一一念起。仿佛，是歌词里唱的那般，隔着时空想你的样子，隔着时空念你一片痴，红尘一场漫天的尘埃，寂寞我的爱。原来，人生总如戏，又总是容易入戏，最终，风月分道两边，也只安得山水两相望的情怀。

　　喜欢给自己一个无人经过的时段，就好像命运层叠中的一粒微尘，来不及卷入风中，便被岁月生生遗忘在角落。无须对影自叹，无须躁动不安，只静静梳理好自己的心绪，但求，可以用片刻的恬淡抚慰灵魂的安暖。偶尔，也会听到，一颗心在轻轻低诉，这一程形单影只的孤寂走得好疲倦，能否，用千百次的感恩，来记取昨日遗忘的容颜。有时候，或许真的渴望有那么一个人来将墨守成规的境况打乱，来纵容自己的小情绪无休止地蔓延，一如，曾经的遇见。生活，给过我们很多画面，既然无法一一展开，就要学会相信，冥冥中，总有一份尘念是与我有缘，总有一角广漠，是可以放飞心绪的明媚蓝天，于是，我等你来，共赴一场山水的清欢。

　　从前的时光很慢，一辆马车载着几页写满相思的信笺，从天涯的这端出发，到天涯的那端停下，这一来一回的牵挂，或许，就会让青丝等成了白发。从前的路途很远，一颗心与另一颗心相遇碰撞擦出火花，便不管十里长亭望眼欲穿，不问海誓山盟是否搁浅，这一心一意的对白，也足以成街头巷陌值得传唱的佳话。倘若，我是生在从前的女儿家，我会将相思的籽粒沿着溪畔埋下，春天里播种，夏天里开花，秋天里结果，冬天里采下一枚入茶，只等你远山远水地来，我便倚门相迎，与你花前李下对饮，共沐光阴晴好，这一月一年的守候，都将是眼里散不开的韶华。

等，这一月的烟火燃尽，我还会不会安守着心的城池，任凭流年煎煮着早已绝迹的往事，让那些独自飞舞的心情，再也不复狰狞，如，清风中灵动的白羽。曾经，一些凋落的故事，还在时间的旷野里游离，无法掩合，也无法再拾起，唯有光阴可以听懂那些寄生在身体之内的花火，一次又一次更深地烧灼着自己。当眼角的余温，当指间的日子，在逐渐远了之后，我只期望，某一天还会被某人蓦然记起。如一个明媚的早晨，又听到诗歌中传递的一种暖意，是阳春白雪的印记，是春花灿烂的讯息，是锦心绣口中流露出的那一句迟来的爱你。

想来，算是安逸的女子，俗世里行走，不多言语，不乱心智，只静静地聆听时光里悄然繁衍的故事，或哭，或笑，对于我来说都是最美的章节，且不管有没有个最美的结局。也曾无数次设想，或许，命运的眷顾，亦会许我一段风月静美的缘分，他来的时候我刚好就在，于是，温暖入眼，十指相牵，红尘里展开一场爱的华篇。

如若，有一天温情远了，尘缘淡了，我还是会等在北风呼啸的路口，用如水的想念，缱绻出一杯醇香的酒，只为你的路过，对坐，小酌，且让悲喜都悉数入喉，然后纵使落泪，也定然如爱的微温，一瞬间就暖了双眸。

我在上帝心中

文/菡茗

二十多年前，看过一个《红玫瑰》的故事。讲的是"二战"期间，一名英国士兵，因胆小，非常恐惧战争。后来，在一个叫朱迪斯的年轻女作家的帮助和鼓励下，克服种种心理障碍，成了一名优秀的军官。三年间，他们鸿雁传书，产生了深厚的感情。战争结束时，他们约好，在伦敦一号地铁出站口见面。朱迪斯说我胸前会佩戴一朵红玫瑰，但我不会先认你，如果你不喜欢我，可以走开。

见面的时间到了，布朗仔细辨认着走过的每一个女性。红玫瑰终于出现了，但这个女人的脸部已因战争严重烧毁，右腿也已残废。她吃力地拄着拐杖一瘸一拐地从他身边走过。茫然间，他不知所措，但犹豫片刻后，还是追了上去说："我是布朗。我们终于见面了，非常高兴！"女人回身微笑地看着他说："先生，您要见的姑娘，就是刚才从你面前走过的那位丰姿高贵的绿衣女郎，她在对面的咖啡馆等你呢！先生，您已经成功地接受了一场或许比战争更严酷的考验。"

前几天，在一个朋友的空间重温这个故事，依旧感动。美好的东西总是那么容易被人记住。1996年，布朗和朱迪斯皓首相挽共赴天堂，完成了他们一世的传奇。这个故事告诉我们一个道理，爱情是纯粹的精神领域的东西，是心灵的愉悦、交往和支持；是神圣的，是不被数字和美丑左右的高尚情感；是战胜自己的卑微、狭隘，言大美和大爱的一个过程。

爱情它不是童话，是要经过很多考验的。爱情是一种精神生活，不见得建立在物质生活之上，但一定会高于物质生活。如果你所要面临的婚姻，还在过多地纠缠彼此的条件和得失的话，这只能说你们还停留在最初的物质阶段，还没上升到爱情的高度。

爱情是一种心疼，就像初春的花蕊般，薄软，轻颤，呼吸相关。

真正的爱情是人与人之间，心底难以言表的感动，而不是从暧昧开始。爱情是一种奢侈，因珍贵而不易得，因人性之自私，而不能永恒。因充满变数，有些人便只求质量，不计长短。但事实证明，只有时间才是验证含金量，去伪存真最好的方法。

爱情最大的杀手是猜疑。没有信任，必将夭折。正如有些人说的那样，爱是磁场，而不是捆绑。

爱情是孤独的产物，但绝不是寂寞和无聊的附属。无聊是空虚的表现，寂寞只是清闲的剩余，感情只能作为暂时的填补。孤独是灵魂深处的思考，是内心深处的索求与渴望，是灵魂的相懂与共鸣。所以有人说过这样的话，你配孤独吗？孤独之人不轻易言爱，也不肯俯就，也不会因寂寞就去爱，也不会因孤独而不爱。"良缘易合，红叶亦可为媒；知己难投，白璧未能获主。"所以很多人未遇相知，宁可灵魂独自上路。

爱情是一种内心的依恋。是一个生命对一个生命的呼唤，是人性至纯至净的美好部分，是一种对亲密的渴求与向往，是彼此心灵的亲切，而不是面孔的熟悉。爱情是需要呼应的，是相互的爱慕之情，是需要心灵的交汇奏响的共颤音符。单相思绝对不是爱情。巴金年少时就曾喜欢过邻家一个独立花荫下的纯净少女，晚年放下手中所有的事去找她，但当看到她已变成一个普通老太太时，而转身默默离开。

戴望舒笔下的丁香姑娘是他的初恋。他美好的诗篇可以感动很多人，但从不曾打动这位丁香女孩。他们虽订婚，但终因姑娘喜欢上别人，在戴望舒的一巴掌下分道扬镳。这些故事告诉我们，真正的爱情是双方参与的，是相互的倾慕与感动。他们拥有的只是曾经的单方面的虚幻与喜欢，而没真正触及爱情的精髓。

爱情更是一种信仰。是对现有的坚守与执着，而不是对未知的一种幻想。是对自己内心的忠于，对纯洁的敬畏，而不是幻想着艳遇，幻想着很多人围在身边的虚荣。爱情来时，要相信它、拥有它、守护她、珍惜她。而不是像小和尚进花园看了一朵又一朵，结果一朵都不珍惜。爱情是没有回头路的。

爱情是一面镜子，照见了自己，也照见了别人。请相信这世界上没有无缘无故的爱，你深爱的对方就是另一个自己，或者说他身上的某些东西是你喜欢的和你所向往的，是你身上某些潜在的品质。

富翁和权贵是很难得到爱情的。因为他们心灵本身就设防，就怀疑接近之人，目的纯粹性。相处之人，也会由于他们外在的丰满而私心膨胀。倒是董永，穷得只剩下勤劳和善良，才能得到真爱。

爱情是无条件地付出。那些在一段感情结束后，大加指责诋毁对方的人，只是打了一个爱情的擦边球。记住纪伯伦的话"我在上帝心中"。爱不仅仅是张爱玲说的慈悲，而是施比受更幸福；我们自身不仅仅需要爱，更需要给予。因给予的同时就获得巨大的满足，你的幸福，就是你碰到了你想要施与的对象。

相信每个人都是最爱自己的，先自爱才能爱人，先感动自己，才能感动别人。自私的人是无缘于爱的。不要不相信爱情，尤其年轻人，爱情基本就是年轻人的专利。青春，是个把爱情看得大于天的年龄，那些生生死死的爱情也多半发生在年轻人身上，像罗密欧与朱丽叶，梁山伯与祝英台。年纪越大，因牵绊，因世故，爱情已开始大打折扣，真心虽有，付出艰难。

也不要过分相信爱情，在爱情的字典里更要相信品质的力量，不要过分高估个人的魅力。像迷失在雪山上的一对恋人，男的用自己的鲜血涂出线条，引来救援的飞机。这些，不仅仅是因为爱，更是自身的无私。像孟姜女千里送寒衣，哭倒长城八百里，敢叫皇帝披麻衣，任你富贵相许，还要随夫去，也是自身高贵的品质和心灵纯洁操守的坚持。

不要对语言一味苛求。语言只代表当下思想，不代表将来。爱是一种感觉，爱没了，说过的话就成了垃圾，要自动清理。爱情和性欲是两回事，性欲基于原始，爱情来自自然，爱情可以包含性，性却不可能奢望爱情。贪官巨贾可以情人无数，但从不知什么是爱情；升斗小民拥一人足够，照样清风明月，山野放船。

爱情与婚姻也不是完全的必然。爱情可以是婚姻的底砖，但不是全部的内涵。婚姻，不是锦句名言，不是彩衣斑斓，是一粥一饭，自知冷暖，是责任居多，亲情转换。夫妻是最大的经济共同体，没有爱情的婚姻虽悲哀，尚可运转。但没有婚姻的爱情怕光怕晒，这是永远的矛盾和悲哀。

但不是没有例外，如果当你两鬓苍苍时，在炉火旁还能收到像爱尔兰诗人叶芝那样的信："多少人爱你风韵妩媚的时光。但唯有一人爱你灵魂的至诚，爱你渐衰的脸上愁苦的风霜。"当你能用一生的等待，来坚守一份爱时，那就是传奇。

所以，请记住，无论何时何地，爱的唯一保鲜方法就是"我在上帝心中"。

春怀缱绻

文/明月如霜

缱绻两个字，读起来是缠绵的。仿佛两个用丝线做成的文字，有缕缕柔情蓄在里面，似那红红的中国结，纠缠萦绕，永不离散。

有些文字，天生就很柔美。入眸，就让人觉得温暖。比如缱绻，比如旖旎。这些柔美的字眼，总会让人想起那些唯美的爱情。

一直觉得爱情是一件奢侈品。不是每一个烟火红尘中的行人，都会享有一份唯美的爱情。那种琴瑟和鸣的美好，只是一份美丽的憧憬。

直到有一天，看到文学大师们的几封旷世情书，才知道，他们的烟火爱情是如此的浪漫、缱绻。

"三三，我一个人在路上，看什么总想到你……"沈从文一生给张兆和写了几百封情书，还以张兆和为原型塑造了翠翠的经典角色，写下了不朽的巨作《边城》，他对张兆和的那份真情在字里行间旖旎、缱绻。

"写给你的信，总是要寄往邮局。不喜欢街边绿色的邮筒，觉得它们总是要慢一点。"鲁迅先生与许广平分开的日子，也总希望时光能快一点，让许广平早一些看到自己对她的思念和挂牵。虽不能朝朝暮暮，亦可在书信里缠绵、缱绻。

喜欢从前的爱情。喜欢那时的人们慢慢地用一生的时间去爱一个人，用淡淡的柔情去陪一个人。最美的爱情恰如四月暖阳下的一缕春风，轻轻的，柔柔的，糅合着芳菲的暗香。入眸，养心。

一直觉得爱情与年龄无关，不同的年龄，亦会有不同的爱情。只是随着年龄渐长，对爱情的表现没有了年轻人的热烈。

每次听到《梁祝化蝶》，心就会一阵悸动。想必里面是有缱绻的，那音符是温馨的、缠绵的。缱绻的柔美会惊动人心。两人处得越久，越能活出一种缱绻之境。

邻居是一对年过七旬的老人，满头布满白发的银光。看着满目都是安然、慈祥。每天，两个老人一起晨练，一起买菜，一起做饭，一起在自家开辟的小菜园里忙忙碌碌……我便极爱这烟火里的缱绻了。

每每凝望他们，总能从他们彼此的眼神里，读出幸福，读出满足。他们用自己独有的方式，在自己的烟火爱情里，独享着属于自己的缱绻、缠绵和甜蜜。

人的一生，总要有追求爱情的经历。倘若没有，就如同一个人少了童年的生活，总会多了份寂寞在心底。一段爱情，两个人成长。无论是否会相伴老去，心动了，经历过，就已足够。

莫名地就喜欢扬州八怪之首——金农的那句"忽有斯人可想"。只是一低眉，一低眉就足够，把所有的纷扰阻挡在眼眸以外。眼前和心底忽而就只剩下那斯人的模样。想他的一举手，一投足。想他的睿智，他的风雅。这种思念不必说于他人听，与他人无关，只是伊人心底的小情感，只与他一人缱绻、缠绵。

樱花盛开的时节，与他约好一起去赏樱花漫路的幽雅。可是，一场缠绵的春雨，破坏了花开正浓的樱花。满地的花瓣，一条路雪白，一条路绯红，美得凄惨。

总有一些心念无法抵达，只能任其在文字里永驻芳华。你说，明年樱花会芳菲依然。可是，明年我还会有赏花的心念吗？只能是子规声里相思又一年。正如那忽有可想的斯人，忽而在心底，忽而在眼前。

喜欢一份情，淡淡相守，安暖一生。喜欢静守淡淡的时光，慢慢去等。不管是阡陌上相逢，还是烟火中相遇。遇见，就是春暖花开。那一幅桃花小笺，那一条樱花小径，在岁月深处，安暖着心底的碎碎念念。念到深处，是情浓。一些花开春光的激滟，在文字里盛开，只愿你懂。

一些心念，沾衣浴湿。不必出口，淡淡的时光，寂然相守。我愿用余生的时光慢慢去等。当雨燕在廊前低飞，一路摇响春天的风铃，我可是你心头的一抹嫣红？

折一支柳笛，让婉转的心曲，陪你烟雨人生。当所有的漂泊，停止在时光的流里。我会无怨无悔地伴你走过四季。平静如水的心扉，面对繁华红尘，只喜素颜青衣。

小城的四月春色越发浓郁。目之所及，春光激滟。河岸边，柳丝如碧，小草萌绿。杨树枝头的绿茸，也一天一个模样。展示着春天的柔美。一场场盛开的花事，明媚着你的眼眸，风一吹，摇曳成一地花影。

这四月的小城似乎成了世外桃源。若是你留意地去看：街道旁，公园内，还有那影影绰绰的座座庭院，你总能发现桃花那俏丽的身影，摇曳在眼前。那一树树的粉，那一枝枝的嫩。如一位位俏丽佳人，在春风里，肆意地张扬着自己的青春，与无限春光缠绵、缱绻。

庭院的假山旁植有一株桃树，初开时，花瓣是那种亮亮的粉。渐渐地，那串串粉色在我的视野里变成了片片嫣红。忽而，有一种痴念涌上心头。觉得那花的颜色，如同一份爱情。初识时，只是淡淡的粉白，并不浓烈。慢慢地，在暖阳的旖旎中，在春风的吹拂下。爱渐深，情渐浓。枝头的一片粉白就变成了心头的一抹嫣红。

四月的春色，在我的眼眸间吐萼，弄绿，洋溢成满园的芳菲。你说，伴着丝丝春雨，我已被你种在春天里。会在你的心里生根发芽，开出满满的鲜花，我亦会用缕缕暗香荼蘼你生命的枝丫。

也许，一些爱，无须解释，微笑，便会向暖。也许，一些念，无需表白，安好，便可晴天。情若不弃，时光温暖。爱若不离，岁月不寒。心若无澜，碧海晴天。

我一直在想办法，留住光阴，留住青春，留住有你的所有时光！于是，我把一切心念，注入指尖，封存于字里行间，用一生的时间与你缱绻。

这缱绻，不必说，不可说，一说就石破。春日里，温情暖暖，我只把它寄放在文字里与春缠绵。

一盏心灯，致浅喜深爱之人

文/汪亚慧

最美的年华，有多少爱，等待中，缠绵过后，都败给了流走的时光？回眸，光阴深处的荒草丛中，一季温良后，成就了萧瑟，逐渐流失，模糊着，找不到来时的路。

于是，某个转角处，当轻拾一片落叶情怀时，时间的缝隙，触及记忆深处开了锁，便开始参差堆叠，回望那草长莺飞的季节，疏离过后，无数个爱的字符只在心底成就了一片枉然！伴随光阴的白驹过隙，过往缠绵，渐渐淡然于心底，成了一阵风，风过无痕。

然，某一些无缘牵手的，却成了生命记忆里最美好的故事，伴随烟火里的岁月，在心底叹息，心底落地生根。

这世间，有一种爱，彼此远远观望，彼此在心底默默倾心，却从未打扰！那一颗芳心，有"欲笺心事，独语斜阑"的一丝微酸，也有"红豆生南国，春来发几枝"的无尽相思，更有"盈盈一水间，脉脉不得语"地彼此暗暗相惜着。

或许每个人心里都有一个影子，浅浅喜欢，浅浅去爱，不张扬，不表白，只是浅浅的。就这么远远观望，正如那早春的枝头，未绽放的花苞，一阵清凉的风拂面而来，有一丝细微的香息，飘进你的心，你的肺腑，鲜活了你身上的每一处细胞，含着无瑕纯净，淡淡的，让人品味舒适，又有无尽的留白遐想，在春天里蔓延，暖了指尖下的岁月。

一些藏在心中的爱恋，如水一般糅进骨子里，伴随着风，轻盈呢喃，曼舞在一窗岁月下，温润于笔尖，陪伴着光阴清浅，或喜悦，或相思，或沉静，隐隐皆有梅的暗香，于一笺素墨里缠绵！于是，我把这份浅喜深爱，小心翼翼珍藏，穿越在人间烟火的水湄之上，随心灵浅行。

若有一天，某个时光的渡口，因缘相遇，我会以人间四月天的绽放，把最美的微笑展现给你，握手言欢，不谈风月，不言分离，不诉浅薄，那不显山不露水的情意，依旧深藏，而后转身离开。若你懂得，若你能看穿我一眸秋水下，独对你的温柔，便可知我选择的答案。这尘世，爱情太过奢侈，爱更是有保质期，何不永远定格在人生初见时的美好！待到时光老去时，温一盏岁月的女儿红，便可沁人心脾。

从不奢望有天长地久的爱情，只想留一份浅浅静默而喜，静默而爱于心底。绽放，不疯狂；凋零，不慌乱。小心思里纵有些许小清寂，只等一切指间滑过，落在一盏茶的禅思里，便可开出一朵莲的静美，暗香余味久久……

将一朵花的心事，写进岁月的文章里，那情丝的色彩缕缕，淡妆浓抹总相宜。小心思，承载着一方梦的起航，借一抹时光羽化，将女儿情怀下的旖旎，圈画一个落点，只需，将我读懂你的心思，题一笔清墨，描绘一缕淡香，轻轻铺展在你的心路上，有我为你写下的春天，还有那芬芳的况味，更有柔波下的呢喃絮语。

心有灵犀，一切，只因懂得，似那溪流的清晰自然，缓缓流进你我的心底！于是，我摘一片云来伴舞，为你舞一场醉人的月色，我的影子，落在你的深海里，将温柔融化进你的骨子里，从此，你的光阴，有我的心相随，不孤单！

人生，总是有很多的束缚，克己慎行下，那浅藏在心底的火花，若不加以约束，定会焚烧了自己，间接中伤害着爱你的人。一场花事，一个句点；一段尘缘，一个落点；某些宿命无缘的影，若站在清醒的水湄，爱得理智，也可于岁月下，开出一朵唯美的花来！

一程山水，一程清欢，日子在细水长流下简约而行，那一盏桌前的半杯香茗，那袅袅升起的青烟，正如你，一点一滴，融化进我的岁月诗行里……

心缱绻，爱你如初

文/水墨莲花

红尘陌上，人流熙攘。总有一种遇见，闪亮夺目于千千万万人之中，是你命中唯一的喜欢；总有一朵心花，在恋恋风尘之中，悄悄盛开，成为你一生最美的守候。念与不念，有些人，都在心中；见与不见，有些情，终存灵魂。

一个偶遇的微笑，浅浅，暖在了心底；一份遥远的陪伴，默默，感动了生命。总有那么一个人，虽远隔千里，却无时无刻不把你放在心里；总有那么一颗心，虽不能相随，却于丝丝缕缕的牵念中，渴望与你相逢。

"对我来说，温暖，便是用尽一生，与你相遇"，每每想起这句话，总感觉春风拂面，暖意融融。这无穷无尽的牵念萦绕于心，只是，不知道该用什么样的笔墨来将它描绘。也许是这份情意实在太美，总怕找不到合适的词汇，而俗了那份真。只能双手合十，用心低语：感谢，在纷扰乱世间，你用素洁的心，纯纯地妩媚了我的世界，慈悲了岁月流年。

遇见，原本就是一种最美好的情愫。总会有一种充斥灵魂柔软至极的暖，循着彼此的味道而来，为彼此幽暗的生命带来柔和美好的光亮。秋的凉，冬的冷，终抵不过交错在彼此心中爱的暖流。那眼里的柔波，眉间的浅笑，都心甘情愿地为彼此停留，撑起一片灿烂的天空。

生命中，如果能够有一个人，就这样远远地存在着，淡淡地喜欢着，让我们在寂寞来袭之时，依然能够于心之深处，感知到丝丝温暖，在落寞的时刻依然可以泛起浅浅笑容，何尝不是一种幸运与幸福？想，跋涉红尘的疲惫，与这半生相知的暖与惜相抵，又该是怎样的欣喜与欣慰。

最真最深的爱，总是深藏不露，不流于形式，不存于表面，而是全心全意为他付出，真心实意为他祈愿，只要他幸福快乐就好。怀着这样善良的心意去爱的人，无论结果如何，都该得到美好深深的祝福。原来，最真的爱，是即便你没有那么好，在我的心里，你却仍是最好；最美的情，是我没有那么完美，在你的眼里，却依旧是最美！

"你若安好，便是晴天"，莫名地喜欢这句话，从看到它的第一眼起。不知林徽因说这句话时真正的心境，但却道出了多少深爱着的人的心声。"因为相知，所以懂得""因为懂得，所以慈悲"。谁都知道，在两个深爱的人之间，所有外因而起的风吹草动，蛛丝马迹，皆似利刃，过目无不是犁心的伤痕，这时最难得的便是彼此之间的相知相惜。许知，相知在心底的默契，会心一笑的嫣然，又岂会被外因所困扰？

无须渲染的华丽，每一个相伴的日子里，碎语叮咛仿佛成了经久的习惯。一句问候的温柔，总不会辜负了守候，一份相依的纯真，轻裹着无悔，浓缩了爱的感觉，在淡然如水的流年里相濡以沫。

你，是我最爱的一份不张扬。安静的你，深藏美丽，越过所有誓言，是镶嵌在我内心深处最美的祈念。细水长流的陪伴，静默而不动声色，是不需要告白的长情。关爱淡淡，回味起来却又是暖意融融。有时也心存感激，在这个世上终还有这么一个人，能够隔远相逢在今生，用朋友式的理解，亲人式的关爱，父母式的宽容，任我哭，任我笑，如此坚定地陪伴我。也感激你用这么多的小缺点，让我学会包容，学会融合，学会去用心雕琢。

我懂，爱或不爱，一直就这么平静地在彼此的情感里涌动，如阳光层叠，无论时空跨越多远，时间拉开多久，不变的永远是彼此这深深浅浅的牵挂与思念。一句"保重"送给了彼此，眼中竟闪出一丝晶莹，最清澈的快乐，最甜蜜的幸福，连同缥缈如烟的忧伤，随温热的泪水融入血液中的恰似一份亲情。让我在每一层柔软里，淡淡地忧，淡淡地甜，淡淡地醉。

有你的日子，或喜或忧，都是美好，总有一抹笑靥，晕开了心底的柔软；总有一份深情，湿润了眼角的灿烂。欢愉和疼痛娇媚嫣放，如花似锦的明媚着生命。亲爱，终是因了你，我这一生的美丽，为你绽放，心灵深处，朴素而安宁。白落梅说，世间所有的相遇都是久别重逢。其实，我很想问一句，重逢后能不能不再别过。

你的爱，温暖安静；我的爱，寂寞深情。心有所暖，心有所倾，便是这世上最美的遇见，谁能经得起错过，谁又能忍心辜负。对你，我没有掷地有声的诺言，我只是默默欢喜，在点点滴滴的眷恋里，把你安放在心上。与你溺在这时光里，彼此默默陪伴着，彼此问候着，搀扶着。那么，无论什么成为结局，又有什么关系？一万个美好的未来，也抵不上一个温暖的现在，时光、爱、伤感、温暖，能记得哪一样，又能遗忘哪一样？

心缱绻，爱你如初。爱你的心意，抹不去，老不尽，真真切切的思念，纯纯净净地相守，不在乎岁月流转。季节交替，我和你的距离，镌刻在思念之上，深深懂得，你在，岁月就在，你在，美好就在。

爱到亲情是永恒，爱，终将回归亲情的本质。走过风风雨雨，终于，我们学会了温婉，学会了不说永远，只说相依；学会了只道祝福，不言后悔；学会了只说有你有我。纵相对默然，心里也是温暖，遥远地相视一笑，亦是欢心，亦是安然。

流年，请许你我安然无恙，情真意长。

与你，共煮清欢

文/梦音

这个秋天，雨水格外地多，或飘飘洒洒，或滴滴答答，似情感缱绻，若柔情绵绵。一场秋雨过后，街边飘来桂花的味道，渐渐香浓。云淡景浓，枫染长亭，骤雨初歇时，天高了、云淡了、心底敞亮了。

秋，披着雨，夹着香，将夏日的燥热一扫而尽，温润的感觉弥散开来，特别地舒爽。走在这凉凉的秋，听雨水轻轻静静地坠落，成串的心思婉约成一潭秋水。盼，这秋凉的日子，你会踏着风而来，过后有你余留的温度。

相遇的美，从不因刻意而静好；相处的真，从不因蜜语而婉柔。

与你相遇，曾以为会擦肩而过，不承想，若隐若现的念，暖起了一份不离弃的情。不知如何去描述你我之间的这份情，只知道，有一种相遇在心上，你懂我守，入心澈眼。你说，若有一天能见面该有多好。我说，淡淡守、轻轻念、遥遥望，见与不见，你都在，念与不念，我都望，最好的情感总在浓淡相宜时。

叶落，回旋，你于不经意间闯入我的眼；花落，随风，你于不刻意中驻入我的心。一场遇见，不为朝朝暮暮的相伴，只为心与心的相牵，一场遇见，不为走走停停的顾盼，只为缘与缘的共暖。唯愿此情，不远去、不离散、不矫揉、不做作，不带一丝丝贪恋的成分。于我而言，能与你数细水长流，共一帘幽梦，赏风来云去，已是最大的福气。

总说，前世千百次的回眸，才换来今生的擦肩而过，那么我想，与你今生的相遇定是我前世苦苦守候的果。风过枫林，岁月的手在清清浅浅的念里抒一首平平仄仄，悬于流年的枝头，你是我最美的风景。浅相遇，淡相知，深深藏。若此情有待，若时光老去，若有一天不得不离散，请许我依然会轻轻想起。

你曾说，守候永不变。我只能轻轻一叹，这世上，有多少热情似火的相约，到最后蜕变成悲情画扇的离散。其实所谓的永恒，也只不过是在若干年以后，还能以相守的形式存在，还能如今天这般无忌诉说。世间的情，真的难说清，人生的缘，不一定能依愿而行，或许缘分浅薄，只留驻于这个秋天，经年之后，你在哪里，而我，又将去向何方？

风，瘦了叶，浓了景，薄了云，我于溪边采一片枫叶，置于水中寄于你。风，为我画一对相思的眉，雨，为我荡一艘相思的舟，而我，愿为你种一颗相思的红豆，待到来年，发芽结果，唯愿那时，你还在。

人说双重性格的人，爱时浓烈，静时淡无。我想，若是你在，我就以想你来打发光阴，你若不在，我就在流年的沟壑里数曾经，若是跌倒，就一直静卧，好让自己感受曾经的温度，若是不小心伴记忆而眠，就不再醒来，让一切保持初见时的模样。你懂我守，便是最好的距离。

枫染的季节里，用秋雨煮一壶浓浓的茶，涤心，氤氲。剪一支长长的相思，印一个长长的吻，托风，跌落在你无眠的窗棂；沾一滴凉凉的露，写一笺浅浅的诗，邀月，折射在你寂寂的梦里。走过季节的拐角，有一首曾经的歌，不忍听，只因暗含隐情；微坐时光的肩头，有一幅画很薄，慢回味，只想把一切在心中刻画。就这样慢慢行走，不说永久，不诉离殇。

薄薄的景，瘦瘦的叶，灿灿的穗，黄黄的菊，我透过风，看见你微笑的模样。这美，不惊心动魄，却实实在在。习惯每次分别时道一声"安安"，喜欢在彼此交谈时肆无忌惮，还记得我曾经担忧地打趣，若是有一天，风景多了、艳了、浓了，你会不会想起曾经这处素素的景。你说，怎么会。是啊，怎么会！曾经走过，怎能忘怀。

相遇，何须惊艳谁；相知，何须惊扰谁。月，不是满圆才最美；果，不是熟透才最香，留一处空白，就如你我之间的情分，不见不散就好，其他的，都交给时间。

都说人生是一条河，左手揣着回忆，右手握着感伤，而心，却永远在线，其实人生真正的幸福，是知足。不必香车宝马，也无须饕餮大餐，茅屋竹席也安，素食清美也甜，小径通幽也美。

今夜无眠，我在遥远的这端想你，静静地，那么远、那么近。薄薄的屏，厚厚的情，一份思念弥漫开来，泛滥的思念，怎一个欲罢不能。想你的夜，无眠；想你的心，翻滚；想你的眼，湿润。若可，裁一片梦的衣裳，为你驱一身秋的寒凉；若可，摘一片亮的星光，照亮你寂静的窗。

岁月，不曾遗漏你，亦不曾遗漏我，且容我与你，共煮清欢。

江南有梦

文/青衣红袖

【引】

未遇见你之前，我是生长在篱笆上的一朵花，瘦瘦的，安静地守着一片蓝天和一片云彩，安静地安静着。

直到有一天，阳光柔柔地洒在篱笆上，我看见了你，心便轻轻地动了一下。

那一刻，三世缘分扑面而来，恍惚中分明看见前尘烟火曾经有你一起相约走过。几世的缘就这样被你牵着，汹涌而至。

【前尘如梦】

犹记江南，碧漾水微。岸上，草如茵，柳如烟。天空，细雨蒙蒙。

那时，我是一棵树，在你走过的路旁站立着。你洁白的衣衫随风鼓动，衣角碰到我的肌肤，我的脸悄悄地红了。只是，你轻轻地走过了，然后轻轻回头看了一眼，又走了。

那一眼，就那样倾了心。

水珠顺着枝丫缓缓而下，没有人能看出那是我的泪滴。我记住了你的样子。错落有致的日子里，你已经在我的心里悄然深藏。分明看见，你踏过槐花似雪，掬一篮榆钱儿青，携一帘杏花雨浓，洁雅宁静，朴素满衣。仿若看你撒下一怀柔情的网，打捞出人世间一缕湛蓝的香，那一声清脆的温柔，依稀可见，直抵心窝。

我的心疼了。

只是，我只能那样静静地站着，在瘦长的时光里将忧伤与爱恋一点一滴地折叠。

野草亲吻着我的双脚，几声飞鸽掠过，晨露满肩。我，就那样站立着，静静地等着你，在轮回的路口苦苦守望。有人说，前世五百次的回眸才换得今世的擦肩而过。那么，我该积攒多少次的回眸，才换得与你相识相知……

【今生如莲】

今生，终又遇见你。

我是你掌心里的一枚莲子，你是我依偎着的荷塘。莲子飘悠悠地落入了碧水之上。荷叶为我而舞，鱼儿为我而歌。我贪恋着你的温润，在水中生根发芽。在天青色的烟雨里，在清风四起的暮霭里，依偎着甘甜一天天长大。

莲叶田田，莲花艳艳。莲妖娆而洁净地羞涩盛开着。我试图挣扎着逃脱这一片蓝色的温软，可是，遇见是缘，缘来躲不过。我长在你的胸口，那样，你每天可以看见我的来来往往和喜怒哀乐。于是，我在阳光下郑重地把前世的、今生的、来世的期待都写在花瓣中。可知道，那思念有多长，那渴盼有多久？

蕊中滚落颗颗水珠。

是谁说，清风惹相思，莫道不销魂……缠绕在眉心的情愁惹绿了春草。荷叶深处谁家女子，日下戴莲叶，笑语轻轻暗香盈？一朵盛开的莲，明媚了所有的情结。春色妖娆，低眉女子轻挑玉骨绣灯花，一针一线都是莲。

荷塘睡了，裹着月色。

【来世如约】

青竹成笛，江南如画。

青石桥，你我穿越轮回，终于走到一起，我长发如缎，玉肌似雪，衣袂飞扬，满眼笑意。你，依然为我俊秀儒雅，满腔柔情蜜意。

晨光微曦，鱼白舟荡，袖采一莲，细柳浅飞，桃花红，梨花白，我迎风而舞，你横唇竹笛。蝶儿蹁跹飞。

三生三世枕上书，书上有你，有我。于是，花开了，春暖了。鸿雁飞，西窗烛摇。柳丝袅娜，石板满砌落花，青砖小瓦马头墙，回廊挂落花格窗。梦里水乡盈盈，烟雨楼台，杏花沾衣，箫声如歌。不似人间。

梦，在梳妆，风花雪月的浪漫，相依相守的缠绵，都在一句轻唤中醉了眉眼……

【后记】

嘟嘟，手机响了："丫头，来世，我们做夫妻，去江南……"

满眼微笑，梨花带雨，纷纷落。

雪小禅说，我们的一生，也许都是在惊自己的梦。忽然就遇到了，就心动了，就满心满眼全是他了，没有比爱情更惊梦的事了，我们所等的，所盼的那个人，其实是寻了又寻找了又找的人，是那个前世就埋下伏笔，等待来生用各种记号一一去验证的人吧。

暖

文/树儿

常常，一首蓝调，一卷文字，一杯花茶，伴着夕阳下，一段独属于自己的时间。

时光的崖上，一直以一种孤傲的姿态行走着，懂与不懂，已不太重要了，只有自己知道，一份向阳的温暖始终伴着。

不知是谁说过，每个人终其一生都在寻找一个和自己相似的灵魂。那么，在这之前，彼此都是孤独的吧，孤独地行走，孤独地微笑，孤独地落泪。

那天你说："我懂你。"我清然一笑，我连我自己都不懂，难道还奢望一个外人懂我，推你出门，不再回应所有。

尘封的心门，从此再不见你的声音，不禁了然一笑，果然，又是一个过客。只是以后的日子，每当心绪起落时，都会收到你的留言，关心的，询问的，祝福的，原来我的一举一动都在你眼里。

"你怎么知道的？"那天实在忍不住了，打了一行字过去。

你回："我一直都在，从未远离。"

"别浪费时间！"我恶狠狠地回复，那边只回了一个笑脸。

还是笑了，却又仅仅如此，从此不再回复你的任何言语。只是，心是暖的，在那个冬季，这样的一份温暖足以抵挡所有的寒冷，而我，恰恰是最怕冬天最怕冷的。

安妮说，一个人若太具备感情，是会自伤及伤人的。而我是个天生骨子里悲观的人，很难相信真的有地老天荒的传说，不奢望便也不会有失望和伤害。只是，从此之后，于心还是多了份牵挂，悄悄地进了你的空间，看了你所有的文字和说说，又悄悄地退了出来，抹去我的脚印。

说不清为什么要这么做，只是下意识的举动，却牢牢记住了你的话：在那些遗失了自己和走丢的温暖时光里，学会微笑，只要心中有阳光，就是春暖花开时节。于是，你发现了吗？以后的我多了份从容乐观，多了份微笑感恩。

如水夜冷，冷暖自知。其实生命中太多的都只是过客，匆匆地来，又急急地去了，在这来去之间，我想终究，还是会留下一份独属于自己的温暖印记。于是，在某一个温暖的午后，就着暖风，翻阅着那些存留的章节，唏嘘着，微笑着。恰恰，如初的悸动，在心间流淌着，温润且美好。

不曾相询，只想把一份嫣然的念想融入洁白的诗行，如指尖花静静绽放，如掌上月浅浅荡漾。

我问：人生旅途，风风雨雨的旅程又能留下脉脉心香几缕？点点滴滴的珠泪又能带走终生遗憾几许？斑斑驳驳的残墨又能写下诗词小令几句？望穿秋水的涩眼还能流下清泪几滴？稀稀疏疏的萤火又能照亮随溪烟柳几堤？间间断断的箫音又能吹奏相思几曲？

你留：山水相携，为你在一汪嫩寒中凝眸故事开始的一段际遇。在琴瑟上轻拢慢抹着古韵幽婉的音律，在一幅青花图案上细研红尘过往的足迹，在清浅水墨的画卷上勾勒一抹春色记忆，在望断天涯的咫尺间轻解罗裳兰亭临序，在一纸命劫的夙愿里柔肠百结轻研墨迹。

我，笑了又笑。红尘紫陌，一直，只在繁华寂寂处，眺望着尘烟过往，月光下的心事一度很轻很轻。

只是，当一抹冷艳纯香缭绕着那个烟花飞舞的季节，当念想绽放完最璀璨的一幕后，终究还是会凝结，凝结成枝条上那颗相思的露。

一袭水波烟雨里，那袅娜的心音暖了前行的路途，那随风潜入的文字，终是会在不经意间润湿了笔墨的阑珊。

流年是一季一季的花开，却总在安静时，听到雨落琴弦的美丽。于是，缓慢在心间绽放成了花开倾城，那一缕幽香，便也嫣然成了幸福的微笑。

默坐，浅醉。心情在一泓水墨里游弋着，铅华洗尽，思念盈心。此刻，只想在墨香词句里，绾一束芳心，化相思成茧，沾一抹浅笑怀想远方的眷念，携一瓣心香遥念隔空的柔情。

时光，无言，无语，又无情。但是我知，你在，温暖便不会离去。安静陪伴，现在，将来……

初夏的味道

文/秋日细雨

总是觉得，时间太快，不经意间，又是一季。

初夏多是雨水，雨后的晴天总是那样清晰和明艳。街上飞扬的裙摆显示着女人的娇媚，那些五颜六色的细花碎裙，在这个还不是炎热的气候里，着实增添了一些夏天的味道。

阳光，不浓不淡，不温不火，最适合闲暇时郊外游荡。行走的路上，满眼的葱茏多是馨香萦绕，似乎，那些绿意全都浸满沁人心脾的暗香。偶尔，一阵风吹过，鼻尖便满是清醒的香味，于是，迎着风，放慢自己的脚步，一任自己思绪畅游。

晴空，略有一些云彩，偶尔，阳光羞涩地躲了进去，瞬间，就有一阵微凉掠过肌肤。

初夏的季节，空气中总散发着迷人的风采，一大片一大片的青绿衬托着姹紫嫣红的芬芳，就如一幅幅美丽的风景画，柔软而沉醉。随意望去，总有很多欣喜在心里泛起。

不远处，一些青的、黄的、红的果实挂满了沉甸甸的枝头，还有一些叫不上名的野果，我知道，青的那种是李子，黄的那种是枇杷，红的那种是桃子，看到这里，真的想把它们逐个儿丢进嘴里，挨个尝个够。

一直都喜欢这个季节的味道，就像我喜欢某种人，某种事物，某程风景。

往事，总是在心情最泛滥的时候浮现。

那个夏天来得特别早，五月初，满街都可见很多很多叫不上名儿来的果实，还有纯白纯白的栀子花和米白色的黄桷兰。在所有的花香中，我最喜欢的就是这两种味道。

那个时候，特别偏爱这种香，每每看见提着花篮子的老爷爷和老奶奶路过，总会奔跑至跟前，买上一大把放在鼻尖下亲吻，而后，拿回家找一个花瓶装满水，再在水里放上几粒食盐，把花插进瓶中。据说，在水里加上盐，这样的花就可以多一些时间保持新鲜。

生活里很多事情，不管是不是真的，只要我喜欢的东西，我都会认真对待每一份情感，就像我青春里的那一场初遇。

那个夏天，栀子花开得特别多，满街都可闻到它的香味，那种纯纯的味道，至今想起，脸上都会浮现出灿烂的微笑。

其实，我是不喜欢夏天的，因为怕热，怕蚊虫叮咬，怕火辣辣的太阳晒黑了我柔嫩的肌肤，所以一般夏天都很少外出。即便是有时候处于无奈，也会把自己包裹好才会出门。

但是，他的一句话，"不怕，有我在"给够了我出门的勇气。记得，那是一个午后阳光强烈的日子，我竟然会因为你一句温柔，跟随你一路奔跑，来到一处开满栀子花的山坡上。

当满山的纯白在我眼前出现，我发誓，有生以来是我第一次看见这么多的栀子花，而且是花期最灿烂的时节。我惊喜地挨个抚摸，轻吻，恨不得把所有的香熏都揽进怀里。一朵朵洁白如青春里盛开的爱情，那么香，那么纯洁。我舍不得摘下它们，生怕弄痛了它们的经脉，碰疼它们的肌肤，就像我一不小心就会弄痛了你的心。

时隔多年，我依然记得当时，你摘了一枚最大，开得最好的一朵插在我头上，满是柔声说道："喜欢吗？"

在当年充满爱情的青春花季里，我能不喜欢吗？看着你满脸的汗珠，傻傻的笑容，我知道这个微笑，我会一辈子珍藏，还有这纯纯的味道，会一生烙在心里。

多年过去了，花，还是那种花，味还是那种味，只是没有最初的纯味。但是，记忆深处，我依旧对这种味道保持最浓最深的情感。因为那些纯白的爱情是那样干净，清澈着我整个记忆的灵魂。

从不否认，这种味道就是我心灵的调味剂，当我心情处于低谷时，我依旧会在这些香熏里找到释放的场地。

或许，很多事我们无法放逐，遇见就是一生的牵念，好比这些花香，多年以后，我依然记得那洁白的花瓣里，有着最纯最纯的香浓。

我知道，人始终走不出情感的围城，即便是多年过去了，那场青涩的爱恋，依旧在心里温存，就好比你的影子永远都走不出我的视线。

又逢这个季节，当每年的这个时候，我依旧会寻着这抹香味，沿着记忆的思路，来回地走在那条铺满花香的小山坡……

想念，开在心底一朵素白的花

文/素心笺月

风，吹过街角，迈着轻盈的脚步，吹动内心层层涟漪。岁月里堆积的往事，被风一一暴露在尘世的繁华里，不曾想忘怀，更不曾想记起。可风，却将这所有的记忆，从心底，吹起，不带任何情绪。

岁月如流，时光的剪影在每一个街角处清晰可见，转角，便遇到缘分，遇到爱。多想，徒守着那份执着，在每一个日落晨曦，静静地守候着不曾溜走的记忆。那些不曾记起的美好，打湿了眼角，你的模样，就这样出现在了眼眸里，带着泪花，模糊不清。

白落梅说，因为懂得，所以慈悲。在这个街角处，是注定了的相遇，又注定了离别。流年深处，谁又和谁彼此懂得，因为懂得，一个眼神，一个微笑，不需多言，不需多说。人生，有太多的人出现在自己的视线里，不论是喜是悲，然而，谁又真正懂得自己？走过四季的轮回，又有谁依然在那个街角处，独自守候着夜色里的清幽？愿意在那个街角处读懂自己？

风划过街角，于是便有想念划上心头。想念总归是幸福的，在如水的月色里，想念是在心底悄然而开的花，一树花开，一树花落，寂静的夜里，总有一个脸庞萦绕在心头，起起伏伏，不曾凋谢。一颦一笑，牵扯着万般柔情，像午夜的风声，摇曳着树枝，轻轻晃动，所有的声响，所有暗夜里婆娑起舞的树影，都是内心微妙而敏感的变化。

一直以来，有太多的故事不断重复上演，而我，却不愿意提笔，不愿用忧伤的笔调写出潸然泪下的篇章。每个夜里，我确定，我是想念你的，想念你的好，想念你的每一个微笑，想念你生气时的表情，这样的想念伴随着我每个夜晚。也许，梦里，还是你。

素色流年里，一直是一个多愁善感的女子，会因为一部电视剧，一部伤感小说哭肿眼睛，就是这般的矫情。曾几何时，多想提笔，把属于我的故事写成一本厚厚的小说。可是，每每提笔，却又不知从何写起，是故事太长，还是太过复杂？总之，我单调的墨色无法描绘多彩的生活，只能这般，守着漆黑的夜色，让故事在夜色里翩翩起舞，而我，注定了只是个看客，注定了只能在这样有风的夜色里，洒下浓浓的想念，一个人观看。

想念，依着岁月的年轮，独自叹息，想着一个人的孤单，念着一个人的落寞。只想在风划过街角，掠过我肌肤的刹那，能触摸到他的孤独。把所有的思念与牵挂抛在有风的夜色里，无尽的黑暗是掩饰表情最好的面具。哭吧，落泪吧，黑夜里有无数眨巴的眼睛，却不会嘲笑自己，只会为你黯然失色。就像今夜，乌云遮盖了天空中明亮的眼睛，只因你哭红了眼睛。

红尘滚滚里，爱情，是开在干涸沙漠里一朵娇艳的花。多少人为之倾倒，又有多少人为之疯狂。爱情是两个孤独灵魂内心深处的呐喊，又是心与心碰撞出的火花，永久不熄。而想念，是两个灵魂深处纠缠的曲线，你中有我，我中有你。总想，把这一份纯洁而美好的爱情，珍藏在时光的旋涡里，让一份温馨柔情永久珍藏。

有了爱情，便有了想念。那些曾经漫过我眼角眉梢，心田深处的想念，在午夜的寂静里，悄悄绽放。是一朵不会凋谢的花，永远坐落在心头，独占一方，不曾留出一丝罅隙。所有的青春年华，都在这里，被岁月封存，被时光掩埋。

回眸处，还是想念的花朵，在心海里，娇艳动人。任时光荏苒，岁月蹉跎，它的美丽，纹丝不动。素色年华里，穿过街角，遇见爱情，依然是有风的日子，风吹起我的长发，飘飘洒洒，发丝模糊了我的视线，你就这样，出现在我模糊的视线里，从此，我的世界里多了一抹深情，一丝浪漫。

茫茫人海中，遇见便是缘分，遇见你的那刻，心头多了两个温馨的字眼：想念。想念，无关风月，无关尘世，只是单纯的思念。于是，漆黑的夜色里，喜欢咀嚼着你说过的每句话，笑容，便不经意间爬上脸颊。从此，黑暗不再是黑暗，凄凉不再是凄凉，因为爱情，因为想念。

静坐于每个角落，抬头仰望天空，熟悉的街角，瞥见你的身影，姗姗而来。伸手，却触不到你指尖的温度，原来，只是想念的幻境。时间煮雨，离别的记忆已越来越远，日记本的页脚，越来越多，点点滴滴，滴滴点点，终因想念，定格时间，拨动心弦，让记忆烙在遇见的那个瞬间，你的眉眼，你的颦笑，占据我心田所有的地盘。

素色流年，记忆泛滥，起风的夜里开始想念，你在心里，不曾离弃。今夜，有风，你便是想念。而想念，是开在心底一朵素白的花，从不凋谢。

轻歌，小巷

文/鸢尾花

【一】

是你吗，在向晚的小巷？

风，挟裹着指尖的苍凉，曼妙成诗，我妩媚的身姿，就这样顺着风的方向，倾斜，柔柔地。

深秋，走进一片红与黄的海洋。季节的守望，开始掬一捧细碎的光阴，在指缝间轻轻滑落。此刻，我听到心底有清脆的声音响起，宛如碎了的琉璃。轻轻触摸你的流年，温柔依旧曼妙成歌。风中的微尘，在暮色中，抖落尘封的篇章。

执笔一纸素笺，黑白之间，折叠着缘深缘浅。一如，那些用时光堆满的记忆，飘袅蔓延。

清浅中，把岁月的悲欢，绣成一朵朵荷，清寂而又安静地矗立。遗忘的，是渐行渐远的人，直至，消失成地平线上的一抹浅淡的目光。

叠着岁月的清寒，一步步踏进向晚的小巷，黄昏深处，风住了，沉香没了，空气中弥留的味道，找不到不醉不归的理由。

你的幸福，我不敢去碰触，深秋的骄阳明媚着过往，饱满的诗情，酝酿成陈年的酒酿。我的忧伤，滑过突兀的枝干，长成一树的微凉。文字相望，一笺素语，滴落成殇。

不想回眸，只因，黄昏深处的那个背影，总让思念徘徊，让泪光迷离。

【二】

月光，午夜。

用满身的银光，清凉内心的火焰。把文字燃烧成一把火，在暗夜中明灭。我蹲在中间，看灰烬被风吹散后的那一抹浅浅的白。

你曾说，把目光轻轻穿起，便能攀上秋天的月亮。我在深秋的夜色中，执着地守望，目光潮涌，悬挂的心情，在一首诗和一棵老树的年轮里，打乱了。

那个从画里走来的俊朗身影，不是你。此刻，一曲箫声，把悠扬的思念，响彻成这个夜晚最深沉的萌动。

风在耳边轻轻地吹过，和着箫声变成怀旧的天籁之音。我，就静静地坐在下面，看着那一身的洁白，宛如梦里的画面。

抬眼，微笑，细读每一个眼神，柔柔地，将梦境双肩拥抱。

那些我喜欢的颜色和蝴蝶，也翩翩而至，它们的舞蹈，是前世今生最美的痴恋。我静静地伸手触摸，安静如处子。你，执手递上来幸福，我用真诚轻轻地拥抱。

这个夜晚，把关于你，关于月光下的故事，演绎。在别人的乐声中，再一次把你温柔地想起。

【三】

我想住进你的梦里，一直。

你看见了吗？我眼眸中一汪碧水，是相思的牵念。我用目光堆成的火，燃烧成天边的晚霞，晃醒了沉睡的黄昏。

顺手掂起一串文字，把它们咀嚼。哽咽中，有泪成河。那藏在墙壁上的青苔哭了，眼泪濡湿的地方，青翠成一丛丛的深绿和浅绿。摇曳的心事，就这样，静静地跌落在那些旧时光中，朦胧着秋夜。

不想再回眸了，那用箫声穿起的夜，满满的凉。此刻，只想给文字也生一堆火，把过往一起焚烧，暖一颗心。

那些远走的，疏离的人啊，别停留在记忆的窗口，哪怕，一瞬间的远离！

那棵紫色的风信子，已经开不出娇艳的花朵；窗台上的鸢尾，此刻，在深秋的夜晚瑟瑟发抖。

等来年吧，我预约下温柔，等你，用目光装订。

【四】

还记得那个信箱吗？小巷尽头的那个。

别让所有的等待，都落空。别再欠下那些长长短短的诺言，把那枚尘封的心事绣成一朵花吧，否则那些过往都开始荒芜了。

安静，是你想要的心情，但是，安静的我已经装不下这满满的沉重。于是，我微笑着，走过你的驿站，在下一个转弯处，酝酿一场邂逅。

其实，人生就是一场又一场的邂逅和擦肩。

下一个路口，遇见你。转过头，擦肩过，都是宿命。或许有很多的无奈和疼痛，还有一些割舍不下的情缘和遇见。

红尘阡陌，相随一路，是难得的缘分，相伴一生，那是前世的轮回。不管缘深缘浅，给自己一路幸福的理由吧，哪怕，走丢；哪怕，淡忘。你也会被我温柔地忆起，不管你，曾经的，现在的，是否还有惦记。

曾经，你在我的天空划过一道彩虹，曾经，你也曾把我的柔情相拥。

笑笑，继续前行，用安静填满未来的时光，等你，在下一个路口，重逢……

种一朵玫瑰

文/倚窗听雨

春天的脚步刚刚迈进，一场飘扬的飞雪便覆盖了小城，银装素裹的世界里透着寒气，唯有街上花店门口摆放的各色花卉散发着若有若无的香气。一杯清淡的茶搁在一旁，我低眉的心思透过袅袅的茶香漫卷开来。窗外，雪依然在轻舞，一直舞到心里。

透过窗户，我四处张望，在一家花店的门口，一位阳光般的小伙子为身边坐在轮椅上的姑娘买了一朵玫瑰花，那花儿娇艳如姑娘的脸颊，盛开在白雪中，很是妩媚。我听不清那姑娘低眉的话语里面说些什么，但我知道残缺的世界因为有爱相伴，才彰显完美。

她不是完美的人，却因为他的爱而美丽。最质朴的感情，无须豪言壮语，简单到无论是雪天还是晴天，只要你在就好！

漫天飞雪的中午，靠着床铺，喜欢无端地替别人落泪。尘世中的女子，恐怕很多都如我一样，把感性渗透到骨子里每一个角落，触景生情的时候，总爱拿它浸湿自己的巾帕。

朋友通过电话给我讲了一个故事，一对恋人谈了好几年恋爱了，男孩的母亲要见未来的儿媳妇，唯一的要求就是希望这个女孩亲自下厨做一桌饭菜，哪怕不好吃。可是，女孩无论如何都不愿意做，执意要去饭店吃。结果，男方的父母坚决反对他们在一起，二人最终分手。

后来，这个女孩又遇到了另一个男孩，第一次吃饭的时候，男孩就发现这个女孩没有味觉，他看到她吃东西的时候把辣椒大口大口在嚼却没有半点表情。等他们吃饱的时候，他特意给她点了一碗汤羹，是甜的。看着她和吃辣椒时候一个样子，他心疼了，决定以后的时光里要好好呵护她。

听到这里，我终于明白了那个女孩为何不愿意给未来的婆婆做一顿饭的原因，她从小就失去了味觉。对于她来说，盐和糖是一个味道。前男友和她吃过无数次饭却未曾发现，又怎么能给她一生的呵护？如今，身边这个朴实的小伙子，用细心给予她最温暖的爱，这便是她寻一生才想要的。

有一种感情不轰轰烈烈，像文火缓缓而烤，却能感化一颗寒冷的心。

在北国茫茫白雪的春天，我忽然觉得自己听到了这个情人节里最美的故事。

前几日，和父母一起闲聊，说起什么好吃的时候，父亲开口："什么山珍海味也不及你妈妈的手擀面呀！"父亲一脸投入的样子，仿佛是在品尝人间美味。看来，他此生离不开那吃了三十多年的手工面呀！其实，对于母亲做的面条，我没有多少惦念，可能自小吃多了，就不爱吃了。

爱情，渗透在柴米油盐中，更增添了尘世的烟火味。一粥一饭里，那么动人、贴心。

他们的情感干净透明，温暖彼此。从年轻时代走到今天，同甘共苦，一朝一夕，哪怕穷得只剩下一分钱，也没有丝毫怨言。原来人世的喜悦竟然是和一个简单的人倾心相爱，一心一意，痴情不悔，直到白发苍苍，膝下子孙满堂，还念念不忘她的一饭一菜之香，真好！

"我行过许多地方的桥，看过许多次数的云，喝过许多种类的酒，却只爱过一个正当最好年龄的你。"不知道为何每次读到沈从文先生写给张兆和女士的信，我都会落泪。

情不知所起，而一往情深。在这个情人节，我再次读到了这封最美的情书。

原来，好的文字不在大气磅礴的作品里，却在云中锦书里。这里有温暖，有懂得，有相思，贴心、暖肺。

这尘世，若与一个人隔着万水千山，依然能够心心相印，该是多么美好？

某一天，我做了一个梦，梦见在那暗香萦绕的黄昏，一株优雅的小花独自怒放，天边一位悠闲的神仙途经恰遇了这株芬芳，他惊讶瑶池的月季为何没有这般清雅？于是，一笑便有了尘世的一段缘分。为报知遇之恩，她化为女子，与他倾城之恋。终究是人与花殊途，岂可同归？他在天上，她在地上。每日云朵掠过，天空响晴，他俯视，她仰视。

隔着时空，她等他一千年也不倦。这凄美的梦境把我禁锢在一个夏日的黄昏，久久不曾离开……

我不知道这梦境预言着什么？但，我明白尘世里的疼爱我不敢轻慢。

在这样一个安静的午间，一些盘根错节的故事，如缓缓入口的清茶，浸入我的脾胃。耳畔传来轻轻的低语：种一朵玫瑰吧！用玉指记下那些细碎的篇章，然后添些爱情的作料，让我饮下，一醉方休。只当是，我又做了一回瑶池里的仙人。

滴不尽相思，血泪抛红豆

文/爱雨菲

若说，感情是一盘棋局，有多少人又在这局里迷失，走不出自己？问世间，情为何物，直教人生死相许？

"红豆生南国，春来发几枝？愿君多采撷，此物最相思。"这首王维的《红豆》穿越古今几千年，不仅让宣统太子和慧娘相爱却不能相守，相思豆，亦似遗憾的感情。一缕新欢，旧恨千千缕，把相思纸笺诉，小楼一夜听雨，人世几回伤往事，鸳鸯瓦冷，翡翠衾寒谁与共？换我心，为你心，始知相忆颇深。长相思，终究拗不过命运，长相守，只是一声轻轻而深远的叹息……

回归心海深处，那片幽蓝深静中，远山，流水，情深，缘浅，守着沧海变桑田，生生世世说相思。贪恋？眷恋？心弦的每一次律动是深情的呼唤。纵然浮生一片草，岁月催人老，还是要吟红豆一曲"滴不尽相思血泪抛红豆，开不完春柳春花香满楼。咽不下玉粒金莼咽满喉，照不见菱花镜里形容瘦。流不断的绿水悠悠，绿水悠悠！"摘一朵小花，问花儿为谁开？拾一枚落叶，问一问叶儿为谁谢？问自己，如果多愁善感又是为哪般？

闭眼，又在念着谁？只因生命中爱的寄语，我的红豆，知否？红豆又名相思豆，有个美丽的传说。相传，古时一男子出征，其妻朝夕倚于高山上的大树下祈望；因思念边塞的爱人，哭于树下。泪水流干后，流出来的是粒粒鲜红的血滴。血滴化为红豆，红豆生根发芽，长成大树，结满了一树红豆，人们称之为相思豆。日复一日，春去秋来。大树的果实，伴着姑娘心中的思念，慢慢地变成了地球上最美的红色心形种子——相思豆。

　　红豆情丝寄相思，人未老心衰竭，"子兮子兮，如此邂逅何？"在有生的瞬间，你遇见了那个人，可是，遇见了，又怎样？千帆过尽，何处是归鸿？情之所系，这是今生深爱的感受。多少次回望，多少回依恋，在红豆中徘徊，在红豆中低吟浅唱。思念，一如既往，无念烟雨，心如清莲，朵朵绽放于心尖，静看落花，潜然泪下语哽咽。纵然穷尽天涯，追之海角，尚过许多寒来暑往的不舍白昼，也只能将可望而不可即的海阔天空当作美梦一场。

　　古时的诗人们也爱相思，喜欢把这种唯美的情书于自己的文字里，秦观的《鹊桥仙》："两情若是久长时，又岂在朝朝暮暮。"而文廷武的《蝶恋花》："重叠泪痕缄锦字，人生只有情难死。"更是把相思的疼，演绎到了极致。缘，没有偶然，残缺的生命纵会流逝，也会无可避免地爱上他，如同轮回。若，清风懂明月，岂会辜负明月的相思？多少才子佳人，多少千古绝恋，都是悲悲戚戚。相思，红豆，红豆也相思，思念着别人，也深深地灼疼了自己。

　　初遇，亦是夏美嫣然的七月，云淡风轻，夏花妖娆飘香，翠绿成荫，这是守候温情的时光。相遇在花开的美好，走在夏韵的诗行，抚一缕花香，缘分的画卷，温柔了岁月，惊艳了时光。触动心灵的，是无言的心语，红尘旖旎，斑驳的渡口，深情地翻阅你的飘逸出尘，该如何描绘你？

寄予情怀无数，为我吟绵绵小曲，你宛如一首浪漫的情诗，总有让我读不完的韵味。你的一抹微笑，晕开了心底的柔软，深情，湿润了眼角的灿烂，心的距离，从不曾遥远。

相识，相知，意难忘，怎不害相思？风吹着七月，我听从七月，为我片刻停留，今天，北国的红豆挂满枝头，风中飘来几粒，花开不为倾城，我用红豆煮字，夜以继日，黑夜里，互相照亮，冬日里，互为暖阳。紧握手心的那枚红豆，因它是相思播了种，已经生根发芽。好美，红了门庭前红了笑容，借问，哪树红豆会为我先红？哪串红豆会落在我的素手？一个人在冷漠的世俗里行走，历尽艰辛，渡尽劫数，依然坚守着一份希冀。只想无悔地端坐于初识的渡口，于寻常里感悟生活的真谛，孤傲着自己的孤傲，书写自己的故事。

如若，我只是尘世中茫茫一过客，可不可以不让我沉醉？如若，我只是你众多红花里一颗点缀，可不可以不让我痴迷？如若，我只乃你这世流离的起点，可不可以不让我离开？风掠过，淡淡的忧伤，不似愁，恰似愁；不似泪，恰似泪。憾，自有短似相见，长似思念。想，择一人而终老，遇一人而白首，一字一句，爱的表白，你至今未了解这份情深的比重，只是那一株株挺拔的相思树，依然挺立在风雨中，凝视着不到边际的茫然。

凭栏而伫，怀思连连，我于红豆中徘徊，书不尽的絮语，情思万般，泉涌怎堪？郁结，相见时难别亦难，东风无力百花残，这情这思该如何排解？今夜，能否为我片刻停留？留一抹浅香于心，我的爱如潮水，想寄予你红豆情怀，独殇，南国，北疆，可否让这颗心不再孤芳自赏？可否不要让它再度流浪？不诉归期，请清月今夜为我圆一次，执念，为你，无解的情深，意浓！回过身，才发现，前尘只在云烟外。穷尽一生，无非追寻刹那间的美艳。

"相亲相见知何日，此时此夜难为情；入我相思门，知我相思苦，长相思兮长相忆，短相思兮无穷极，早知如此绊人心，何如当初莫相识。"
李白的《秋风词》把这种寂寞的相思写得如此伤感，大抵是思太痛。情到深处，总免不了问：为何我要遇见你？人，一旦有了牵念着的人，便有了浓得化不开的向往，许是，只盼着看一眼那个令自己魂牵梦绕的人到底是怎样？单纯的存在，一心的向往，怎堪一处相思，两处闲愁？今生只为读懂倾心的遇见，如约如钩，百转千回处，时光的画卷刻满无悔无怨，为的是心灵的呼唤，为的是不让红豆成负担，不嫌时光清淡，爱于心中抒怀。

　　一世情长，思念，亦是不弃，是凝眸不愿错过的缘，不问落花是否有情，只愿繁花烟雨重逢有期。一首长相思，或是一曲离骚，把夏的光阴剪断，却剪不断，煮红豆的落寞。抬头，你轮廓依旧，爱，在深深的呼唤，那是无怨无悔的守候！只因红豆惹相思，光影中，有你，有我，柔情于对望中晕开，山水相依，琴瑟和鸣，宛如水中月，彼此紧握，情已入心。或许，一生都在等待倾情的时刻，只是，等待的岁月真的好累，而我们却如此脆弱，红豆的疏影暗香，余情潜藏，落红为泪，滴滴凝为琥珀。芬芳的过往，随草木，葱茏枯荣。

　　缘在红豆中，知心的眷恋延伸至永远！红最美的擦肩，回眸处尽是暖颜；最真的情缘，心与心不再孤单，最远的你，是我最真的挂念。思念，亦是习惯，天涯，也无所谓遥远，心灵，某一处的柔软，在红豆中绽放！携带的缠绵，绕尽了相思，纵然，滴不尽相思泪，血泪抛红豆，让时光在心与心牵过的风中，蔓延成生命中最直接的暖流。就这样，苦着，笑着，牵挂着，守望着，酸疼着，甜蜜着……

你若安好，我便晴天

文/桃园野菊

　　人生在世，凡来尘往，缘聚缘散，有些缘分，注定只是南柯一梦，瞬间消逝成为烟云过往；有些缘分，却会落地生根，扎进生命中，从此牵系一生。

　　落落红尘，花事迷离，爱情的种种，不可胜数，有的相濡以沫共白首终成正果，有的相忘江湖陌路天涯不再有瓜葛，有的痛不欲生爱恨情仇牵扯不清，有的只求你若安好便是晴天，默然相爱，寂静相念，互守互望，永不放弃。

　　如果说最美的友情，是高山流水遇知音，一生一世，只倾一人。那么，我觉得，爱情的最高境界莫过于，你若安好我便晴天，从不矫情，毫无欲念，不远不近，不蔓不枝，浓淡相宜，深浅相融，美而玄，玄而妙，相伴相暖，却互不干扰；相恋相爱，却互不牵制。

　　这个七月，我的鹏城，似乎雨水丰沛，总是东边日出，西边雨落；时常狂风大作倾盆大雨，而后云开雾散雨过天晴。几场骤雨，几卷凉风，路旁的草儿绿绿青青，碧翠中点缀着许多大大小小的可爱蘑菇。小区里木桥下鹅卵石上还长出了鲜见的寂寞苔藓，绿得发亮，青得纯净，甚感亲切和熟悉。就连偌大个儿的蜗牛们似乎也耐不住冷清，爬到了路中央，我轻轻地捏起它们，放入草丛里，顺祝它们安好。

最爱风雨过后，漫步在城市的绿林道上，不管是清新的晨光里，还是昏黄的灯影下，风习习，云飘飘，思悠悠，绪脉脉，凉爽舒适，怡心怡神。风舞动，树摇摆，叶飞落，云在天上飞翔，我在地上行走，垂顺过腰的长发不停地飘扬，素白飘逸的裙摆不住地飞舞，我的心儿亦随风翱翔漫游，问君何能尔，心远地自偏；月出风自来，山青花自开。

时光如东逝水，奔流到海不复回，安之若素的我，依然于岁月的洪荒里不紧不慢地穿行，拾拾掇掇，遗遗落落，时而仰首，时而俯视，左手烟火，右手诗意。偶尔清点印痕，蓦然发觉，一些心事，走着走着，就淡出了脑际；一些故事，写着写着，还没等落款就已然束之高阁；而一些念，想着想着，于潮湿的心房生了根发了芽，郁郁葱葱着如流的光阴，芬芳馨香着苍白的经年。

素色年华，荏苒岁月，我痴痴守望在缘分的渡口，我久久守候在际遇的边缘，是谁恰好缝合了我一直坚守的不变初心？是你。是谁刚好符合了我一直苦苦追寻的不老痴心？是你。是谁恰恰唤醒了我一直切切祈盼的殷殷等待？还是你。是谁刚巧感应了我一直信守的眷眷灵犀？还是你。此缘本是最美聚合，此情亦应是长相守，如镜的相知，如约的相通，一往情深深几许，瓣瓣心香瓣瓣痴。

茫茫人海，浮华世界，有多少人能真正寻觅到自己最完美的归宿？又有多少人在擦肩而过中错失了最好的机缘？也有多少人遇到了对的情缘却不是在最对的时间和地点？周国平说，好的情缘的魔力恰恰在于，最偶然的相遇却唤起了最深刻的命运与共之感。是的，深刻的，命运与共之感，多么美，多么妙，你就是我紫陌红尘里难以言说的奇缘偶遇，恰似我此去经年里苦苦酿制的一坛醇浓的窨酿，令人闻香即醉。

有人说，动情就会伤身，动爱就会伤心。可，恋恋风尘，仓促人生，终其一生，不就是一个追寻爱、感受爱的过程吗？若是人间没有了爱，该是多么的薄凉与无趣，无论是亲情、友情，还是爱情，都需要或深或浅的爱来维系。有人觉得，爱是痛苦的，是不堪的，那是因为想占有，想拥有，想索取，若是无欲无求，怎来受伤？若是真心诚意，何来悔恨？

真正的情感，欣赏比占有重要，付出比索取可贵，懂得比拥有美好。永恒的美，至真的情，只有欣赏，只有懂得，只有关怀，不求结果，不求同行，更不求占有，纵使终身不娶也觉情愿心甘，因为值得一生付出，因为再无入心之人。那些千古传颂的爱情经典，之所以美好与永恒，是因为缺憾中的完美、完美中的缺憾成就了爱情的真谛与魔力，因为遗憾，所以美好，因为凄婉，所以绵长。

这世上，不只是烈酒才醉人，不只是热恋才刻骨。许多时候，一份清淡，更能历久弥香；一份无求，更会魂牵梦萦；一段简约，更可以维系一生；一种奈何，更能够耐人寻味。

有时候，爱上一个人，不需要任何理由，不必问前因后果，无关风月，不为地久，只是爱来了，只是情深了。这种爱，没有任何要求，没有任何负担，不带任何迷茫，是那么的方向明朗，是那么的前路清透。只要每天知道他安安好好，就会心满而意足；只要能给他带去温暖和快乐，哪怕是丝丝缕缕，便会无怨又无悔。

是你，轻轻地，撩拨了我许久不曾弹奏的心弦，翩跹的清音，将我沦陷在静谧清幽的心谷，忘乎所以，不愿归去。是你，悄悄地，叩响了我那扇许久不曾开启的心门，怦然的心动，毅然唤醒我心海深处那唯美的渴盼，心心念念，情不自禁。

因为懂得，我愿意将爱深深安放在心里，静静地想着你，远远地望着你，久久地守着你，默默地念着你，看着你幸福，我就也幸福；因为真爱，我愿意把心有灵犀的美好暗暗珍藏，今生今世，你若安好，我便晴天，只要你记得，来生来世，花开陌上，你等着我，不见不散。

人的一生，谁也无法知道会遇到多少人，谁也不能预测会有几次撩动心音的遇见，但我敢肯定你是我今生最美的情缘，敢断定你是我今世唯一的贵人。生命，因为有了对你不分昼夜的牵念，即便不言不语也暗自成暖；人生，因为有了你真真挚挚的挂怀，纵然山迢迢水漫漫也暗香满怀。这个世界上，相爱的人未必要真正朝暮相对才会幸福，有时候，默然牵念好过用一生来紧紧依附，深情相望好过因为耳鬓厮磨而相厌到老。

水是云的爱，云是水的魂；你是我的因缘，我是你的际会。唯愿，这份爱这种情缘常青恒久，直至耄耋垂暮，成为你我红尘路上最精彩绝伦、最难能可贵的一道风景与印记，待到夕阳西下，可以坐在摇椅里，慢慢回忆，慢慢变老。

今生，且让我们将这份情深牢牢种植在心间，且容我们将这份厚意许下来生，约定的你我定然会在某个路口重逢相拥，再续一世情长。真爱无悔，真情无憾，每一个风尘起落的日子里，唯愿，你若安好，我便晴天。

念你，如昔

文/琉璃疏影

浅夏，在无风无雨中款款走来。我们寂静，安然，在轮回的四季缓缓行走。

站在五月未央，回望曾经，轻启往昔。隐去一些相遇的暖，抹去一些别后的念。我只想，听远方的晨钟暮鼓，为我送来梵音阵阵。我只想，微笑着去唱生活的歌谣，让生活如诗。

淡看，一路的姹紫嫣红，轻轻装饰着流年的清梦。我们快乐，开心，一路捡拾，一路遗忘。是生活的五味，让我们学会在懂得中感恩，在珍惜中学会慈悲。遇见如是，离别亦如是。

等待的文字，有些消瘦。无论怎样努力，都无法成行。一缕牵念，仿佛还是来自冬天的那一片洁白。那个很远很远的地方，住着我丰满的孤单。捡起一朵刚刚坠下的花瓣，有缕馨香，似曾相识。我悄然珍藏的娉婷，曾经用绯色标记的起点，在时光里渐渐泛黄。那些纠结的情节，与那些无法说出的秘密，成了一帧缄默的风景，横在了岁月的眉梢。

细数流年，多少云烟过往到如今都成了记忆的前尘，成了时光里渐渐泛白的画卷。

人生，本是一叶飘萍，聚散无常。经过风霜雨雪，渐渐学会了从容，渐渐学会了随遇而安。日子，一如既往地美丽。无论是喜是悲，过到最后终将过成一无所有。到那时，再来翻阅从前的光阴旧影，虽然会有片刻疼痛，却总会在一剪云淡风轻里安寂如初。那山还是原来的山，那水还是原来的水，透着自己的清欢。

一切已不可更改，更不可能重来。回想，那些错过，那些遗憾，真的不值一提。在渐行渐远的光阴里，留下的，离开的，爱过的，伤过的，终会成为陌路，天涯。再也，无迹可寻。

一些古老的云，或者一些新生的水，总会在那些走失的岁月里再一次经过岁月的门楣。彼岸的青黛，此岸的水湄。总会在每一个枫红的季节，或者花开的瞬间，回溯曾经的嫣然。

你不在的日子，我随风流浪了很久。窗外，绿荫如画，阳光明媚，枝头摇曳着过客的惆怅。曾经，风为引，花为渡，我为你写下千千阕歌。回首，却有泪从胸口溢出。该是梅雨季节，我这儿没有梅，也没有雨，你成了我传说中的白马。

念你，如昔。轻叹沧桑，谁来安抚？萧笙的曾经，被岁月的烟沙模糊。渡口熙攘，我们皆是过客。若，有一天，我不小心扰了你的清静，请不要怪我。一程风雨，一程泥泞，只因顺流而下，不经意漂到有你的岸。

轻拥有爱的岁月，有梦香，有花开。断桥残雪的诗意，是我偶尔为你临摹的丹青。若，有一天，你不再漂泊，我愿为你洗尽铅华，青衣素裳，安静陪你写诗。任，梦里几度春秋，我亦会站成你最喜欢的风景，不染尘埃，不惧风霜。

独捻清风，看一场梨花胜雪，煮一壶桃红，你的眼角隐藏着岁月的淡暖。阡陌红尘，独奏风月。凝眸的瞬间，谁是你的归人？你又做了谁的过客？思念，曼卷珠帘。那些美丽的回眸，岂止是，一个匆匆。读不尽的水木年华，写不完的岁月如歌，描不完的流年如画，诉不完的似曾相识。沧笙踏歌，蒹葭水暖。一花一世界，一叶一菩提。

毕竟，是一个有些静默的女子。不喜红尘来去的纷繁，不慕世间匆匆的繁华。只愿，盈一怀慈悲，在流年的清韵里静静品味，丝丝禅意，缕缕静好。喜欢，让一颗琉璃素心，以温暖的模样，与风月笑对，与花草灵犀。

浅行，总有许多风情被风吹绿，总有几多等待把相遇写成重逢。抬头，有几缕阳光入眸。翻开疯长一季的蒿草，细细梳理，绾成一阕清新的素韵。此时，无声胜有声。回眸，印在流年的痕迹，欲语还休。心念，在暮色青青里渐渐归于安静。

用春水煮一杯茶，看身边人影依旧。款款中，迎来夏季的千娇百媚，裙袂飞扬。空气中缓缓流淌的炽热，苍白不了那些深邃的思念与感动。浅啜一口春茶，我在唇齿相依的馨香中，体味我们这一场不经意的重逢。

回首，山水依旧，你依旧浅笑不语。相伴的欢声笑语，在流年里开出灿灿的暖。思念那么长，你却那么近。执笔，落墨的瞬间，有一首歌从心底涌出，若人生只如初见，我还是你眼中如莲的女子！转身，剪一段光阴，种下一世静好。许我以云淡风轻的情怀，陪你！可好？

走着，读着，写着，记着。有些平淡，我们无须拒绝。许多感悟，我们不必言说。如果，有一天。你听不到我的歌声，你看不见我为你写诗，那一定是我太累。忽如一瞬，就不想唱歌，不想说话。那些心中的叹息，我不想告诉你。但这一场最美的遇见，我不会忘记，永远不会。

念你，如昔。希望，你过得比我好！暂且，放下一切碎念，许我一个人静静地思念，静静地孤单，静静地放纵。待来年春天，或许，我还会微笑着，在你给的初见里，再一次与你轻轻相拥。若有一天，时光走远，你我还在，就让懂得穿过苍茫。我仍愿隔着一段红尘的距离，让等待如诗。

一生一世能爱几回

文/千落隐红妆

茫茫苍穹，万物更替，我们的生命，是岁月馈赠了我们情感，又是情感给予了我们悲欢。当，某一日，我们终湮没在喧嚣的人流时，回首，彼此还有往事依旧记得。

常常在想，当我们走过年华时，要如何，才能让昨日变得无悔？一如那老去的时光，那走散的身影。

漫过岁月的长河，时光如梦，总是给我们清瘦的年华，染上了太多的沧桑与无奈。回首往事，自己总是无言地徘徊在凄然与落寂的青葱季节里，为那蹉跎的人生叹息。如今，曾经走过的旅程，早已褪去了昔日的嚣尘，甚至，当自己再细数起过往的一切时，那恰似离愁的涓涓心事，只能于冰冷的夜色中，伴随着一盏孤独的灯火，醉饮在曾经的红尘痴言怨语中。

所有的过往，一切都是那么清晰，浮动在清醒的脑海中，自己却找不到释怀的方法。常常，以为自己就像风一样，自由地伴着黄昏落下的夕阳，带着浮动的思念，于一场错过的落花里狂欢寂寞。一次次流浪在渴望的梦里，年华似水，往事如风，时间终将会掩饰掉岁月的无情。常低声地问自己，云淡风轻的现实，已确实是给了自己一份安逸，而这轮回里的垂泪，这悲伤里的奔波，难道这些，都是因内心那份来自远古的记忆和欣喜吗？若不是，却为何，今生自己把悲伤写成了想你的歌。

漫步人生之路，几多芬芳，几多花红。当踌躇的青春被岁月的蹉跎所吞噬时，我一再地告诉自己，有些东西错过了，将会永不再复得。红尘中，故事情节太过伤人，现实，我们又太过挣扎，不可改变的变迁时光，我们那么多的轮回，就算燃尽所有虔诚的膜拜，兜兜转转，寻寻觅觅的岁月，直至霜华如梦，无论我们怎样执着，那熏染了凄凉的人事，却怎么也走不到故事的尽头。

仰头，颓废地看着寂寞的夜空，破碎的流年里，在数不尽的繁华、情所归依的眷恋中，我们内心总有那么一种忧伤，不说，无人能懂，说了，却从无人听见。每个黑夜，伴着那些时过境迁的回忆，自己都会用一种模仿的姿态，行走在记忆的古道里，任那千年的忧伤放肆地癫狂，并错以为，这样，在幻想的天外，就可以寻找到所有关于你的温存，就会在反转轮回的光阴里，把幸福的定义重新改写。

茫茫人海，漫漫红尘，我们走过几度春秋与花开花落，某个不经意间，就跌落在了红尘深处，红尘来去，几度风雨，几度感叹，我们却难以抓住那些漂浮而过的幸福。流淌的时光中，我们跟随着那些不舍的情愫，浪迹在天涯的各个角落，苦苦追忆着如风般的往事，而我们遐想的遥不可及的美丽未来，那人，那事，那些淡然如水的时光，步履匆匆却总温润着离别的气息。

回首，一些人，轻轻地从我们的生命里走近又走远，而我们自己却不知道，尘世很多很多的事，对我们来说，都是来去匆匆，去留无意的。流逝的岁月中，无论我们如何不舍，那随时间前行的脚步，既带不走岁月的芬芳，也挽不回年华的沧桑。我们隔着一场又一场落尽的烟花，数着一日又一日的日月轮回，那些曾经一起走过的路程，借着温柔的月色，早已成为了生命里朦胧的风景，只是，心中尚存的那一席美好记忆里，我们每一次梦中醒来，彼此都已不在。

宿命，轮回，命运的安排中，我们终究挣脱不了那些流转过的岁月。一场生命的旅行，你路过我，我路过你，不管是完美的，还是缺憾，是不是这种悲喜掺杂的情感，是我们每一个投身红尘情海的人，都必须要经历的？难以割舍的岁月，离开的，无法再见；等待的，转身天涯，那种打湿双眸的渴望，又是不是，也只有在我们经历了颠沛流离之后，这样尝遍酸甜苦辣的人生，才能让我们圣洁的生命变得完美？

渐渐苍老的容颜里，我们祭奠着那些去而不返的豆蔻年华，苦苦等待着下一次的轮回。也许，自己从不曾想过，岁月的脚步会如此匆忙，那些回忆折叠成的素雅文字，那个在一纸墨香中宛如梦魇的前世，一次次，带着自己穿过回忆的长廊，与绝美的往昔一起沉沦，直至无法自拔。

独自踏上这漂泊的旅程，才发现，自己深邃的眼眸中，竟有滚烫的泪滴滚滚而下。人的一生，最无法预见的，是遇见，最无法告别的，是离别。或许，假如人生不曾相遇，我们在这充满迷离的尘世，永远不会知道，有一种情，会让人魂牵梦萦，有一种爱，会演绎成温情的思念。

别去经年，那段美好的相遇好似清风般掠过，我无可奈何地举起疲惫的双手，在当初相遇的地方，向那段镌刻着无数感动的日子作别。我不知，一生一世爱能几回？只知，当它走远后，无数个日夜，自己只能借它来时的脚步，努力去寻找着曾经记忆中的那缕芬芳。亲爱的，一生情，一生念，你可知？其实，今生我多么不想与你别过，如今，我们还未来得及从过去中回过神来，便已站在了天涯的两端，而那一场场的散去，我们到底还要经历多少这样心酸的结局，才能让那碾碎入墨的思念，再回到我们初见的起点？

人生，总是有着太多的遗憾，涂白的记忆中，岁月，一晃，光阴早已向前推进。或许，在时光的隧道里，我们都只是一缕散落人间的迷离风烟，飞越千山万水，走过岁月的繁华，然后，不过如烟云一般，在红尘里独自飞舞，缥缈远去。

此刻，带着你给予的记忆，一颗脆弱的心，在慢慢地沉沦。若这条路已没有了尽头，那就让过往的寒风，把我带回昨日的天涯，不管来生是多么美丽，我都不愿失去今生对你的记忆，即使是守着一片回忆，我也要所有的轮回里有你。

执笔，自己游走的思绪隐藏在心底的最柔软处，依旧于逝去的年华里，镂刻着青春里最美的碑文。恍惚间，自己似乎又回到了最初，一路风景，一路高歌，那欢声笑语，那熟悉的容颜，那一切的一切都是那么清晰可见，仿佛什么都未曾改变，而自己依然站在苍老的故事中，仍然铅华的衣袂飘飘，氤氲在朦胧的远古烟雨中。

喝一杯青梅，剪一段时光，刻画着曾经的每一个画面，我无法释然的情怀，心痛着，让每一个时光的花絮都露出了恣意的浅笑。此刻，看着那停留在灯火阑珊处的温馨故事，也许，此生我们都是从未错过的，因我知道，你一直都在，一直都在的，无须告别，无须挽留，那稍纵即逝的晨光，已在我敲击的指尖，纷扬成了与你细碎的情语，我明白，那看似早已淡忘了的一切，在心深处，你从未远离。

夏来，蔷薇花开

文/雪儿

夏热，正以一种酣畅淋漓的姿态迎面而来。

蝉还是不遗余力地唱着，仿佛是想用它的声音提醒我们，它在用它的方式爱这个夏天。其实，任谁的心里都知道它是夏的一道风景，没有它的声音，夏便不成夏了，没有它的声音，夏那该多无趣啊。所以，就让我们用心地听吧。听着，听着你就会感觉是在听一首经典的老歌，老歌总是会如花香般默默地熏染着心海，让内心的浮躁慢慢地淡定而悠然起来。

如上个夏，这个夏天就这样在蝉的吟唱声里轻轻地走着，走进那片浓烈，走进那片灿烂。

七月，是花与绿的交织。只是浅夏里那让人薄醉的绿仿佛在一夜间就清远了，让人都还没有察觉到，就这样在一场又一场夏花的盛开里远了。

初春，我写绿有些妖了。妖得无论你走到哪儿它都能牵制你的视线。那尽入眼帘的绿，蓬然得就会生出一种迷离的气息激滟了你整个情怀。夏绿，已褪去了初春那抹风情，给人一种清宁的感觉。在这个消耗的季节，我喜欢这种感觉。然而，我更喜欢阳光透过一树树的绿而倾泻下来的光影，喜欢那迂回的光影让心荡漾出一种薄醉与迷离的意境，这种意境仿佛是在心的时空里穿越，梦幻而美好。

还好，这个夏天我一成不变地在安然中度着。夏日里没有太多的事情可做，清闲的我在雨落的日子听雨，花开的日子赏花。日子，就在一落、一开间轻轻地翻过了多彩的扉页。

当然，闲来无事时最喜欢的还是在我的那一方小小的空间，写字，养花，展现着我的小欢小爱，小情小调，以及享受着与它们一起厮磨的那份安好。

不知为何，在这个夏里，心似被风吹过，轻盈得没有一丝欲念。许是在过去的一年里经历一些事而让心静了下来。静下来的心就像夏夜里的那一弯安静的月，淡然，清幽。而曾经那些浓浓的心迹，如含香飘飞在风里的花儿，渐渐地远了，远了，只将一缕余香留在了心里……

小城，因连着下了几场雨，阳光便没那么地亮烈了。推开窗，有风拂来，轻轻地闭上眼，竟还有着一种轻柔的感觉，这种感觉恍惚自己变成了一朵在风中舞蹈的花儿，而我竟是那么惬意地在花的世界里悠然而开，飘然而落。

想来，我有多么地喜欢花，以至于梦里梦外都有着花的影子。是的，我喜欢花。春天里我说我喜欢春天里的花，夏日里我还说我也喜欢夏日里的花。其实，什么季节的花不重要，重要的只要它是花，是花就会收了我的心。

都说女子如花，花似女子。如若做花，那么我就开成一朵蔷薇。蔷薇，这两个字写起来就让人心生摇曳，读起来就更让人内心缠绵。在我，想开的蔷薇不是开在阳台上的花盆里，不是开在院子里花池里的那种，我要开在那种能恍惚出光阴气息的栅栏边，或低矮的围墙旁。在我的心里，那种姿态且素又媚，就像一个旧时的女子，让你只一眼便一定魅惑了你的心。

是的，不管你是铿锵之意的男子，还是柔情万千的女子，入心的东西不仅会打动你还会让你心生出一份软意来。

此刻在我的小城，蔷薇已看不到一朵半朵。而我偏要漫过盛夏的风，在心灵的深处漫开一场盛开的花事。

在温柔的梦幻中，蔷薇在我的心里开啊开啊，一朵，二朵，三朵……越开越缠绵，越开越艳丽，难管难收的，就像是在谈一场轰轰烈烈的爱情。是的是的，蔷薇是很容易就让人联想起爱情来，这样的爱情只有蔷薇可给。不是吗？劳伦斯在疯狂的爱情中不也写了一首爱情诗——《所有的蔷薇》。想来，她有多美，多写意，才能让劳伦斯写下这首诗。请记得，不是一朵，是所有，是《所有的蔷薇》。

我一直相信，花是有爱情的，她缠了谁的心，谁缠了她的心都是命里注定的，任谁逃也逃不了。只是，深爱都来不及的爱情，又有谁会想逃离呢？想是不会有的吧！

此时，我心生潮汐，仿佛这场爱情是为我而来。我要多浓烈就多浓烈，我要多浪漫就多浪漫。爱情就这样攻略了我心里的每一个地方，每一寸角落。呀！这样的感觉真的好。如若你爱过，便会懂得。其实，爱情不爱到这般又怎么能算是爱情？

爱情，多么幸福而美好的事啊！我希望我的爱情来自蔷薇而不是玫瑰。在我，爱情的花朵唯有蔷薇才开得更为饱满、丰盈。只是，这场爱情蔷薇知道吗？

其实很多人是分不清蔷薇和玫瑰来的，原本她们就是一对姐妹花，几乎同样的花色，同样的大小，不仔细看，还真认不出她们。而我不知为何只一眼便知道。

玫瑰虽代表着爱情，而我却不倾心于她。在我的印象里，玫瑰受到的恩宠太多太多。以至于她内里内外都肆无忌惮地泛着一股张扬和跋扈的气息，这样的气息不是我这个常人能沾染得上。是的，我可以拥有一千朵蔷薇的爱意，我也受不起一朵玫瑰的馨香。就如有的人说的，玫瑰那里面有着倾城的涟漪，是爱也爱得痴狂，分也分得决绝。

蔷薇不会，她懂得爱情，懂得爱情会葱茏了一个季节，也会凋零了一场繁华。所以她没有玫瑰那份贪恋，她不受世间太多的爱。是的，她懂得，她真的懂得，爱情里谁与谁都是有定数的，贪恋得太多必会为其所伤。如是，她只认定只一眼便懂得的爱情，这样的爱情温情、浓郁、绵长，是经得起光阴的。

光阴，在流水般的时光里让我温柔地沉沦在它的怀里。虽然有凉，有暖，那有什么关系呢？就如，花开。也许，我走遍一生都无法参与到一场盛开里。可我，我已用心努力去抵达了，即便抵达不了，我还可以用文字的方式去触摸，给自己一份安好。其实，有的心境或意境是自己给予自己的，你认为有，它便有，你认为它不存在，即使在眼前，也只视不见的。

在最近的文字里我频繁地用到光阴这个词。每每写了，读了，心都会滋生出一蓬缠缠的情意，这个词我无论用在哪里感觉都很贴近自己的心意。它比时光、岁月更让人懂得，懂得它内里的那些细碎、庸常以及小欢小爱。在我的心里，这个词还有着一种想象的意境，仿佛看到在一棵有着年代的老槐树下坐着一对相依相偎满头白发的老人，他们这种执子之手，与子偕老就是我要的，我要的光阴啊！

七月，如此清淡，而我却如受蛊惑地沉湎于一场心灵的姹紫嫣红的花开里。有人说我是个极爱梦幻的女孩子。梦幻，在我的脑海里自有它的曼妙和意境，在我的心里更是可以拟云成画，拈花成诗，这样的梦幻于我来说是快乐的，是幸福的……

也有人说恋上文字爱上花的女子有着太多的缱绻情长。是的，如我，在自己的世界里淡着，暖着，懂得遇见，懂得感恩。真的，如果可以，我永远都做这样的女子。在文字的妍开里婉约着细腻的心事，在花开的馨香里细数着幸福的时光。

在雪小禅的博客里看到这样一段话，"女人的一生，大概就是一朵花的过程。人生四季，绽放的只那一季"。看了这句话，心忽的就生出一份软意来。这段话多贴切，多意境。是啊！女人不就是一朵花开的过程么！在自己的世界里，静静地开，幸福地开，唯美地开……作为女人，还有什么比这个更浪漫，更诗意？

日子，水一样淌过，不经意间已近秋了。暮夏的夜很美，一缕清辉款款而泻，有一种温润浪漫的气息。在这样让人沉迷的夜色里，心柔柔的，淡淡的，仿佛是一首安静的诗，悠然而淡远。此时，于我想做的只是，凝望，不语，坐在这片安静的时光里，守一场心灵的花开，唯美而浪漫地做着如花的梦境连同生命中的风风雨雨，走在四季，走在时光的最深处……

这个夏天，就这样在轻隽的时光里走过。下个夏天，我等你。等蝉鸣，等蔷薇花开。

第三辑
水云深处的牵挂

都说父爱如山，母爱如水，在常人的心目中，父亲永远是那个脾气暴躁或沉默寡言，关键时刻挺起脊梁，默默背负着家庭重任的人；母亲总是那个唠唠叨叨，遇事无助，对子女呵护备至，疼爱有加的人。

萱草花开

文/侠客

时常瞥见那样一种花，幽花独殿众芳红，临砌亭亭发几丛。淡淡的柠檬黄，总是悄悄划过春天的边缘，静静流淌于落英飞絮的喘息中。花莛细长而坚挺，从不与春花争娇媚；叶片葱茏而厚实，从不与夏枝竞苍翠。开时尽心尽力，落时化作护泥。

时常想起那样一幅画，和煦的风微漾，点亮了春绿，暖暖的阳光，柔柔地泻在地面，莺飞蝶舞，碧油油的草坪上，年轻的妈妈缓缓地推着婴儿车，宝宝带着醉人的笑，进入甜甜的梦乡……

时常萦绕那样一首歌，"世上只有妈妈好，有妈的孩子像块宝，投进妈妈的怀抱，幸福享不了。没有妈妈最苦恼，没妈的孩子像根草，离开妈妈的怀抱，幸福哪里找？"歌声婉约、悠长，宛若春雨纷扬，潮湿着儿女们一道道迷离在阡陌红尘中已然干涩的目光。

花名萱草，人称忘忧，画意母爱，歌颂母恩。孟郊诗云："萱草生堂阶，游子行天涯；慈母倚堂门，不见萱草花。"

五月，空气中弥漫着反哺感恩的芬芳。一首首颂歌高低回旋，唱不尽母爱亘古绵长；一阕阕清词平仄婉转，吟不完母爱无私宽广；一篇篇美文脍炙人口，书不全母爱洁白高尚。站在时光的拐角，执一份期待，搂一缕春风，任感念之丝随风飞扬。

是谁，十月怀胎，一朝分娩，强忍剧烈的阵痛，把我们带进这个五彩的世界？

是谁，将甘甜的乳汁喂养，用温情的目光，甜蜜的微笑，引导咿呀学语，淡了梳妆，薄了铅华？

是谁，起早贪黑，含辛茹苦，任劳任怨，勤俭持家，任由沧桑写满脸颊，任由风霜染白乌发？

六月，当所有的花朵都羞愧地闭上眼睛，穿越千年的朝霞，萱草花开。一朵娇羞，似年轻时披纱的新娘，一朵鲜妍，似风霜中温暖的阳光。花开花落，仅仅一天的花期，恰如母亲们短暂的青春。昙花一现，原只为绽放母亲的美丽；繁华落幕，便是母亲操劳一生的开场。

犹记得，年少犯错，没有责备，没有打骂，一声安慰，一句鼓励，母爱如同那黑夜中的灯塔，指引着少不更事迷茫着的路。

犹记得，立业离家闯天涯，母爱织成的牵挂，丝丝缠绕温馨的家，片片包裹母亲深深的缱绻。那份担忧，那份焦虑，匆忙了岁月，望穿了秋水。

犹记得，偶染小恙，病榻前，母亲那双焦灼的眼神，恨不能瞬间燃烧了病灶。端水送饭，嘘寒问暖，殷殷之情，直击心底最柔弱处。

有人说，母爱是一首田园诗，悠远纯洁，和雅清淡；有人说，母爱是一幅山水画，洗去铅华粉饰，留下清新自然；有人说，母爱像一首深情的歌，婉转悠扬，低吟浅唱；有人说，母爱就像一阵和煦的风，吹去朔雪，带来春光无限。而我要说，母爱就是生生不息的原动力，随时随地驱动着儿女们前进的步伐；母爱就是生命之树的一汪泉，无时无刻滋润着儿女们干涸的心灵。

母爱，倾其一生相伴，无处不在；母爱，不离不弃，不因贫贱而逃避；母爱，是在灾难来临时，用柔弱的双肩，勇敢地承接，哪怕牺牲自己；母爱，就是把你养大，打开一扇窗，让你飞出去，然后又打开门，等着你回来……

　　而今，守候在岁月的渡口，记忆之舟早已超载，许多美好的事，溢出了便不再回来，唯有母爱，始终充盈在心怀，永不苍白。好想，轻踩年轮，翻转流光，重回母亲的膝下，静听母亲清哼一曲醉人的紫竹调；好想，强拗岁月之笔，抹平母亲脸上雕刻的沧桑，擦掉发尖的白霜，让那一头青丝重新闪亮……

　　萱草花开，让我们抽些时间，好好看一看我们的母亲花吧！她们对于我们，并没有什么回报的期待。如果，茎繁叶茂，请你，好好珍惜，多些担待；如果，正在凋谢，请你，多多关怀，少些索取；如果，已经枯萎，请你，祈求上天让她们静静安息。

　　萱草花开，愿天下所有的母亲幸福安康！

阳光，真好

文/莲韵

　　静坐，临窗，冬日的暖阳，洒在身上，暖在心上。低眉，沉思，轻嗅着阳光的味道，静静地享受这静谧而美好的时光。或许世间总有些事，你只有经历了才会明白，它是多么的美好；只有失去了才知道，它是何等的重要。

　　我至今忘不了那一幕。就是弟弟临终前的那一天，他说想去外面看一看，或许是他早已感觉到自己时日不多了，恐怕来不及，他想看看这个令他无限留恋的世界。坐在轮椅上，我们推着他极羸弱的病体，来到病房的后院里。

此时，也就是那年今日，时至冷冬，阳光照在料峭的树干上，然而多么温暖的阳光，也无法暖透我们内心蚀骨的寒凉！弟弟抬起头，慢慢地环顾四周，沉默良久，仰望着那一缕明媚的阳光，脸上流露出一丝笑容，无限感慨而凄凉地说了一句：阳光，真好！

我再也掩饰不住无尽的悲痛，背过身，泪如泉涌！

对于一个即将走到生命尽头的人来讲，在他心里，他仍然存着一丝希望，那是生的希望！哪怕是看到一片风中飘落的残叶，哪怕是一束温暖的阳光，尽管知道这是一个奢侈的愿望，但那是他对生命无限的眷恋，以及对命运，无可奈何花落去的感叹与苍凉！那些素日里，许多冥思苦想都得不到答案的纠结与困惑，仿佛就在某一个瞬间，一目了然。

弟弟还不到40岁，从查出病到去世，仅仅六个多月的时间！在此期间，他遭受了常人无法忍受的痛苦与折磨。作为亲人，能做的，就是默默地陪伴在他身旁，静静地陪他走过最后的那段时光。看着他的生命一天天地在消逝，却无能为力，束手无策！无限关山，别时容易见时难，落花流水春去也，天上人间！

弟弟的去世，对我的打击是致命的，他成了我心中永远的痛！我始终不敢去触碰，在他走后的这七年里，每每想起，心底的那道伤，仍未痊愈，隐隐在痛！我无法走出那片沉闷、苍凉的天空，他成了我生命里怎么也挥不去的一道阴影。

在他有限的那段时日里，我一直陪着他与死神作斗争，尽管我们知道这是徒劳的，但总是期望奇迹会出现。心在滴血，泪在磅礴！经历了与亲人的生离死别，我也好像死里逃生一样。只不过是弟弟走了，而我又活过来了，我送他到黄泉路口，却始终没能抓住他的手……

我常常会伫立在一朵花前，或者一株草边，沉默良久，静默无言，感慨万千。是啊，人生一世，不过草木一秋而已。人的生命是如此脆弱，不堪一击！明天还有多少个未知？不免令人感慨叹息。感叹世事的无常，感知生命的宝贵，唯有活在当下，好好珍惜。

　　人生的路上，总有些猝不及防的事，会不约而至。许多事，在你懂得珍惜之前，早已成了追忆；许多人，在你知道用心之前，早已阴阳两隔，不复再见；许多东西，拥有时，不懂得好好去珍惜，待到失去了才悔之晚矣！

　　人生老得快，聪明却来得迟。不管你明不明白，生命永远是一列奔驰的火车，从不曾停歇。等到终点，你再回首时，才蓦然惊觉，原来一路上还有那么多的美景，已经被你忽略。生命中，大多数美好的事物都是短暂易逝的，而我们常常会产生一种错觉，往往是幸福明明就握在你的手里，而你却一直在仰望那些够不着的。追寻那些虚无缥缈的，犹如水中月，镜中花，看似离我们很近，实则离我们很远。

　　很多时候，我们的幸福常常感受在别人眼里，我们对已拥有的幸福，总是满不在乎。比如生命，比如健康，比如青春，比如爱情。当你大把挥霍它的时候，你并没有感到它的弥足珍贵，其实，你欠缺的是一次失去的机会。

　　生命无常，世事难料，你永远不会知晓下一秒会发生什么。最重要的就是把握当下，珍惜眼前，认认真真过好每一天，不给人生留遗憾。用一颗感恩的心，去触摸你够得着的幸福，比如家庭，比如友情，等等。其实，那些对于我们无比宝贵的，都是大自然赐予我们免费的。阳光，空气，蓝天，大地，碧水青山，朗月清风……

　　来是偶然，去是必然。我们每一个人，不过是茫茫尘世里的一粒微尘，早晚有一天会随风飘散。做好自己，走好每一步，不要迷失了前行的路途，爱我所有，好好珍惜这只有一次的生命。漫漫红尘路，且行且珍惜！

父爱，我心中一座不朽的丰碑

文/开拓

浑然不觉中，乙未年的父亲节又至。打开网页，好多感恩父亲的字，又牵动了我千丝万缕的心念。荧屏上一个"父"字在灼痛着自己的每一条神经。这是平生第一个得不到父爱的父亲节，虽已不惑之年，虽已身为人父，失去父爱依然难以承受，是老爸给予我的父恩过于厚重吧。静立于慈祥的遗像前，一时间幼年、童年、少年时代的一幕幕过往又清晰回放；点点滴滴仍于心中盘桓牵绕。

树欲静而风不止，子欲养而亲不待！

笔末沾笺，从不轻弹的泪水已经模糊了一片烛光，模糊的烛光里仍是老爸慈祥的面容，叹愿的佛音中还是不曾远去的嘱托。去年父亲节还在视频在拉家常，今时却再无法听到叫我乳名那亲切的声音了。感恩父爱的节日，又牵了自己不及诀别而歉疚的心。今夜，就把这万缕缠绕的念，用文字写在心中这座无朽的丰碑上，以慰藉老爸一生的辛劳。

"父兮生我，母兮鞠我，抚我，畜我，长我，育我，顾我，复我。"

尘世中有哪个人，没齿无忘？尘世中有哪种爱，结草也难还？父母，父母的爱，母爱深似海，子女们感受最深。而父亲，一个男人虽不会若妈妈一样无微不至，却真正是子女们生命的支撑点，现实社会的脊梁。当一位值得尊敬的父亲为家为子女倾尽所有，安息于天堂时，这份父爱于子女心中就是一座虽无形却无朽的丰碑！人说父爱如山，沉默巍峨；父爱若海，深邃浩瀚；父爱一宇天穹，粗犷而深远。我说，父爱重于山深于海更高于天，人间的甘甜有十分，老爸只尝了三分，其余的留给我们；生活的苦涩有三分，老爸却持了十分，苦了自己之外还要替儿承担苦涩。

今夜，依然拥有父爱的人该会多幸福！孩子会在父亲面前撒娇、年轻人会在与父亲谈天说地；若我同龄的人或许与老爸下盘棋，对饮一杯酒。

今夜，又有着多少若我一样失父的人，于一张慈祥遗像前静静站立、冥想，静静陷入一片模糊烛光里的清晰记忆。让怀念的泪水滴在这束起的花瓣上，在默默祈祷老爸天堂安息……

父亲节，这个感恩父爱的节日起源于美国，一位儿子深感平凡父亲的爱，向政府申请才传遍世界。其实能够广泛流传的真正缘由只是父亲的爱至真至尚！想说现在的父亲节，就是尘世中子女们为父亲竖起的一座无朽的丰碑，以此来表达自己对父亲的尊敬。

上周读了一则腾讯新闻，只几分钟点击率竟然几万次。这条标题为《父子遭遇车祸 父亲用身体护住7岁儿子后不幸遇难》的报道。一位年轻的父亲为护子用自己的身躯抵挡车撞而失去了年轻的生命，简洁的报道读出的却是一颗父亲的爱心，父爱的至尚至真！这位年轻父亲很平凡，这份父爱却撼动着炎黄子孙，感动了世界！只因为，父魂的至真至尚。世人或许连他的名字都无从知晓，但这份父爱却真正引了无数英雄竞折腰，让人颤魂！我想于他的儿子在今后的一生里，心中永远会耸立起一座不朽的父爱丰碑。

思绪，沉浸在一个"父"字里盘缠牵绕。多年前的儿时，有挑食的坏习惯。每次自己不喜欢的，老爸都说最喜欢吃，然后我也会跟着慢慢学起来。后来老妈告诉我，因为当年是为了改正我的坏习惯老爸才那样做。事情虽小却让如今的我深深感到父爱那颗眷眷的心！少年时莽撞与人打架虽然赢了但却受到老爸的严罚；学时的每次好成绩都可以看到您的笑脸；离家远渡日本时机场的一语"信任你"至今无忘，我已从您那儿得到了太多，太多！天下父亲应该尽的责任您虽平凡却最称职。大手牵小手，拉车的牛，登天的梯，为人和善，坚强，言传身教，看着您的身影我学会了坚韧，看着您的身影我学会了独当一面，撑起自己的一片天。

当然平时看不到您像老妈一样问长问短、时刻关心；当然您平时也有沉默寡言，也有怒骂严惩；但现在已经完全理解您的良苦用心。平凡的老爸，为自己家儿不辞辛劳地奔波。就是在这柴米油盐的点滴中您渐渐失去当年的英俊潇洒，任皱纹爬上自己的额头。"春蚕到死丝方尽，蜡炬成灰泪始干"，应该是为您的一生来写，真诚、忍耐、谨慎是您教会我为人处世的基本。我的血管里依然流着您的善良、坚强和永远无改的爱心。

其实，纷繁复杂的尘世中，人性至真的美德，与金钱地位，丰功伟绩无关，太多身居显职的人，太多丰功伟绩的人并非都有一个可立丰碑而让人赞美的灵魂；又有太多太多像我老爸这样的人，平凡无奇，却可以说成是伟大的父亲，他们勤劳、心善，他们乐观向上，他们为了家，为了子女，可以横眉冷对尘世的不平，可以吃苦无怨；甘愿为拉车的牛，甘愿为儿登天的梯！当自己的生命走到终点时亦无可以立丰碑的功绩。然，他们为社会，为家庭，为子女所付出了自己的一切却无求回报，单这一份灵魂的至真至尚，于子女的心中是一座无朽的丰碑！碑文上虽无丰功伟绩，却可以暖透了尘世繁杂中子女们的心灵。给子女们一片最暖人的阳光，敦促子女去正确面对自己的人生，为社会造福。

我的笔无法全面写完善父爱，无法写尽老爸的恩德，写下的只是我已深嵌记忆的点滴些许。而那位献身护子的年轻父亲也是用山一样的脊梁保护着自己的儿子，他也平凡无奇，却是用身躯写完整了一个"父"字！写了一笔撼人的父爱。我的父亲是用自己的一生的实际行动，用一份至真至尚的父爱，在我的心里竖起了一座无朽的丰碑！碑文虽无让人歌颂的伟绩，却真真正正地写下了炎黄子孙代代相传的灵魂美德。

一笔父字，寄儿一份哀思。真实的情感无须构思措辞，心念和着感恩的泪水已染湿素笺！虽已是不惑之年，虽已身为人父，虽也平凡无奇，我却情愿用您赐予我的脊梁，给您撑住安息的天堂！父亲节前夜，于我心中这座无朽的丰碑上为您填写这一行父爱伟大的碑文。寄上儿的期盼：若真有三生轮回，求佛赐恩，再为父子，衔环以报父恩！

时间都去哪儿了

文/梦音

透过时光的缝隙，追忆往昔，不禁想问，时间都去哪儿了，那个健步如飞，脾气火暴的母亲怎么就开始少言寡语了？时间都去哪儿了，那个年轻时能吃一斤挂面还喜欢拌上辣椒酱的父亲怎么就变成老小孩了？

都说父爱如山，母爱如水，在常人的心目中，父亲永远是那个脾气暴躁或沉默寡言，关键时刻挺起脊梁，默默背负着家庭重任的人；母亲总是那个唠唠叨叨，遇事无助，对子女呵护备至，疼爱有加的人。慈母严父，是一般家庭惯有的模式，然而我眼里的父母却似乎置换了角色，与别人的父母截然不同。

从记事起，父母总是早出晚归，忙忙碌碌，没有时间对我们软言细语，也没有时间来关注我们心灵的成长。那个时候还没有分田到户，父亲和母亲每天一大早就要去生产队里出工，每天早上，母亲就会把还在睡梦中的我和哥哥拖起，一只手夹一个，往队里安排的那些干不动农活的老人家里送。日子一天挨着一天过去，只知道母亲从来都是风风火火，无暇照顾我们的饮食起居，无暇关心我们的身体状况。

母亲和父亲结婚时只有半间泥做的茅草房，有一面墙还是用芦苇秆代替的，夏天墙上会有类似蜜蜂的昆虫住在墙里，冬天一刮风，风直往屋子里灌。我已记不起那种日子是怎么过来的，只知道童年的我们，除了生活清苦，也还有许多乐趣，可以撒开腿来奔跑，可以上树掏鸟窝，可以下渠捉青蛙，运气不好的时候，甚至还会遇到蛇。

记得有一回，和邻居家的孩子在河边玩，摘野草莓，不知怎的，脚一滑，突然就掉到河里去了。母亲在很远的地方劳作，一抬头突然看不到我，一下子慌了神，来不及扔掉锄地的铁耙子，以飞快的速度，跳过一条条水渠，奔跑过来，把我从河里捞起。虽然我没有呛到水，也没有受到多少惊吓，但母亲还是把我痛骂了一顿，还动手打了好几下。那时并不能理解母亲的心情，只是对拳脚相加的母亲充满了恐惧与愤恨。

当然这种恐惧与愤恨，源自母亲平时的言行。她和普通观念陈旧的农人一样，重男轻女的思想根深蒂固。有事没事都喜欢数落和责罚我，还总说喜欢儿子不喜欢我，有什么好吃的也都留着给哥先吃，为此我在心里一直和母亲疏远，不愿靠近。

再冷硬的母亲，也有对我好的时候。记得有一次，我想吃菱角，母亲拿了一个澡盆到河里去摘，看到一个大菱角，母亲赶紧伸出手去够，结果重心不稳，扑通一下就栽到河里去了，待邻居七手八脚把母亲打捞上来，又是掐人中，又是按压，好一番折腾才把母亲救醒过来。后来我才知道：母亲不会游泳，而且最怕水。这事对我记忆最为深刻，也只有在身为人母以后，才知道母亲对我的爱。

而父亲，和母亲则完全不同。他从不对我吆三喝四乱发脾气，也从不舍得打我，总是乐呵呵地喊我毛丫头，还总说，我有女儿，太幸福啦，等老了就有酒喝了……

村里好多人都说父亲把我惯得不像样，什么事都想方设法依我，哪怕日子过得不富裕，只要能让我开心的事，保准会去做，比如养些小动物，什么猫啊、狗啊、小野兔啊、小白老鼠啊，也种些花花草草。父亲担心花草被动物糟蹋了，每回都会编个东西围起来，只要我喜欢的东西，父亲都会护着。

小时候父母没时间带我们，就把比我年长两岁的哥哥送去了外婆家，直到二年级才接回来。因为小时候不生活在一起，兄妹俩也就没有特别亲的感觉，哥哥有时会为一些小事和我吵架，妈妈从来都不分青红皂白，上来就把我一顿揍，而父亲只会象征性地过来捏捏我的耳朵，从不会太严厉地责罚我。

有一次，父亲从外面带回来两只苹果，把小的给了哥哥，大的偷偷藏我书包里，还偷偷嘱咐我，不要给哥哥看到。谁知道出家门没几步，我和哥哥就吵起来了，因为哥哥发现我的苹果比他大，父亲听到声音就呵斥哥哥，说哥哥应该让着妹妹，可是哥哥哭了，说父亲偏心，要知道在那个年代，苹果是多么奢侈的水果，父亲怎么说都不行，又要赶着去做事，一怒之下把哥哥的苹果摔烂了，哥哥"哇"的一声哭得更凶了。如今想想那时的自己实在是太不懂事了。

父亲对我的宠溺更体现在一次毛笔课的事件里。因为家里穷，我和哥哥只有一支毛笔，上课的时候，向哥哥借。中午吃完饭去上学，我和哥哥还有大妈家的孩子一起走，不知怎么又吵起来了。哥哥说，就不把毛笔借给我，我一气之下跑回家告诉父亲。父亲怒气冲冲赶到学校，一脚把哥哥从课椅上踹到地上，那一脚踹得很重，哥哥痛得泪都流出来了。委屈地说："我只是气气妹妹，不可能不借的。"多年以后，为此事我一直心有不安。

父亲和母亲，因为环境使然，因为性格使然，或许是粗鲁的，或许是寡言的，他们不会像其他人家的父母，把爱表现得很直接，而是把爱藏在了心里，把疼放在了点滴里，用满腔的真情，把儿女拉扯大，其中甘苦也只有他们自己知道。母亲或许不会说：孩子，我爱你。但会在你生病时给你煮一碗带鸡蛋的面，在家里没多少米吃的时候尽量让你吃饱饭。父亲，从不会打骂妻女，总是要求自己的儿子忍让有担当。他不会甜言蜜语，却会在一年四两油时让妻子和孩子吃上饭，自己饿着肚子说不饿，会在孩子们长身体时，凌晨三四点钟起来去抓鱼拿去卖钱，换一些营养品回来给我们补养。

父亲和母亲，相互扶持，用孱弱的肩膀，支撑起了一个贫穷的家，从半间茅草房，到两间瓦房，到后来的楼房，他们起早贪黑，辛辛苦苦，不断改善着物质和生活基础，为儿女们做足了榜样。前几年家里拆迁，我望着住了几十年的老楼房，心里颇是感慨，这里有父母没日没夜的操劳，还有两兄妹的争吵，以及黑白电视机到彩色电视机的声音。

那天回去看父母，母亲还是那个母亲，有时也会唠叨，只是突然发现她手上多了一些斑，原来母亲老了。父亲和我抱怨说颈椎痛，胳膊疼，看着头发花白的他，我知道，那是因为他年轻时，长年在水里摸鱼维持一家人生活时落下的风寒。

原来，时间真的不等人，一眨眼就是几十年。弹指一挥，什么都改变了模样。有什么可争，有什么可吵，有什么可烦的呢？花得了的票子，住得了的房子，看得见的影子，放下这些身外之物，有空常回家去，陪陪沉默寡言的人，不留遗憾。

时光如流沙，掌心兜不住。但亲情可将时光雕刻得更为温馨、更为深刻、更为饱满。不要问时间都去哪儿了，它就在我们的举手投足间。

又是一年柿熟时

文/青衣红袖

天刚蒙蒙亮，母亲便打来电话："你爸今天去老城开会，正好给你们捎些柿子去，老家这几棵树上的都红透了，再不摘就都被鸟啄烂，可惜了。"母亲刻意把"捎"这个字说得很重，然后没等我来得及说话便挂了。

老城距离我现在住的新城大约还有十几公里，在这凉意浓厚的深秋，我是不会答应让年迈的父亲顶着寒霜给我送东西来的，所以母亲不容我说话的目的就是让我无条件地服从，至于那些责怪的话，就留在嘴边吧。

我在心里嘀咕着，赶紧爬起来，刷牙洗脸梳头，穿了厚厚的衣服，准备去老城接应父亲。老家离老城就有二三十公里，父亲要骑车将近一个小时才能到达，我算着时间，待赶到老城，父亲不多时便出现在我眺望的视野里。

毕竟是深秋了，瑟瑟的晨风抖动着枝条上残留的几片树叶，无情地用力摇晃着。远远地看见父亲单薄的身子在凉风中越发瘦弱，鬓角的白霜更浓了，不禁眼中升腾起一片水雾，这般藏在岁月里深沉的爱，是任何人也抗拒不了的。此时此景，我唯有默默地接过，努力地睁大眼睛，不敢说话，怕一张口就有水珠滚落嘴边，我怕那种咸咸的味道。

父亲是我们乡镇的民师代表，从去年开始关注民师福利的有关事项，上面有什么精神，就让他们这些代表去领会，然后传达。这次，父亲就是为这来老城的。我接过父亲手中的箱子，看着父亲的影子在深秋的晨霭中渐行渐远，忆起曾多少次有过这样的情景，一把蔬菜，一兜水果，和装有母亲深深牵挂暖暖叮咛的口袋一次一次送到我的手上，温暖着不管有多寒冷的日子。每每，心头总有难以言说的滚烫，和着泪水悄悄一饮而尽。

自己曾经幼稚地认为，父母手心里的暖，我只拥有五分之一，甚至远远没有五分之一之多。姐弟五个，身为老大，早已习惯了没有父母的呵护，凡事总一个人担着，过早便有了自己的独立思想，便有了超出自己年龄以外的成熟。羡慕那些可以撒娇可以任着性子胡闹的小伙伴，累了有人背着，哭了有人哄着，但，只是羡慕着，从来不曾说过。

往往，自己总是在母亲披衣坐起的时候就被唤醒，跟着太阳的转动开始一天的劳作，手上磨出了水泡，肩上勒出了血痕，从没曾被人问过一句，疼吗？于是心里便偶尔有点埋怨与不满，但也只是藏在心里，说给自己听。疼了，自己疼着，伤了，自己伤着，那些长长的没有色彩的岁月，被季节一路牵着越走越远。于是，文字，音乐，便从那个时候成为我忠实的伙伴，伴着我一天又一天，不曾离弃。

心一直冷着，从不曾体会到父母的关爱与暖意，自己任性地在人生的岔路口选择了自己的道路，那一刻，母亲说，你自己的事自己做主，我们的话也是白说，你不会听。因为，我从心里生出的抵触，没说一个字，早已倔强地写在脸上。

每次妹妹从不远的城市回来，母亲总是张望好几天，杀鸡宰鹅，隆重接待。而自己每次回家，她甚至没说过一句，你来了。总是不深不浅，不紧不慢。我开始有些厌恶母亲的势利。

总是倔强地过着自己的日子，很少回家，也很少给母亲说及自己的生活。总以为自己的悲喜母亲是不会知道的，因为她一贯是对自己如此漠不关心。

直到那次，我自己一个人几乎扛不住的时候，是母亲伸出温暖的手，将我从困境中拉了出来，我才知道，其实我所有的一切母亲一直看在眼里，记在心里。那一刻，我感觉自己是多么羞愧，我曾经那样深深地误解了我的母亲。我开始重新接纳母亲给予我的温暖，接纳这份隐藏在岁月深处的关爱……

慢慢地经历了人情冷暖，自己也深深有了做母亲的体会，更加意识到母亲给予每一个孩子的爱都是完整的，都是百分之百的。每一个孩子都在母亲的心尖上，手心里，只是表达的方式不同罢了。

一阵风吹过，眼角的潮意更浓了。

纸箱里，静静地躺着一个又一个红透了的柿子，大把大把的青菜，被母亲清了泥土，去了烂叶，清新而又葱茏。

刚到家，母亲又打来电话。我说，这些柿子什么时候吃得完呀，还有这青菜，过几天就会不新鲜。母亲说，都是自己地里种的，没上化肥，没打药，也没费啥，吃不完就送给左邻右舍吧，虽说不值钱，城里人也喜欢。

无语，心已湿。我遂了母亲的心愿，把这些柿子分散了去，就像替母亲传递一份愉悦与欢喜……

槐花依旧惜春风

文/明月如霜

四月的脚步还未远离，枝头的梧桐花依然在天空随风摇曳。那紫色的云霞,在春的末端已开到荼蘼。那淡淡的香气还在周身缠绕、旖旎。一场细雨湿润了春末的树木，洋槐树已经挂上了如米粒般的淡绿色花蕾，一棵棵躲在春色里的槐花便在暖暖的春阳下，散发出了诱人的甜甜的香气。

每年的这个季节，空气中都会弥漫着一种甜甜的香味。举目四望，你会发现那一簇簇或白或紫或黄的槐花已在枝头悄然绽放。循着浓浓的香味看去，那开放在枝头的槐花，如串串白玉合着满目春色，植入你的眼眸、心底。

对于槐花，我是极熟悉的。儿时，每当春暖花开，我便和小伙伴们一起在庭院，在村头的槐树下，仰望着那散发着香气的空中的白色云霞——槐花。馋猫一样的我们，会想尽各种办法，或者爬树，或者用钩子勾住低处的枝丫。采摘下那可以丰富我们餐桌的朵朵槐花，兴冲冲地拿回家。然后，乖乖地附在母亲的身边，看母亲用神奇的槐花为我们展现许多色、香、味俱佳的槐花的做法。

又是一年五月了，小城里的紫槐花已悄然盛开。盛开成一团团热烈的、妖娆的紫红簇拥枝头，那浓郁的香气氤氲着，弥漫了大街小巷。置身其中，恍如喝了美酒，不觉深深陶醉。

白色的槐花串串似玉，瓣瓣似雪，洁白着一季中的四月。紫色的槐花，如烟、似霞，妖娆了岁月的天空。黄色的槐花，悄然开在一隅。泛着缕缕金光的花树，入目，一片温馨。各色颜色的槐花把小城的街道装饰得婀娜多姿，芳香四溢。漫步街头，赏着花开，闻着花香，令人微醺欲醉。

　　一树花香，一城相思。那满目的槐花摇曳，把我的心拽得生疼。每年春天，看到枝头槐花开，闻到空中浓郁香，我便会想起那病逝已久的母亲，想起母亲用充满浓浓的爱意的双手做出的槐花食品。

　　想起小时候，每到这个季节，母亲会挑拣好多槐花，在水里洗干净，拌上一些面粉，放在锅里蒸，十几分钟后就熟了。等锅盖一揭，我们都迫不及待地站在灶台边等着，闻着浓浓的槐花香味，别说吃，光是闻，口水已经流出来了……那时候，家里生活拮据，没有别的东西可以分给孩子们做零食，于是吃槐花食品便成了饭菜外的温馨。

　　"迟迟禁漏尽，悄悄暝鸦喧。夜雨槐花落，微凉卧北轩。曙灯残未灭，风帘闲自翻。每得一静景，思与故人言。"槐花飘香时，我只想避开俗世的喧嚣，嗅一树花香，在一纸素笺上描摹对母亲刻骨的思念。

　　执一枝如雪的槐花在手，睹物思人，我又想起了我故去已久的母亲。想起，每年的这个时节，槐花的香气都会溢满我家的小院。母亲便会摘下一些白槐花，悉心挑拣后，为我们做上一顿丰盛的槐花大餐：或蒸成槐花菜；或烙成槐花饼；或做成槐花馒头……入口丝丝香甜，令人心暖。

　　如今，槐花依旧枝头笑春风，而我却永远失去了母亲的疼爱和关怀。站在香气馥郁的槐树下，对母亲的思念，犹如决堤的洪水在我心底肆意地泛滥。"树欲静而风不止，子欲养而亲不待。"是何等的酸楚和无奈！

　　碧空如洗的五月，槐花依旧温婉着荏苒的时光。对母亲的怀念和不舍一次又一次地让我在思念的海洋里沉沦。那些令人心痛的牵念；那些无法实现的夙愿，爬满了一个人的庭院，如雾、似烟，把我整个人一次又一次地笼罩、湮没。

一棵棵槐树，年年的清香陪着我长大，陪着母亲衰老，如今清香依旧，母亲却容颜不再。儿子的一声呼唤把我从长长的思念中拉回。无奈低眉轻叹：槐花香气依然，爱心难以圆满。

谷雨过后，那些嫣然到荼蘼的花树，大都已经凋零，满地落红。只有我对母亲思念的花束和枝头的槐花依旧惜春风，在似水流年里灿烂如昔。

水云深处的牵挂

文/廖星榕

那一日，一图画忽然入了心扉，熟悉的图案，油然而生的乡愁徒生满怀，思绪就会在青草露水里走远。摇橹着木船，撑一柄雨伞，回去江南故里，母亲那怀抱的馨香，那旧日的蒲扇。一地的月色，倾洒芭蕉叶上舞。

水云深处有人家，风静炊烟直。乡间的午后，竹椅上，假寐依斜阳，旧日于父母的宠爱下，可以天马行空想我之所想，做我之所为，这里千山寂静，安然浇水花圃菜园青苗，想着，如果，风来，轻叩门扉，进得院落，大树下木质案几，与父母围坐，冲泡自己采摘煸制的绿茶一盏，叙话，慢慢饮，吃些树上刚采摘的樱桃和自己种的瓜果。如此思乡，蔓延我整个夏日的情绪。

人总有许多奇怪之处，谁都喜欢繁华深处，而我喜欢静，喜欢林木山水，且始终认为无论走过多少名镇古迹名川，有多美，终究，不如回家陪陪父母。看看幼年嬉闹过的山水，走走曾和父亲巡视过的稻田田埂，和树枝上的鸟儿们低语。许是，当年和我嬉闹的鸟儿们，早已经不知去向，但今日，依旧可见燕儿呢喃绕屋檐。

古言道，父母在，不远游。然，对于现代人多少有些牵强。但是对于父母却是很实际的需求愿望，无论你有太多的理由，父母终究是无缘由地想你，盼你，倚于门楣望你回去的方向。

即便你月月回家，纵是父母有很优越的条件享受，自己也有时候很不适应，甚至炎炎夏日乡间电量不足，空调不好用，虽不言语热，享受惯了的我，还是顿觉闷热难耐地烦躁。

看着父母无比依恋和期盼的眼神，自是很不忍也舍不得离去，想着，父母在世时，多些相聚，多些在一起的玩乐，多些孝顺。独立成家后尽孝一直如一，自然不会有任何的遗憾，不能等到子欲养而亲不待时，妄自悲伤。

素锦年华，方懂得，人生的繁华富贵都是过眼云烟，唯一最幸福的是莫过于父母健在，爱的甘甜温暖，爱的浓烈炫丽如锦葵，一切方是爱的圆满无憾！

一寸的光阴瞬间老去，半笺芳华染，昨日华发添。今日端庄温婉的女儿，在母亲眼里许还是那个幼小的孩子，需要单独给我炖饭，无法预防我喜欢搞破坏，喜欢上树，弄断了桃树枝丫，喜欢在家中无人时，于夜色里，独自站在屋子外的菜田边哭着，也不肯进偌大的屋子里，任性又胆小的小女儿。那时，整日忙碌公社的妈妈很无可奈何，在那个贫瘠的年代，怕我生病只得疼爱地在屋子外喊魂。

那年月的乡间，粮食物质是贫瘠的，知识也一样是贫瘠的，鬼故事于是异常吸引着孩子们，狐狸倒还是不怕，因遥遥的山顶就有一路路的狐狸观望着卑微的人类，可听的鬼故事多了，就很怕鬼，我是异常地怕鬼，觉得凡黑的门里，屋子里都有鬼，只有月亮下是安全的，即使长大父母把我交给我的另一半后，回娘家，还是会半夜爬起来上二楼找妈妈，总疑惑黑暗里是有鬼的，只有妈妈的身边是没有鬼的，因此结了婚的女人，还是要和母亲一床睡，有妈妈的体香，方可以觉得安全，酣然入睡。

而父亲，最喜他咧嘴一笑，可我垂垂老矣有些朝不虑夕的父亲，于我，是柔弱得不能触碰的词语。很怕，很怕，一直将幼年的我托在脖子上长大，老年得女爱我如珍宝，80岁瘦弱的父亲，有一天会离我而去。于是，我说给心里的父亲："我怕看你渐次瘦弱，渺茫的眼神，蹒跚的身影。我孤自一次次低语，女儿在这里，女儿很需要你！你要长寿，要长寿，长寿方好。"

忽而不经意间想起那般瘦弱的至亲心会忽然地疼，想着明丽的自己为什么忽然这样多愁善感，且很是害怕，尽量避开想我最心疼的人？难道每个有文学灵犀的人，心里的世界是特大，思绪总会天马行空，却也总觉得五味杂陈？

许是人生，若不曾麻木就是如此吧？疼痛，时常在一瞬间触景伤情。而我，是想母亲，想我的母亲了，只是不能想，忆乡近乡怯。想，会想得出神，原本每天都有笑料快乐的工作空间，却在瞬间忽然地就凝固了笑意，药也给人拿错，人诧异，笑话我怎么如此笨拙？

他们却不知道，我想妈妈了，想枯瘦如柴的妈妈，心里暗暗刺痛揪心。

他们不知道四年前，医院下了多次病危通知书的母亲，要命的肺气肿病，虽然用我自己给她配的药吃了渐好，止住了病喘。可自从去年侄女枫儿去了天国，妈妈一直病病歪歪，一样接着一样，每次我给她配药治好，又接着别的病，如此，无论给她吃怎样的补品，治疗好了病，可能是治愈不好心病，也只能无望地，揪心妈妈瘦成一把枯骨。

听，你听，楼下的人又在炫耀似的，妈妈，妈妈地喊着，可真幸福。又想着，明天回去，给妈妈过生日，不知明年妈妈你还在吗？忽然地泪眼婆娑。又想何必看明年如何，只要现在，妈妈健康没有折磨，快乐幸福也是最好的。

妈妈生日那天，涛开着车，我们一家三口走高速飞奔去了母亲那里。幸而，一切都好，晚上，给妈妈洗澡，洗头，换洗衣服。

盛夏真热呀，晚饭妈妈还吃了五个饺子，在他们小洋楼门前如同幼儿园家长会，热闹极了。满院欢笑，妈妈温柔、微笑地看着她的孩子儿孙们，父亲则咧嘴笑得像个孩子，一脸的幸福，父母健康、快乐，孩子是多么有福气啊。

晚来近黄昏夕阳尽，行走田埂，嗅青涩的香，看碧色的田野，白色的野花，邻居家酸涩的李子吃起来就是幼年的味道。最欣喜高兴的是，妈妈精神很好，不由得双手合十说一声，谢天谢地！

感恩着一切，上天待我如此不薄，确是一盏丰厚，赐予了妈妈健康，多好，多好啊。

于是放心安然地回家，半个小时的高速公路车程，只觉得只是几分钟的距离。原来高兴，路途也可以缩短的，一切都可以享受着喜悦的美丽。

今日，又是月挂当空，风弄花影总有些疑鬼神，三更夜渐凉，却又走进童乡野外，层层稻浪的田埂，那里夏夜蛙声鸣，不远处，溪谷有稻香，妈妈手中提着一盏竹篾灯，照亮我们去捕捉水田秧苗里酣睡的泥鳅。

那旧日缠绕在舌尖味道的美味，是妈妈的味道，温馨带着奶香回味悠长，悠长，母亲的味道，是回不去的幼年，回不去的原乡。

如今，父母如花木，一半朽木生，一半枝叶齐，瘦弱不堪的身姿，步履蹒跚，阶梯望远。我又如何，如何不是日日的牵挂，如何不是望乡近乡怯的甜美和隐痛。

水云间的牵挂，一直在这里，多少年过去，那一川秀美的山河浓烈的父母情深，长长久久，一直如桃花灼灼的妍丽馨香，沉醉安暖父母于我的爱。野河岸，田埂花草，山百合，那幼年的记忆，一直握在我的掌心，是永远看不够的景。

如今，母亲在那头，我在这头，日日惦念，是割舍不下的念想与牵挂，是一盏墨色，一张纸笺，始终描不完的思念和乡愁。

不经意间，某一日，一画就忽然入了心扉，熟悉的图案，油然而生的乡愁陡生满怀，思绪就会在青草露水里走远。摇橹着木船，撑一柄雨伞，回去江南。梦回故里，母亲那怀抱的馨香，父亲摇动那旧日的蒲扇。一地的月色，倾洒芭蕉叶上舞。

天堂有梦

文/菡苕

对于外婆家的亲人我是既陌生又亲切的，之所以陌生是因为相处的时日少，之所以亲切是因为在他们身上维系了母亲一生的爱。

外婆家住在郊区，离城里有八里路。但这八里地对于年幼的我，是非常遥远的。因为要用我稚嫩的双脚一点一点地丈量，中间都还要歇上几歇，所以那时的我是不情愿回外婆家的。

母亲有八姊妹，我出生时，都已各自成家。有的在省会工作，有的在外地，只有二舅和外婆他们在一起生活。

舅妈非常喜欢我，每次来看我，都是又抱又亲的。因为怕她把我抢走，我就会飞也似的逃进屋，关上门，隔着门上玻璃和她讲话，或摆手让她回去，任她在外百般央告，就是不开门。但她很执着，依旧一趟趟来，夹个小包，烫着头发，像城里人一样时髦，还是老远就笑嘻嘻喊我。

到了晚上，我一边给鸟喂食，一边和爷爷有一搭没一搭地讲话。就会稚气地说："刘韵香又来了，真的很烦人！"爷爷就会笑我，说我没礼貌。因为我一直像个小大人一样对这位宠爱我的舅妈直呼其名。

我的舅舅是一个老实木讷的农民，傻傻的，有点憨，言语不多，只知道干活。每个星期天照例也会来，来了就直冲我傻笑，我三言两语就把他打发走了，从没让他进过屋，喝过水。他一般也是手都没离开过自行车龙头，就掉转回去了。

舅舅长得很俊美，是那种大眼睛双眼皮白白净净的人。每次来，都穿着深蓝色崭新的呢子中山装，推着一辆凤凰自行车，一点都不像农民。

若干年后，每当我回忆起这些时，都是满心的愧疚。想他放下手里的农活不干，收拾得这样体面郑重来接我，但每次都无功而返，回去还要受姥爷姥姥数落，说他没用之类的话。并且他也只有接我时，才会登爷爷家的门，平日赶着马车上街，穿着烂衣服，是绝不会把马车停在爷爷家胡同口。即便是碰到我和同学们逛街，也只是傻笑下，就匆匆过去了。

小时候，母亲和父亲一直在外地工作，我一个人住在爷爷家同两个未出阁的姑妈一起生活，这样的日子持续有四年，我小学五年级才回到自己父母身边。在老家的日子，母亲每年都会回来，但母亲每次回娘家，我一般都拒绝同往。现在想想那时那条小路，对于远在异乡的母亲是多么热切，而对于我却是十分冷漠。

我的舅妈在当地出了名的手巧，许多人都求她做针线活，包括我城里的姑妈们。每年换季，她都会给我送来许多的新衣裳，因为她自己结婚八九年一直没孩子，就几乎把所有的爱都给了我。常听她对人说："你看，老姐又不在，一个孩子家的，可怜见的。"但我那时从没觉得自己可怜过，反倒觉得她很可怜。

如果她哪一次能把我接回去，就是一件非常荣耀的事了，会带我游遍全村，逢人便说，这是我老姐的孩子，城里的姑娘，斯文着呢。

每次回到外婆家，屋里就会站满了人，很多亲戚邻居都会来，也会带来一些自家的海棠果和樱桃。当然，第一个来的肯定是二姨，二姨是那种老远就能听到声音，风风火火的人。说话办事都快，家里收拾得窗明几净，被里洗得雪白，不比城里人差。每次还硬拉着我到她家过夜，那时他的儿女们都已经很大了，有的已经上班，晚上躺在床上时，她会给我讲一些鬼故事。

二姨命苦，新中国成立前，嫁给一户地主，对方下了100块大洋的聘礼。婚后不久，公公和丈夫出去收账，在一场纠纷中一起被打死。她的婆婆接受不了这样残酷的现实，迁怒于二姨，便把她撵回了娘家。那时她已怀有身孕，回家后，赶上大舅回家结婚，家里多了个吃闲饭的，大舅妈话里话外便透出不愿意。那时二姨只想有个容身之处，明知道后来的二姨夫患有严重的风湿病，一辈子只能坐在床上往外望，等于半瘫，并且家里还有两个年幼的女儿。二姨还是挺着大肚子毅然决然地把自己嫁了。嫁过去后，里里外外都靠她一个人，二姨勤劳，日子过得还算是顺风顺水的。她自己的亲生女儿经常到外婆家投诉，说她偏心，把好吃的好穿的都给别人的女儿了，自己总是捡剩的。我的姥姥就会说："纹呀！你想穿啥吃啥，姥给你买。"

二姨是个公认的好人，村里村外没有一个人不交口称赞的，先房的孩子也一直很敬重她，相处和睦。她自己的三个孩子后来也培养成才，两个儿子，一个做了民办教师，一个在省城工作。儿子结婚后，二姨也去了省会，在那里生活了三十多年。去世前有点老年痴呆，走失过一次。没办法，儿子上班，只能把她锁在家里。妈妈回去看到后，心疼得不得了。就经常唠叨，你看，人老了就是不中用了，你二姨那么刚强的人，现在不也这样了！

晚年时，二姨看我妈回去，兴奋得一夜夜不睡觉，窸窸窣窣地到处找钱，说要给老妹子带着路上花。可是翻遍床上床下都没找到，最后在枕头瓤子里找出千余元钱。其实我妈的日子比她好过多了。

我的大姨是家里最苦的，嫁到了一个最穷的地方。我只见过她一面，那年我8岁，去我姥姥家，碰到她在村里当民办教师的女儿。因喜欢我，非要带我去她家，说给她妈看看。记得路很远，是坐马车去的。大姨家有两个姑娘五个儿子，家里很穷，凉席破有大洞，不能和我外婆家比。我在那儿住了七天，印象里度日如年。每天我不知他们吃的啥，反正黑乎乎一锅，就我一个人是白米饭，用铝制饭盒蒸的，上面还有一条鱼。就这样，我还是一个人瞅着窗外抹眼泪，一次被四表哥看到了，就告诉她母亲，说人家城里的孩子住不惯，赶快找个车，给送回去吧。我就天天盼着有马车，能把我拉出去。

后来大姨老了，丧失了劳动能力，生活依旧没有多大的改观，五个儿子为赡养老人的问题相互推诿。我的大舅很气愤，调解多次无果后，把他们兄弟五个统统告上了法庭。情况好转了没几年，钱又开始不能到位，我大舅就把她接到省城自己家住，准备给他的姐姐养老送终。可她的儿子们走马灯似的来，让大舅苦不堪言。

大姨死的时候，三个舅舅非常痛心，觉得大姨这样好的一个人，一天好日子都不曾过过，一生困苦，就坚决要求拉回了自家祖坟地，像对待没出阁的姑娘那样厚葬。可后来的一天，人家五个儿子连夜来车，悄悄地把他们妈妈的棺椁又启了回去。

就像一场可悲的人间闹剧，在吵吵闹闹中落幕。我就常常想，对于一个暮年无助的老人，我们做儿女的该怎样去面对。看过很多吟风弄月的文字，就感慨精神生活真的不是空中楼阁。在那个年代，一个连温饱都解决不了的地方，生存的尊严都成问题，你就是打开心中的日月，都很难有一片闲云能飘入你的枕畔。

大姨活着时，如果有出差或做生意的亲戚路过我家，讲起她的近况，我的爸爸不等妈妈开口，就会从口袋里把所有的钱拿出来，让他们帮忙带回去。

也听妈妈常常感慨，可惜了你大姨那个人，她是我们五姐妹中长得最漂亮的，比我们都高都白，性情也好，可竟一生都没得好，死得又早！

我的三姨一直生活在长春，日子过得很好。我还有一个不曾谋面的四姨很早就离开了人世，成为母亲心底永远的痛。四姨年轻时嫁到长春，爱人是一个银行小职员，在四姨怀孕期间，有了外遇，四姨没吵没闹，也没和家里人说，生完孩子，就把婚给离了。一个人独自抱着吃奶的孩子回娘家，在火车上，把孩子送了人。回到家里一病不起，不吃不喝，问啥都不说，后医治无效，月余死亡。死前断断续续地对外婆说，怕拖累家里，把孩子弄没了，心里愧得慌。

我的外婆去世是在1979年，我母亲知道时，已经是20世纪80年代了。有一天中午，我们放学回家，家里冷火秋烟的，异常安静，那种凝重的气氛，我一生都不会忘记。只见父亲从里屋走出来，摆手让我们出去，小声说你大舅来信了，你们的外婆走了。然后递给我们饭票，让我们自己到食堂打饭吃去。记得母亲足足躺了两天，不说话不吃饭不上班，家里也没人敢高声说话。

大舅在信里对我母亲说："妈已经走了一年半了，一直没告诉你，是怕你着急。考虑到路远山高的，你的三个孩子又小，等你坐三天三夜的火车回来，也赶不上了。妈临死时，让我们把她荷包里的两百多元钱掏了出来，说都是老姑娘给的，你寄的两匹白布也当了孝布，全用上了……"

妈妈每次讲到这些时，就会感念父亲的好，说那时她每个月都会给家里寄十块钱，父亲自己出差路过，也会给外婆扔下点钱。布都是节约下来的布票买的。

我就觉得我的父亲特男人，重情且豁达！

外婆死时，我们三姊妹都不懂事，一滴眼泪都不曾掉过。倒是成年后，一次次在梦里，走向那条通往外婆家的小路，一次次地把自己从睡梦中哭醒。

记忆里，外婆家依稀还在，依旧很干净。箱子柜擦得锃明瓦亮的，墙上是一排相镜子，都是黑白照。有我妈她们姐几个站成一排拿毛主席语录的，有外公外婆穿着黑棉袄黑棉裤，抱着最小的两个双胞胎舅舅的，还有许多孙男娣女的，当然也有我的。记得我小时候够不着，就踩着小板凳踮着脚仰着小脸看。院子里有马车，外屋有井，家里有鸡鸭鹅猪。最喜欢那一筐筐白生生的鹅蛋，我就蹲在地上用小手不停地摸。门前有菜园子，菜园子滴里嘟噜结了一堆。倭瓜比小孩还大，因没见过，就特稀奇，抱回来给这个看那个看，姥爷就笑我摘了他留的种瓜。现在外婆家早就没有了，90年代初就被工厂占了。

外婆走后，外公也走了。妈妈回家的心，也就渐渐淡了，但对亲人的怀念却愈发浓烈。她每次提到外公总是自豪地说，你姥爷好能干！我们家当时在村里是数一数二的，人人都羡慕。我出嫁时一分钱的聘礼都没要，你姥爷倒陪了四铺四盖，外带27套衣服，拉了满满一马车。在城里最困难的时候，是你姥爷把一袋袋粮食码到你爷爷家的地中央。他那时上街送公粮，大冬天，省下的钱给我们买麻花吃，自己只带两个大饼子，一咬都掉冰碴。每每听到这些，我的眼泪就会掉下来，就会想起外公的好，如果我冬天去，他也会把我冰冷的棉袄棉裤先放到自己的被窝里捂热乎，再拿过来给我穿。对于妈妈说的这些，我是深信不疑的，清楚地记得妈妈陪嫁的缎面棉袄，我高中时还能穿，还是新的。

小的时候，到了寒暑假，我自己的爷爷也会对我说，他们天天来接你，你就去看看你姥爷吧！并让我带上五斤通红通红的国光苹果，记得是四角九分钱一斤，用网兜提着。姥爷他们一个都没吃，我自己一天一个，走的时候，全吃光了。舅妈那时总说，人家老爷子怕我们这儿委屈了孩子，都是自己带的吃的。现在想想，真是万分愧疚。

每次去，舅舅都到街里买一麻袋菜，猪肉粉条类的，一倒倒一地。即便他们吃粗粮，我也是白米饭，因为爷爷家就经常吃朝鲜大米。

往事如烟，很多亲人都走远了。外婆家和爷爷家不同，环境条件，人生态度，兴趣爱好都不一样，但我从他们身上能看到许多淳朴的东西和优秀的品质，并且在我的母亲身上得以体现。我在婚前是没做过家务的，皆因母亲的聪明和勤快。记忆里她总是最后一个上桌，手里端的都是家里的剩饭。即便是在她16岁做列车员时，赶上1961年大饥荒，每趟出车，发的十个面包，她自己一个都舍不得吃，全带回长春给大舅的孩子们。现在我回想我在老家时，如此不谙世事还能得到那么多人喜欢，主要是因为母亲的爱泽和为人。

现在每每说起大姨的那碗白米饭，妈妈就会说，那是借的！借的！我就无比惭愧。就觉得那是我吃到的含金量最高最昂贵的一碗饭，因为她自己的孩子们只能眼巴巴地瞅着。

我在东北只生活过四年，我不知道自己身上留下了多少东北人的印记。但每次看到有些导演拍的有关东北农村题材的电视剧，就从内心地反感，就觉得完全是丑化东北的女人，把里面的人物弄得乌烟瘴气的，没有半点女人味。在我的记忆里，外婆家一直是和声细语春风满面的，她们的性格特点，更像《闯关东》里的仙和传武的妈，连说话的语气神态都像，温柔美好中透着几分倔强。

从小和父母在外，见多了天南地北的人，觉得人性都是一样，只有爱和温暖才是人生一成不变最华贵的东西。

天堂有梦，愿逝去的亲人们一切安好。感谢他们在我少不更事时给予过的爱！谢谢他们的宽容与恩泽，让我随着岁月的成长，明白什么才是最珍贵的。唯愿我用这深深的愧疚和满腹的真情来祈祷他们来生的祥和与安宁！

疲惫了的蝴蝶

文/秋日细雨

又是梅雨季节。

到处都是湿漉漉的，空气、地板、衣橱，都散发着潮湿的味道，甚至连心都是湿漉漉的，像要滴出水来。

这样的气息，太沉闷了。不想挪动，像是骨骼散了架。心情，说不出地烦躁，气脉像是被什么东西堵塞，呼吸也像缺氧的那种，异常地闷。风，也不知道去了哪儿偷闲。这样的天气，真的令人讨厌。

始终提不起劲来，很多天没去爬山了，这日子像是把那些记忆疏远了。

趁着今天礼拜天，决定带女儿们上山去走走。

山上的空气还算清新，昨晚刚好下过一场雨，山路和石阶上，还清晰地印着那些被雨冲刷过的痕迹。落叶一片一片的，到处都是，那些散乱的枝叶倒没有什么，只可惜苦了那些花儿，满地都是残红。

看见这些小精灵被雨击落成这等模样，心，竟然隐隐地疼痛。

终是到了月末，花就那样弱不禁风。落了，终是散落了，随着心事，把最后一抹红散尽。

我不禁自言自语，花是倦了吗？也许，它们真的倦了，不然，为何看见它们走得那样急。

六月，就快走了，真快，快得我有一点接受不了。

一直还以为它在心底，在我的某个角落，可是，一转眼的时间，就快离我而去。我舍不得，真的舍不得，这个六月，我还没有把你的模样刻画在心里，一切都是那么朦胧，那么模糊。

　　我数着台阶，我以为，我会记得，记得当初我曾数过的数字，可是，今天，我怎么数，那数字对我都是陌生的，数了好几遍，竟然每次的答案都不对。

　　我的直觉告诉我，六月，真的快走了，走得那么不称心，我想，我是难受了，真的难受了。

　　是因为舍不得吗？说实话，我真的舍不得，舍不得它的离去，舍不得这个六月那么多风景，都刻进了我的记忆里。看残红落地，那忧思又加重了几层。

　　我知道，有的事，不是说放就可以放下的。就好比这些落红，虽离落了枝头，但那抹红，却刻在记忆深处。

　　这一刻，我分明听见落花的叹息，我甚至感觉到那些纷飞的花瓣，触地的痛。心，微微地也跟着痛了，像是筋脉被颤动一下。那花瓣，还那么艳，血红那种，红得刺眼。

　　女儿们伸出小手去捻，很轻的那种手势，生怕弄疼这些落地小精灵。她们也一直喜欢花，尤其这么好看的小花朵。

　　像她们这种年龄，对什么都是稀奇的。看见她们很认真的样子，一朵，两朵，三朵……捡起来放在手心里，有时还吹上一口气。

　　我很是奇怪，问她们干吃还吹口气，小双说："我看见花花上有泥土，我怕它们想飞的时候飞不起来。"我被女儿的话惊住了。

　　"为什么会想到它们飞？"我反问道。

　　"妈妈，你不觉得这些小花朵像蝴蝶吗？我想，它们定是累了，才躺下来休息的。"

蝴蝶，我错愕了，难得她们小小年纪有这么美的比喻，不经意地看去，真的像飞累的蝴蝶。我越发地不忍心看了，感觉自己就像那些落地的蝴蝶。

天，又阴了下来。

风，也开始来了，树上的花儿越发下落。

"看，蝴蝶起飞了。"我随着女儿手指的方向看去。

那随风起的花朵像极了飞舞的蝶儿，只可惜，飞不远就从半空里跌落下来……

累了，终是累了，那些疲惫了的蝴蝶呀。

父爱如山，染岁月留情

文/素心笺月

时光，打磨着转角处的温情，悄无声息。时间的面纱也随着父亲节的到来而滑落，一份惊艳，一份欢喜，在父亲节来临之际，渲染而来。父亲深沉的爱，也在岁月无声的打磨里晶莹剔透，一份深深的爱，在寻寻觅觅中亘古不变。

"燕子去了，有再来的时候；杨柳枯了，有再青的时候；桃花谢了，有再开的时候。但是，聪明的你，告诉我，我们的日子为什么一去不复返呢？"从好友的文章里再一次读到了朱自清先生的《匆匆》，感触颇深。

是啊，时间太过于匆匆了，四月的姹紫嫣红还未来得及细看，就已是五月的落花飘零了，贪婪地还未享受够父亲的爱，父亲便已老去。

记忆里，还是读着朱自清先生《背影》的学生，贪婪地享受着父母理所当然的爱与付出，可是，一眨眼，却是自己望着父亲车站离别的背影，独自伤神。无数次这样的离别，无数次这样车站挥手的道别，父亲无数次湿了的眼眶，是时间太匆匆，匆忙得连个拥抱都未来得及。

话说，女儿是父亲上辈子的情人。也许是真的，从小，就很依赖父亲，觉得这是理所当然。我深深地眷恋着我的父亲，甚至有人问我嫁什么样的男人时，我会毫不犹豫地回答："我父亲那样的。"

岁月，仿佛一幅山水画，我是画里静静流淌的河水，而父亲，是画里我依赖着的高山。多希望，时间就此定格，定格在我环绕着高山独自奔流的时刻，而我对父亲的爱如潺潺流水，从不间断，父亲对我的爱，如高山的巍峨耸立，从不缩减。

记忆中，父亲的背是那么挺拔。小时候，经常在那个宽厚结实的背上进入梦乡，而今，岁月却无情地蹉跎了父亲挺拔的背。我深知，父亲是家里的顶梁柱，为了使我们生活过得好些，父亲付出过怎样的努力，他坚挺的背早已被生活的重担压弯。

而今，迫于生活的压力，不得不远离父亲的身旁，唯一能做的就是时不时地打电话问候。父亲每次接到电话都很开心，然后婆婆妈妈地叮嘱自己要注意身体。我知道，父亲老了，从来不婆婆妈妈的父亲，如今一接到电话就会千叮咛万叮嘱，最后很不舍得挂了电话，每每到挂电话时，心都会生生地疼。

父亲的爱是沉默的，不像母亲那般炙热直白，他不懂得如何表达自己的爱，只是默默地守护着我们。仿佛一棵大树，默默地保护着它脚下的每一株小草。

父亲，是我人生旅途中的导游，他教会了我该如何做一个正直、善良、勇敢的人；教会了我如何用一颗感恩的心看世界；教会了我如何去冷静、客观地思考一件事情……父亲教会了我好多，也让我感受到了好多，我爱父亲，爱他的慈祥，爱他的严厉。

"时光时光慢些吧，不要再让你变老了，我愿用我一切换你岁月长留，一生要强的爸爸，我能为你做些什么，微不足道的关心，收下吧……我是你的骄傲吗？还在为我而担心吗？你牵挂的孩子啊，长大了……"听着筷子兄弟的这首《父亲》，眼泪就不知不觉地流了下来。时光啊，你能不能慢些，不要再让我们的父亲变老了？我一遍遍地在心里祈祷。

父亲，是我笔下日夜思念的文字。多么的温馨，多么的美好，爱着父亲，父亲对我的爱像如水的月色，柔美明亮。我爱父亲，是无法用言语和文辞来表达的爱。

父亲的爱，如高山般巍峨，想扯着岁月的衣角，不愿离去。父爱，更是浸染了悠悠岁月，留芳草情，情传天下，染岁月留情。

母爱如水，父爱如山，一样伟大的爱，一样伟大的两个人，给予我们生命，给予我们温暖的家。我爱父亲，像爱着四月里娇艳的花朵般，深深地爱着我的父亲。

柿子熟了

文/倚窗听雨

　　秋天回老家，正是柿子红的季节，我独自一个人缓缓走在乡间的小路上，感受着家乡特有的秋韵。

　　从镇上下车走到家，需要二十分钟，这个时间早在我上中学的时候已经核实过无数次，而今走起来却要慢得多，只为欣赏沿途早已忘却的风景。

　　当心思还沉浸在回忆中时，眼睛却被不远处斜坡上的一树柿子深深吸引了。在这秋风起、秋意凉、秋叶落的季节里，乡村还盛放着这样一树火红的柿子，美得自然，美得盈实，在丰收的季节里透着一种喜气。

　　这树柿子惹了我多情的眼眸，于是，傻傻地为它而驻足。

　　其实，单位本就在郊区，是可以看到柿子树的，只是我烦躁的心从没有为它们停留过，大多时间忙碌于职称、考核、评比这些俗事中，早已忘记了郊外的秋色。

　　看那一串串火红的柿子挂在枝头，在风中摇曳，舞动着自己成熟的形体，仿佛要从树枝上一跃而下，不知不觉中，我的口水已经流出来。伸手，低处的柿子可以触碰到，摘下一个尝尝，甜到心里却没有丝毫的发腻感。于是，我矫情在这自然赋予的美景中，用手机拍下一组又一组的照片，还不忍离开，奢侈地想要留住秋天，留住这透着喜气的火红。

想起儿时，正月十五的晚上，孩子们总要点上灯笼，用一根树枝挑着，游街串巷。此刻，树枝上摇曳的串串柿子像极了我们小时候挑在手里的灯笼，美极了！

"晓连星影出，晚带日光悬。本因遗采掇，翻自保天年。"刘禹锡如此赞美柿子，不但色泽美丽还对身体有好处。没有亲眼见到柿子的人，或许只会被刘禹锡的诗而打动，可见到柿子后，你会发现，这里的美是诗无法比拟的。

小时候，爷爷种了好多柿子树，它就长在村口。我们从柿子开花的时候，就盼着它结果成熟了。用针线把柿子花穿起来，晾干，吃着有点甜丝丝的味道。然后就开始盼着，盼着，一直到中秋过后，才可以肆无忌惮地摘柿子了，先摘下软的直接吃，再把硬的摘下来在温水里泡一晚上，第二天便可以吃了。

老屋的顶上有一间储藏东西的小楼阁，爷爷总是把柿子放在那里，等着它慢慢变软。而妈妈则会把软了的柿子剥去皮，拌面粉和在一起，做成柿子饼，甚是甜蜜。还有一种做法：就是把柿子皮削去，用竹签穿起来，在阳光下晾晒，让水分慢慢脱去，再沾上秋霜，最后有一层白绒毛一样的东西挂在外面，这就是柿饼。这样储藏起来就很方便了，吃起来味道更佳。那时，最馋的就是它了。家里来贵客了，总也会给他们回去带些。

如今，各大超市里形形色色的柿饼让人眼花缭乱，商业利益的驱使，人们给它挂上了品牌，似乎多了一层神秘感。而我却再也吃不到儿时的味道。触摸着令人眩晕的华丽包装，一种失落感在心头滋生……

中秋节过后，我放下家里所有的事情，执意回了一次老家。一进家门就嗅到了柿子饼的清香，妈妈说老早就做好了放在锅里就等你回来了。吃着甜甜的柿子饼，想起以前受委屈总是躲在妈妈怀里撒娇，如今苍老的妈妈需要的是我们常回家看看。

柿子的清香依旧在心中飘荡，而我渐渐地习惯了在浮华的俗世里为自己觅一方角落，执着地热爱着生活。我想我是乡村树上的一颗柿子，有着火红的心，走得再远，也离不开生我养我的树干。

十几年的光阴在我的眉梢间溜走，端坐在静静的教室，我用我火热的心一年又一年辛勤地耕耘在这里，早已褪去了刚入校的青涩，多了一份稳重和成熟，同时也多了一份平淡的心。这个秋天，当孩子们亲手把摘下来的柿子送到我办公室的门前，我竟然落下了泪，突然感到生活给予我的不仅仅是责任，更多的还是柿子一样的甜美。

柿子熟的季节，我又开始接下另一拨学生了，年年如此。我用我火红的心善待他们每一天，用心，用爱。

这个秋天，我和从前一样，又是班主任了。一些浮躁的想法渐渐在心里淡化，我也学会淡然地去看待每一天，拥有眼前，珍惜美好，把心投入到做一些美好而有价值的事情里，所收获到的让我愕然。原来，爱一直在我身边。

柿子熟了，妈妈打来电话：周末回来吧！给你做你爱吃的柿子饼；柿子熟了，我那群可爱的孩子说：老师，这是给你带的柿子。软的，可甜呢！

乡愁，母亲的坟头

文/爱雨菲

"小时候，乡愁是一枚小小的邮票，我在这头，母亲在那头。后来啊，乡愁是一方矮矮的坟墓，我在外头，母亲在里头。"读着中国台湾作家余光中的《乡愁》，莫名的忧伤一头袭来。母亲，我已经没有机会再叫这个美丽的称呼了，她离开我整整一百天了，我知道，我是在想她了，深深地想念着她……

一个人，若是没有离开过故乡，是不会有乡愁的！

一个人，若是没有真正地失去另一个人，是不会在乎拥有她的时光的！

我于母亲的疼痛中一声啼哭，来到了这个世界。我的生命是从睁开眼睛，爱上我母亲的面孔开始的。全世界的母亲都如此地相似，始终是一颗如纯的赤子之心。纵然女人多么脆弱，唯有母亲的心是无比坚强的！

16岁，如花的年龄，我背上行囊去异地求学，走出生活了十几年的老屋，看着熟悉的小巷，凝视着养育我成长的小河，张望着亲人不舍的目光。第一次，一个人去远方，从未离开过父母一天的我，频频回首，然后含泪转身，踏上了开往他乡的列车……

车窗外，当列车缓缓启动，后退是风景，也有母亲的身影，一切都渐行渐远……小时候，其实一直渴望快些长大，可是真的长大了，必须独自去自己的舞台演绎不为人知的角色，凌乱的思绪让我一走就十几个年头。

几度春秋，过去的曾经，不堪回首，记忆编织的是梦，等待着时间一点点吞噬。

蓦然间，在这个城市我们为了生活，四处奔波，沉醉于都市的灯红酒绿，又可曾真正地回想过那遥远的故乡？可曾想到过远方亲人期盼的眼神？当我们化着精致的妆容，坐在写字楼的办公室，无数人投来艳羡的目光时，又有几次能记起那个叫"故乡"的地方？又有几次能体会母盼子归的心情？

每每在异乡孤单无助时，喜欢翻看旧时的日记，字里行间，诉说着自己一路走来的点滴欢笑与泪水，离家的游子，归期总是无期。李白的《静夜思》："床前明月光，疑是地上霜。举头望明月，低头思故乡。"更是让我感叹漂泊在外的日子，想念故乡，想念我的母亲，这是一碗淡淡的清酒，在寂寥的寒夜温暖着我，我的梦，在疲惫中沉睡，似乎又躺在了母亲的怀抱，好温暖！

慈爱的母亲，总是不愿让我在外有负担，就是再难，也独自撑着。远方的故乡，此时是鲜活的记忆，有些模糊；而在故乡的母亲，犹如一幅宁静的美卷，清晰的似在眼前，我能感知她的呼吸，能听到她心跳的韵律。母亲在故乡，故乡便是母亲握在手中的一首诗，那里有母亲殷殷的眼神，母亲便是故乡里最美的风景！

在城市的这端，我在别人的故乡过着入乡随俗的生活，小心翼翼地藏匿着外乡人的痕迹，终于我建立了自己的小家。某天，我也做了母亲，有了自己的孩子，我在想，我的孩子会把这座城市称为故乡，而对于我的故乡，在我孩子心中，或是一个遥不可及的地方。

由于种种，回乡的步伐总是有些迟缓，总有这样那样的借口和托词。母亲身体一直不好，母亲患了很严重的病，肾衰竭，靠每周三次血液透析维持着，尽管有时间会回去陪陪她，但工作的地方离母亲有几百公里，不能时时陪伴，不能经常照顾她，也是我今生最大的遗憾。

今年四月，母亲已经瘦得不成人形了，各种器官全都衰竭，走在死亡的边缘，医生让我们做好思想准备。那种与母亲在一起的时光开始了倒计时，我的心绪好乱好乱，望着病榻上的母亲，心里隐隐作痛。或许，人这一生中会经历太多的生离死别，这是无法改变的自然规律，也是令人无法忘记的刻骨。

母亲弥留的最后几天里，我只想静静地，就这样静静地陪伴着母亲。她已经深度昏迷，全靠呼吸机维持着最后一口气。当目睹监测屏幕的数据全部变成一条直线，我再也抑制不了自己情绪的闸，伏在母亲身上失声痛哭，那是怎样的一种痛。此时，我泪水狂泻，不停地呼唤着母亲，撕心裂肺地扯着疼，希望她可以醒来，只是一切已是徒劳的……

凄凉别后两应同，最是不胜清怨月明中。曾经，一个笑容出现在我的生命里，可是最后还是如雾般消散。而那个笑容，就成为我心中深深埋藏的一条湍急河流，无法泅渡，那河流的声音，就成为我无法释怀的绝唱。

渐渐远去的是至亲的背影，或许母亲真的太累太累，她需要好好地休息，病魔缠身数年，她真的好累，这样安静地离开于她是一种解脱和幸福！这样想着，我的心就不那么痛了。在母亲的余温中，我知道痛的不是离别，而是离别后的回忆。失去了方知珍贵，阴阳两隔的世界，残酷而无奈。

岁月日复一日地重叠着，光影流转，时间过得好快，母亲离开已经百日了。望着夏空里的繁星点点，我感到有一颗星是母亲的眼睛，她一直在注视着我，希望我可以幸福。听着韩红的《天亮了》，泪已经顺着脸庞滑了下来，母亲，想你了，我好想你！夜空，那么黑，心好惶恐，你的浅笑已在坟前化作青烟随风而去，我不敢临窗守望。潮湿的心事醉而不醒，当眼泪苍白无力时，我知道今生对你太多亏欠，只愿来世仍做你的女儿，可以好好地疼爱你。

故乡的惦念，永远无法抛却！那愁，是落叶同归根的情愫，是干涸的藤蔓在风中瑟瑟发抖，终究也会回归自然的规律。黄昏的归雁最终消失于灰白的天空，那是要回到自己温暖的小家。母亲，已然安息于故乡依山傍水的地方，相信在那里长眠她也会很开心的。

母亲这一生，纵然平凡，却是我永远的眷恋。当夕阳落下了地平线，傍晚，独自站在高楼林立的一扇窗，那份情又潜了进来。怀念母亲无私的呵护，深呼一口气，似乎呼吸到了故乡的氧气，就让这一刻停留，让我多感受一会儿这种美好。故乡，有我挥不去的愁，如今的乡愁，是母亲的坟头，我感受到了故乡的呼唤，感受到了母亲的呼唤……

思雨六月，人在天涯

文/千落隐红妆

窗外，雨丝落入眼眸，刹那，便孕育出了六月的伤感。此刻，抬头望天，多希望这灵性的水滴，除了烦躁的心情，同样，能带给自己雨韵原野的清新。

人生，即使我们悲伤，即使我们痛苦，可我们总是眼睁睁地看着那些所在意的人不断地离开，再无法归返。

或许，我们对于景色的留恋，只钟情于那些春色满园的姹紫嫣红，就像生命，我们期待更多如阳光般的明媚一样，因为那种无微不至的芬芳，会成为岁月里一幅幅柔情的画卷，并温暖我们人生路上一段段不平的命途。

时光，就像一个传送带，给我们带来欢乐幸福，也给我们带来了悲痛愁苦，而我们，却从来都改变不了因它而来的那些某时某地的某事。就像此时外面依旧萧然而落的雨水，让我畏惧出行，让我惆怅满怀。

还远远未到万物凋零时节，可自己的心情早已覆满了凋零的味道，我知，那是一种永别的痛，再次催老了自己的内心。其实，我一直认为自己是坚强的，但终是接受不了那一次次的离别散场，一次次，一次次，因爱而忧，因爱而恐，心真的很疼。

岁月中，每一个生命的降生都值得歌颂，就像我的亲人，那些赋予我最细腻情感的亲人，几十年的光阴，你们把所有的春天都赠予了儿女，让我们一路欢笑。我知，是你们的一生已被我们全部借走，只是，当你们走出茫茫人海时，我们要站在怎样醒目的路碑下，才能看到你们归来？

回头，每一刻时光，都是自己曾错过的风景，可我依旧想要你们的陪伴。如今，在最寂静、最灿美的时空里，就让我用相送的目光记住你们的面孔吧。或许，经年之后，又一次在轮回中，那么多美好的风景里，定会藏着你们熟悉的身影，你们定还是我生命里的缘，因我们彼此是不会忘记的，不是吗？就算那千呼万唤的缘分姗姗迟来，当我揉碎心头对你们的思念时，你们依然会心疼地为我抹去眼角的泪滴。

阳光和影子相随的生活，我们在彼此的世界来来去去，而生命，从来只有远去，却从来也不能重来。当一些人事渐渐远离后，回忆只是一种遗失，但我，还是想用一颗怀念的心去温暖自己。

时间的链条上，每一节都留下了我们生命的旋律，我们既漫长又短暂的人生就像是一条路，每一个生命，都是这条路上所有点滴的组合，它所追求的，不单单是一个结果，而是一个经历的过程，在这个过程中，不管是失去还是所得，我们都会把那些细碎穿成一串风铃，然后，放在自己的心窗上，融进生生世世的轮回中。

人生，我们最初的记忆如同美丽的珠贝，被我们轻轻捧在掌心，一瞬，便成了永恒。只是，这人生的景色越是明丽宜人，越是别有风味，越是让人除了欣赏着它的美之外，更多的是让我们意惹情牵，并在那无尽的留恋中，让我们感悟到了人生的短暂和生活的孤独。

低着头，看着自己的行程，那些雨中感伤过的、那些晚霞里留恋过的，那些晨起时记着的、那些春华秋实里走过的，连同颗颗雨滴扑向渐渐苍茫的天地，最后再慢慢远去。

仔细想来，恍若，人的一生只在做两件事，一个是不断地重逢，另一个就是不断地离别。如果，这相聚和别离，让我们对人生有着满腹的疑问，那么，我们又该去往哪里找寻答案？

平凡人生，流觞过往，试问，我们谁人没有尝过酸甜苦辣？谁人没有经历过悲欢离合？此刻，不知是离别让自己的心飘摇不定，还是一颗心本就被这六月的雨水浸凉，忽然，很想歇斯底里地去大哭一场，为了那些舍不得的放弃，舍不得的离开。

在起伏的人生中，人生聚散，转眼之间，缘尽情断，而那些我们缘结一生的人与情，每一段相处过的时光，都不尽然如佛家所云，梦幻泡影，瞬间即逝，但是那些曾经的过往，确实真切地给我们留下了神秘难解、人力不可挽回的遗憾。

或许，面对那些于自己来说是最喜爱，也是最恐惧的一切，只有一种悲伤的情绪，才是真正属于真实的自己吧。生活中，我们沾染了尘世那么多的负累，又怎能麻木地面对那些遭遇到的疼痛以及斑驳？就算，不会悲伤的人生，是我们冀望的画面。

飞逝的时光，沧桑的岁月，幸福，总是不轻易给予我们获得它的方式，生命的路途上，我们总在去路上寻找不败的花朵，寻找永恒的情感，只是，那个艰辛的过程，我们也随时都会因为无力而放弃，或被放弃。

如今，经历了那么多，自己才知道，只有自己在意牵挂的人平平安安，才是真正的幸福。此刻，很想给你们写封家信，去将那遥远的思念唤醒，我努力地感应着曾经与此时一致的那些温暖，试图在这场六月的雨中找到那只通向你们的邮筒，只为，将珍藏的最后牵念捎到那片满是漂泊者的岸上，那样，不管你们流落在哪个角落，也定再不会孤单。

六月，你们，仍旧是我放不开的回忆，曾经你们还留在我身边的爱，不论是长久的还是短暂的，我都会小心地捡拾，然后永久收藏。

第四辑

邂逅，生活里的那一抹阳光

经历过诸多人性的苍凉和命运的颠沛后，或许，已不再需要去执迷地探知未来的结局。

月色下的光与影

文/侠客

　　总喜欢在秋月满照的院子内独步，月色朗朗，月光融融，凉凉的秋风拂去面上的尘土，远离白天的喧嚣，享受暮色带来的片刻宁静。

　　院子不大，消受月色却是够了。想来这方寸之间的月辉，也应和荷塘月色无异，虽看不到荷塘里田田的叶，却也有金桂婆娑的枝。淡淡的桂香，撩人心脾。月光从楼群间的缝隙处穿透过来，打到院子里，洒在桂树上。沐浴清辉的桂枝随风摇曳，地面便落满斑驳的光与影。

　　荷塘月色的光与影，有着和谐的旋律，如同梵婀玲上奏着的名曲。朱自清的这段文字，我一直百思不得其解，但已烂熟于心，每次走入浸满月华的夜色，眼前飞舞着交织的光影，耳边油然回旋起一曲优美动人的旋律，心底便不由自主流淌出朱自清的月色名篇。至于曲目的名字，抑或曲目的来由，则茫然不知。但我大抵知道，生活在那个阴暗的年代，朱自清是多么希望荷塘月色能朗照如影的社会，借荷塘的一隅，淡淡的月光，也让灰暗的心灵透进一丝闪亮。

　　我曾多次见过追逐光影的播客，用快门定格光影交织的瞬间，也曾碰到写生的画家，用入神的油墨凝固溢光流彩的风景。一幅曼妙的油画，一张精美的相片，固然令人感动几许。只是，静态的图像稍显单调，无法反映动态的光影变迁。

光影的变幻，于脉脉月水里便能体会出来。如今的夜幕，得益于华灯齐放，霓虹闪烁，黑幕的背景已然浅淡许多，月亮虽仍是满照，月色却已不再浓郁。小时候的农村，既无电，更无灯，月光倾泻在大地，在如漆的夜幕映衬下，如银似练，洁亮无比。那时，众多家庭搬了凳子，不用关门上锁，围坐在打谷场上，话不尽的里短家长。现在，我只能在方寸的小院，独享这淡淡的月色。透过远处亮闪的五彩霓虹，我似乎可以看到聚光灯下的杯光斛影，纸醉金迷……

月光静静地挥洒在小小的庭院，院外不远处闪亮着昏黄的路灯，迷茫的灯光周遭飞舞着些不知名的娥，扑棱棱地冲向光环，旋即消失在暮色中。院外有了些许动静，透过门棱看过去，是个收集垃圾破烂的人，在小区的垃圾堆放处里捣鼓什么，佝偻的身躯抖搂一地长长的斜影。

我常常为生命中的光与影所感动，作茧自缚，蛹化成蝶之前的那段黑暗，需要承受怎样的煎熬，怎样的磨炼。我又时常为破茧的飞蛾而惋惜，活跃在聚光灯下，却被光芒迷闪了眼，丢失了自己的影，甚至忘了蛹化的阵痛，最终湮灭在迷离的光晕里。

光，自然是美好的，生命都有趋光性，有了光，就能更好地成长，有了光环，意味着有地位，有权力，风光无限。影，往往意味着阴暗、羸弱和底层。据说，只看到光的人，是幸福的，关注影的人，必定是孤独的。如同看不到光的阿炳，在《二泉映月》的旋律里，孤独地老去。

而今夜，我在我小小的庭院内，静静地沐浴在融融的月色下，我分明看到地上长长的影……

一页春情缓缓归

文/花谢无语

　　等，三月的雨从最深的谷底醒来，用一季悦动的洒脱淋湿了岁月里的清寂。那安坐于檐下的灵魂，可微笑着不语，只静静倾听季节的诗音。清风，吹拂起枝头的新绿，让南来的燕，锐利如剪的薄翅，为柳丝裁出轻盈的嫁衣。倚在时光的影子里，采一叶芬芳，挽一缕暖香，将春的韵脚里装满禅意。日子，隐在寻常的静谧里，有晨曦的露白安抚花的清瘦，那温暖，就是风中晕开的最美底蕴。

　　人生的境界，不一定非要置身在佛音与禅意的清宁里才可释怀。某一处的念，也许，就旖旎在一季花开的时光里。一个人的品质与修养是否优良，并不在于你自身的大肆宣扬，而是要靠周围的气氛去烘托，才会展示出那种强大的气场。做一个温暖，且懂得在任何环境中都能够适应的人，随时保持着最清透的思想。让芳华淡若寻常，心思沐浴暖香，一如，一簇簇常青藤葱茏与茁壮。入眼，入心，入肺腑，便是天高地阔的清朗。

　　而一份真的情感，并不会因为片刻的疏离而渐行渐远。那种光亮与圆润，在经过了岁月的沉淀与打磨之后，反而会越久越温和。这一生的交集，无论悲喜，莫问距离，我的思绪里，始终有一个你。多荒芜的城池，多繁盛的情意，都有人编排好了宿命的台词，将前生与今世的故事来来去去地演绎。或许光阴，不小心丢失了某些印记，请别急着寻觅，只等那岁月的潮汐退去，豁然浮现的光亮就是生命鲜活的轨迹。

喜欢倚窗而立，风景或远或近，只透过玻璃的凉薄，将清澈的岁月纳入眼帘。窗外有风，浅浅穿行，我自静默，小饮一盏茶，喧嚣关于门外，悲凉丢在身后，此刻的静好，原不需要人声鼎沸，不需要繁华叠加，只依着时光，捻起一页诗心，于是，三月的故事便可悄然打开。即便，千回百转的情节里没有主要的角色，而时光，也只是一个人，一种姿势慢慢老去，就如鸟儿与山林的对白，莺歌声渐起之时，身形早已远遁于距离之外。那么，只需将思绪隐入晨钟暮鼓，然后，落座回原地恪守寂静，点滴的韵，若回味，依旧暗香浮动。

人生，不是要你如何去修行，如何三思定律，如何百转千回方可获得圆满。其实最盛大的狂欢在心里面，是一个人守着一方天，左手握茶，右手写清欢，纵使那些沉浮的语言无法清晰地串联，也要让每一个句点都会以想念的形式出现。天涯两端，用心恪守着承诺，在不同的世界里供养着一样的安暖，你便是我人间四月的烟火，如花一般绚烂。

有很多时候，面对光阴转过墙角的匆匆而心生彷徨，就如荒漠里的杂草，水一般漫过而疯长。那些小心绪，小微澜，都在心的缝隙里逐渐强大，若不及时修剪，如何会有丰美的景色装饰田园。而人的思想在年岁里一层一层地厚重，心的从容也许就会一寸一寸地流逝。唯有努力寻求一份懂得，将所有不安的情绪全部丢给昨夜，仅仅留一点光亮，许最美的心绪破澜而出，许属于自己的华彩结满风的枝头。然后，用纯净的微笑迎着春阳的明媚一朵一朵地绽放。光阴，总会因懂得而慈让，心若无尘，就会有无限的诗意伴着阳光滋长。

喜欢每一个可以与阳光交谈的日子，守着一窗幽静，半盏暖香，思绪微微合拢，烦嚣淡入清宁，眷念只在自己的心空，将晓来风月浅浅书写。

娴静的时光中，更喜欢依着文字而行，用不悲不喜的淡然采一朵明媚入诗，将心绪写进晨露的清新，只为某时某刻可以为某人做纤尘不染的女子。光阴，因为多了想念的味道而温良静好，落寞，可丢入尘埃不做蹩脚的舞蹈，只等那春风吹绿了枝条，一朵清瘦的蓓蕾又将绽开梨花似雪的微笑。

给一季风，让我撼动所有的思念，那瑟瑟作响的，是藏于心内的语言，抵过了距离的万水千山。给一朵花，只对着春心明媚写下几行字，于是，那柳丝摇曳的纤柔里，就多了几缕恬淡的芳菲。给一窗幽，让阳光的情绪将所有的印记都暖透，一盏清茶的余温便氤氲了时光的静美。给一池静，看花影迷离，蝶舞香随，万物韶华都横生着妩媚，然后，我端坐清宁，在时间之外等你。

给一夜多情，让百万里红尘都静止，只倾听，你由远而近的脚步。一程念，穿越了光阴的婉转，收集起一路的花瓣，待你涉水而过，于心的葱郁中就可站成一种温暖的永恒。耳畔，是和风轻轻如煦，微雨，拂过昨夜修剪的新眉，发丝清扬，若一朵带露的芳菲，我隐身在初阳明媚的光影里，不说等你。只想，在陌上开出一朵静静的蕊，你若想起，就是岁月最美的莞尔。

每个人都不是时光的过客，当岁月，在光阴的表面悄然勾勒，那些花开的故事，也在心里慢慢滋生着因果。最后，形成了一抹琥珀的颜色，是生命极致的温和。

相遇红尘，邂逅爱

文/婉约

　　生命是一场浩大的遇见，从呱呱坠地的那天起，我们就一直行走在彼此相遇的路上。亲情、爱情、友情，遍布在我们生命的每一个角落，无一不与爱有染。它们如花初绽，如影随形，或翩若惊鸿，或恒久绵长，穿插在光阴的缝隙，充实着我们前行的章节。那心海里泛起的点点光亮，都记载着爱的模样。

　　爱，一个古老而又神圣，温馨而又脉脉的字眼，一个只可意会不可言传，干净而又纯粹的符号，深深融入我们的生命，成为生命里光彩夺目的诗篇。它就像一个魔法师挥动着手杖，可以让人哭着微笑，也可以让人笑着流泪；它，用最简单直白的方式陪伴着我们，走过流年寂寂，走过沟沟坎坎。是爱，让我们有勇气直面人生，是爱，让我们燃起生命之炬，有力气趟过岁月的荒芜。

　　人生如河，微波荡漾，那在阳光下被风吹起的层层涟漪，是爱无声的告白，那跳跃在柔波间的点点星光，是心与心的交融，如金子般熠熠生辉。平淡无奇的生活，终因这爱的点缀与层叠而变得繁华且富有内涵。

　　生命的山山水水，因真情而丰盈；时光的步履匆匆，因真意而笃定。爱与被爱，是不可分割的主体，根植在我们的生命深处，与真诚和善良相伴，与责任和道义呼应，在润泽我们年华的同时，也总会让我们陷入深深

158

的思考，爱，究竟是何物？情，如何去延续？

记忆的梗上，谁没有两三朵娉婷，生命的历程，谁没有与爱邂逅的过往。且不论所谓的驻足与擦肩，也不论所谓的是非与对错，就爱的本质而言，它终究是美丽的，虽然，有些爱会随岁月的变迁而褪色，有些爱会因信念的丧失而陌路。然而，它终究陪伴着我们走过一段寂寞的旅途，抚慰过我们曾经孤独的灵魂。

人生没有彩排，却存在太多的不确定。行走在时光的流里，我们都只是一粒尘埃，无法主宰命运，也没有冲破藩篱的能力，我们有的，只是顺其自然的适应，有的，只是来也匆匆去也匆匆的嗟叹，任聚散别离成为无法逃避的剧目。

许多时候我们会轻许诺言，许多时候我们会轻信诺言，然而，不是所有的真情，都经得起时光的打磨，不是所有的相遇，都会演绎成爱的传奇，不是所有的刻骨铭心，都能够画下圆满的句号，也不是所有的执子之手，都可以并肩在与子偕老的路上。

一驻足一辈子，一转身隔天涯。爱，既坚强也脆弱，既甜蜜也痛苦，幸与不幸，也一定有着截然不同的释义。然而不管爱是什么滋味，我更愿意相信，爱是心灵与心灵的碰撞，是责任与道义的较量，是相知与相惜的产物，是你若安好，便是晴天的祈愿，是因为爱着你的爱，所以痛着你的痛的感同身受，是我愿意为你，被放逐天际的那份真。

爱是生命永恒的主题，它真切而又美好，虚无而又缥缈，在有形与无形之间，让人有不同的回味。总觉得爱，应该是有温度的，对于真心相爱的人来说，那自指间流入心底的温暖，足以抵御所有的寒凉，而对于心无所依的人来说，无处可依的孤单与凄惶，绝非"凉薄"二字能解。爱，坚如磐石，脆若琉璃，就算握得再紧，一松手便可见累累伤痕。

真心诚意能有几许？命运垂青又有几人？不是所有的爱意，都能开花结果，也不是所有的付出，都会有真情的回报。爱，在某种程度上是奢侈品，就像天上的虹。

一生一世爱能几回？寂静的夜空，有歌声在低回浅唱，随风飘荡。驻足聆听，不禁感慨万千。想起了那个不惜为爱而低到了尘埃的女子，燃尽光华，倾其所有，只为遇见那个在千万年之中，于时间无涯的荒野里，没有早一步，也没有晚一步，于千万人之中，最想要遇见的人，只为许岁月静好，现世安稳。

我们无从知晓这样的遇见，对一个孤傲女子来说，是怎样的欣喜与欣慰，但从她低到尘埃的姿态里，我们读到了心甘情愿，从开在尘埃的花朵里，我们读到了爱在怒放。或许这样的遇见，归根结底是一场人生的劫难，但对于张爱玲来说，或许这样的劫难，是她愿意承受之重。要不然她不会在胡兰成一次又一次背离感情之时，说出："我想过，我倘使不得不离开你，亦不致寻短见，亦不能够再爱别人，我将只是萎谢了。"这样幽怨的话，也不可能说出："因为懂得，所以慈悲。"这样宽宥的话。爱恨情仇，又有什么能比放下更深沉？

爱，需要多少的隐忍，才能圆自己一个不醒的梦。痛彻心扉之后，需要多大的毅力，才能够让它不萎谢？相信每一个转身离去的背影，都有着最明确的答案。那些心酸而无助的过往，那些无法抹去的哀伤，已深入骨髓，只待时光来抚平。情到深处人孤独，爱，有无力自拔的痛。

也许，爱情只是一次花期，有的花只开一次，轰轰烈烈，有的花，可以应季。想起了那个从最美的江南走来，走过人间四月，一身诗意的如莲女子。康桥之恋，有徐志摩殷切期盼的眼神；牵手红尘，有梁思成与子偕老的约定；痴心无悔，有金岳霖终身不娶的守候。爱情对她来说绝不是奢侈品，然而，她却用理智做了众人心中最洁净的莲，纤尘不染。

死生契阔，与子成说，执子之手，与子偕老。相信每一个相濡以沫的故事，都有最动人心弦的一笔，每一份情真意切的守望，都有最值得坚守的理由。相遇红尘，邂逅爱，即便不是再续前缘，书一场爱的盛宴，也定然是暖了记忆，醉了流年。

冰肌梅朵，早春二月的一抹盈韵

文/开拓

早春，若初开情窦那少女一般的腼腆，莲步姗姗，犹抱琵琶仍半遮倩靥。乍暖还寒中，和阳蕴着的那一丝融融暖意，轻风飘着的那一帘帘润雨，山野渐次纷呈这点点簇簇的嫩绿鹅黄……似乎都在写意她的欲扬先抑的妩媚娇羞。然，忙碌中不经意地一扬首，细碎的莲步，却早已悄悄地穿过寂冬的栅栏，轻栖梅枝，于秃兀的枝丫间，以冰骨玉肌一朵梅的洁雅香馨，轻轻地就描画了一抹春的盈韵。

春，若一笺盈润诗章那般平仄着一个季节的明媚。而早春，虽朦胧着素淡中些许的清新，却更孕育着万物的生机无限！浑然不觉中，早春那温柔的手已把梅林无叶的枝丫间布满了生机盈溢的蕾，当第一朵梅花绽放在二月末尾的枝头，随之而来那星星点点的嫣红，浅黄，嫩粉，盈白，转瞬间若笔走龙蛇那般一片片、一丛丛把一季冬的寂寥染色成早春明媚，随即明朗了压抑的心绪，也惹了人们盼春的眼眸。自此伊始，冬的单调就被这早春梅朵的鲜艳与馨香取而代之。

二月末尾，当这朵朵香艳的梅把孑然孤寂的枝条染色成花海春色，那浓浓的春亦若海潮一样漫卷而来，让大阪这座海滨城市也尽皆弥漫在春的气息里。把大阪的早春勾勒为一帧浸透着生命鲜艳色彩的春光画卷。

早春的梅，可谓报春的使者，它袭一身的清香与丰盈的艳丽，演绎着生命的轮回，独步于早春，为人们带来春的美，更彰显春的万物复苏。它与松、竹齐名为岁寒三友，人们常以梅的冰清玉洁来喻人品格的清高。它不与群芳争艳，当百茗齐放之际，梅却以一树的叶绿来衬托，但就算零落于泥碾作尘，也依然要留下高洁的清香。陆放翁《咏梅》中那"无意苦争春，一任群芳妒。零落成泥碾作尘，只有香如故"。读出的即是梅的清孤与高洁！

漫步于梅林，那缕缕清香若有若无地浮散在和煦的微风中，充盈眼帘的是一片多姿多彩的绚烂，那一颗颗、一丛丛的高低不齐，沿着坡面排遍荒山公园的一隅山野。此时，无疑置身于"一片梅花香雪海"之中。

驻足于一株蓄蕾待放与才吐新瓣集于一树的梅枝旁，首先，入眼的是静宿于无叶褐枝上那星星点点初绽光鲜的梅朵，而无叶的秃枝恰好醒目地衬托了花的亮丽与孤傲，更有一份恬淡的清高雅致。这梅的艳伴着一抹淡淡的清香入鼻，沁人，醒目，亦醉人！

细读，满树花蕾如珠，朵朵含馨。这蕾朵娇妍含羞，清丽妩媚，婀娜多姿。花瓣，一片玉骨清逸，蕴莹而薄，有重重叠叠，有层层绕着花蕊，清丽温婉中透着冰洁与傲气。它的花瓣与花蕊饱含的是春赋予这早梅生命的鲜艳与芬芳，这些曾历经冬的冰寒风掠，而孕育得最早的花蕾，在疏横无叶的枝丫间次第绽放的是人们久盼的春韵。

嫣红的，点点轻盈若火红的霞，美得眩目；淡黄的莹莹透明若水晶般透彻光鲜，美得怡人；嫩粉的，若八月鲜荷的柔粉鲜润，美得诱人；盈白的，若冬雪般的洁白，美得惊人。恍惚间，咏梅的诗章，也如一株一株梅树、一朵一朵梅花，灿若星云，"疏技横玉瘦，小萼点珠光。一朵忽先变，百花皆后春。欲传春信息，不怕雪埋藏。"

而眼前梅林的美丽与风韵与缥缈浮动的幽香也触动了心念，"不经一番寒彻骨，哪得梅花扑鼻香"，或许正是梅历经了冬雪风寒，才会有早春这般的冰肌玉骨与让人沉醉的清香。

梅林深处，一副支架旁的画者正聚精会神地描梅入画。而今天自己眸中的这一树梅的蕾朵，一片梅海，安静地伫立在枯黄里泛着新绿的荒山公园，这是一幅真实的天然早春寒梅图！这幅梅图的风韵雅致，充盈着我的眼帘；这幅梅图的"着意寻香不肯香，香在无寻处"的幽香缥缈，浸润着我的鼻息。更有和煦的一缕暖阳，让我醉在这幅春光无限的画卷里，醉在早春梅花这绝世倾城的风韵里。只为这梅的别具一格的空灵与美丽，透尽了诗意也颤了灵魂。

大阪的荒山公园，虽不为名胜，早春二月人流已是络绎不绝。人们或许为读梅而来，或许为寻香而来，或许为画梅而来，或许为咏梅而来。而我是为了，世事纷繁复杂中那难以窃得的一份恬淡清雅而来，早梅的风韵，可读、可品、可咏。如此尽皆是为了被冬压抑了许久的心能够尽早从冬的单调与压抑中解脱出来。

领略一季早春梅朵的清雅高洁，把赏梅的记忆写在这乙未早春，轻拾几片花瓣，把这一季的梅韵，以文字涂抹成一笺流年静好。顺着梅林一路延伸，一任思绪伴着梅的清雅与香馨徜徉。随着花事来临，读梅之清丽，品梅之风骨，悟梅之高洁。循着这梅朵盈溢的暗香，任盼春的心情与春光一起放飞。

生命，是一本经典的书

文/廖星榕

午后懒懒地看些闲书，写几段诗词文章，孤自满足欢喜里惬意，光阴似箭不觉就已经暮色四起，阳光和暖意逐渐隐退，斜日向晚，那一缕暖，一缕熟悉的光阴拥入心怀，如此，多好啊。

只是几年来，沉寂太久，终究如深潭冷冽刺骨，茫然不是烟水堤岸，是否有炊烟一缕？忽而始觉自己什么时候风姿淡然，没有朝霞初升的激情，没有尘路匆匆的积极饱满，更多的是恍惚，竟不知道自己是谁？如何不是丢失太多。

待重新满怀期许走进社会工作，一切都新奇美丽，精力充沛，每日微笑低吟，诗意人生，积极饱满的人生果然真的很美。然而久之，终究累了，疲倦了，一个字不想说，一幅图画在心里，彼此，大家安暖就好。

烟雨红尘，我们都只是匆匆的过客，购买的都是没有回程的单程票，一切相遇共事都是难得的缘，珍惜，微笑着看待一切，存一份宽容，一份豁达，善待身边的所有的人，有些何必看得太清晰，太过认真？

君子有所为有所不为，自己做到，做好，就很好，站在高处，挑战高度，人生不能战胜的是自己而不是别人，恒河无渡，世间皆因欲望无穷多烦恼，得失有命。

成功与否不必紧紧追寻，欲速则不达，任何事情都尽可能做到水到渠成，一切随缘，低调做人，努力认真做事，容许优雅的女子·持有骨子里的清高，品性，晶莹剔透，且做到待人温柔细语，善良无等级。世间原本无等级，一切皆是虚空。

无论工作生活，用一颗温婉的心去看待一切，人，没有绝对的坏人，也没有绝对纯粹完美的好人，没有谁，保证绝对没有伤害谁的过失，谁没有错处？

所谓人之初，性本善，人都有其好的一面，也一定都有一颗柔弱的心。所以遇事多设身处地为别人想想，看人优点，豁达不去计较人的缺点，你快乐，他人快乐，气氛融融。是非，不予理会，无关其他，淡淡一笑而过，每一天，都可以平和快乐，微笑幸福。

诗人徐志摩曾说过最经典的一句话：吾会寻觅吾生命灵魂唯一之所系，得之，我之幸也，不得我之命也。或许这话最初只是爱之所得失去，留给后人，词句，就已经意蕴深远，用来诠释人生欲望名利情感诸多无法掌控的事情。

得到或者失去，其实，有些不过是空无，名利场终究蛛丝儿结满雕梁。张爱玲说，人生是一件华丽的袍子，上面爬满虱子。是啊，于这物欲横流攀比的世界如何不是？

当代的人，推杯换盏，灯红酒绿，一脸光鲜，锦绣华美，却原来都是日渐衰退不堪一击的健康。如此，不若如徐志摩清风一盏，淡淡两相宜的心情，坦然看待一切，争取努力了就好，修一份健康予家人，存一缕阳光在眼眸，晕染日子的馨香。

去山涧林野与花缠绵，于山水清静与鸟儿们私语，很想坐在山谷，忘却所有，溪边种些花，种绿油油的蔬菜，摘一把五颜六色的野花，灿烂寂静的心怀，凝露的馨香安暖日渐远离的灵魂。

初升的阳光一定很暖，山顶的禅院一定很安全，没有鬼魅的影。安静，打坐，手握菩提，微笑看风尘烟火，一只蝶在作茧自缚，晶莹的丝线，缠绕，而我，已经何等的轻盈，皈依？许是，我终究皈依。

一盏灯火里炙热。限星流年，春花秋月何时了？然，人生季节的变幻，一切，似乎只是一步的光阴，初始春景妖娆，夏花灿美，转身木叶水岸萧瑟飘零，雨雪霏霏，万径人踪灭的孤寂，落了个白雪茫茫真干净。

还有什么比这更无可奈何的事情？

半笺芳华，瞬间老去，一切，短暂的一如昨日，人生多像一场折子戏，水袖盈盈，眸笑含春，弦索胡琴，歌声迤逦最美的华丽，谢幕，空寂无人语，却是不可避免的结局。

不若布衣素服，淡淡的心绪，淡看一切得失，不争，不气，不怒，安静地做好明丽的自己，如兰的清香，素洁，微笑着从容走过，素静安逸。

人生就像一张有去无回的单车票。无论，你有多少无可奈何和叹息，有多少贪婪，多少不满足，听这句，细细地品，感慨万千，还有什么可以郁闷纠结？

你拥有很温馨、很真挚的爱，拥有健康和欢笑，拥有最优秀的儿女，最贴心的朋友和亲人，上天待你不薄，足够丰厚，足够眷顾。有那邂逅相知是上天对我的恩赐。即使微笑里有浅浅的忧伤郁郁也是幸福的。

如水的宁静，端坐，端坐，听，那每天来自远方温柔似水的呼唤，默默，无言，黑亮的眸子，烟雨盈睫，微笑，没有语，没有语。只是，一声，深深的，叹息，这广阔而辽远的遥遥。

有些，近在咫尺，伸手可触及，那深邃温柔似水的眼眸，可是，辽远，多辽远啊。

有多少无可奈何，多少遗憾。如今看着这句，生命是一本经典的书，且人生的故事情节多像一张有去无回的单车票，忽然觉得一切多么珍贵，身边的，远方的，都是多么珍贵。

所有的一切都该微笑温柔地面对，摘取粒粒花香暖暖入墨，抒写快意馨香的人生，即使雪花纷纷，亦可以梅花香彻骨的清香安暖。

眼缘

文/黄叶舞秋风

安静温和的时光里，不知不觉已是盛夏，季节的风把整个小院装点得绿树荫浓。月亮像个含羞的少女，轻咬着唇，倒挂在枝横交错的梢头，洒下半帘缠绵的光辉。

依着月光的绵软，一盏茶，一扇窗，一个人。悠悠地听着刘紫玲的《传奇》，"只是因为在人群中多看了你一眼，再也没能忘掉你的容颜。梦想着偶然能有一天再相见，从此我开始孤单思念。宁愿相信我们前世有约，今生的爱情故事不会再改变……"缥缈的音律，牵动了夜的深沉，延着熟悉的心脉流动，不经意间触动了敏锐的神经，使人思绪游离。即便是炎热的夏季，那种薄凉早已沁入心髓。

浸泡在红尘的染缸里，品味着五颜六色的人生。往往解释不了的遇见，就会被定义为前世的缘。解释不了的回眸，就会定义为前世的擦肩。于是，我们在，已经回不去的那段年华里筑梦，不求十指相扣，地老天荒。但终究还是忘不了，那次在人群中多看了你一眼。眸光交集的一瞬，对方便成了人潮中惊鸿一瞥。暖了一场遇见，醉了一季花开，于心底旖旎。

　　该用怎样的语言才能表达自己的柔情，又该用怎样的故事来续写人生的传奇。刘紫玲用凄美的热情，唱尽人间况味。就像一束暮秋的残荷，匍匐在冰冷的水面，孤独地诉说着满腔入梦成疾的相思。从此为自己画上一座古老的城池，谱下一地凄婉的旋律，把心定格在了那一眼的缘分，独自倾听自己轻微的呼吸。

　　伸展开褶皱的时光，我们一生会为一些微小的错过而感到遗憾，也会为回不去的曾经而感到悲伤。有些人与之擦肩，转身忘记。有些人与之凝眸，铭记于心。眼睛是心灵的窗户，入了眼，才能入了心。眼缘：未必能相濡以沫，执手白头。只是一眼便能擦出火花的缘，如一场美轮美奂的梦，梦里几度花开倾城。但，梦终归是梦，总会有醒来的时候。漫漫红尘，有多少人住进你的心里，又有多少人住进你的眼里？住进眼里的也许就是过眼云烟。住进心里的，便不会被岁月磨损半分，必然永久。

　　生活中我们时常感叹，许多如花似玉的女人却偏偏选择了平淡无奇的男人。其实就是这样，有些人就是很对眼，他说不上英俊，潇洒。然而，只是那么一眼就觉得很熟悉，很想跟他亲近。我们每天和无数的人擦肩，你的眼里却偏偏装进了他。为什么有的人无数次在你眼前出现，你的目光所及之处却从来没有注意他的存在。也许这就是所谓的眼缘吧。

　　贾宝玉第一次见到林黛玉时，便大吃一惊，心下想到，"好生奇怪，倒像在哪里见过一般，何等眼熟到如此！"贾母笑道，"还不去见过你妹妹。"宝玉看罢，笑道，"这个妹妹我曾见过的。"

　　许是，前世一次不经意的擦肩，碰触了彼此的双眸，许下今生的约定？还是，前世的一只孤雁，在昏黄天际，划过苍凉的云端，抖落下一片羽毛，飘过你的眉梢，在你抬头的那一瞬，你的眼里便住下了一只雁的影？抑或是，前世的一滴泪，溅在樱花飞舞的季节，凝成花瓣上窈窕的露珠，只是惊鸿一瞥，便唤醒你沉睡的心。在你来不及触摸的时候，已经在朝阳中悄然化去？也许。林黛玉和贾宝玉的名字当中都带了个"玉"字，可以说是两块温润的美玉。玉和玉，若是结合在一起，很容易破碎吧。

有些缘，命中早已注定了长短，我们也无法丈量它的尺寸。就如同，有些花是结果的，有些花就只是花，当花瓣随风飘落的那一刻，已经注定了，缘尽于此。

人生旅途深邃悠长，在起点和终点无数次叠合中。曾几何时，我们变成了那喜欢怀旧的人儿。为一首诗捻香，为一段情回首，为一帘梦驻足。我们不期而遇的，入了缘的瓮，一头扎进馥郁醇厚的酒香里，如痴如醉，如梦似幻，从此纠缠不清。

尝尽人间世味，品尽人生离合。没有一朵花会为某个人而常开不谢，也没有一段时光会为某个人而心生慈悲。千帆过尽，蓦然回首，有些缘，来如烟花，去如流星。挽住的终究是刹那芳华。究竟我们该用何种姿态行走于红尘，才可以牢牢抓住属于自己的爱情，不被缘分砸伤？

生命中有着无法填补的空洞，也许一瞬的目光，只是换来半生的凄凉孤单。眼缘：是人生的一道风景，是永远难以理顺的章节，是永远无法演算的难题。一只蝶有一朵花的缘分，一枚叶有一阵风的缘分；一滴泪有一颗心的缘分，一段情有一个人的缘分。缘分是聚了又散，来了又去，分了又合，失了又得……它的神秘与缥缈总是让人无法琢磨。蓦然回首，一梦起，相濡以沫。一梦灭，沧海桑田，换了人间。

这世间有着相同的偶遇，却有着不同的故事，不同的结局。记得有这样一句话，有情不必终老，暗香浮动恰好，无情未必就是决绝，我只要你记着：那一眼的微笑……

包浆

文/菡萏

包浆，多好！给脆弱的内心包裹着一层温暖的胎膜。外面是呼啸的风雨，里面是寂静的花开，中间则是无尽的岁月，那么长，那么长，几十年，几百年，甚至上千年的供养。

这是我给包浆下的情感定义，而不是专业术语。

如果你听到，有人啧啧赞叹："这浆包得多厚啊，像胎带的。"那肯定是个谬误。没有一把尺子可以丈量出包浆的厚度，因为它是一种柔和的光泽，而不是生硬的外壳。也没有什么器物的浆是天生的，包括人。所谓的厚，只是越来越浓的神韵，越来越如婴儿般的细腻光滑。那是内与外的优雅反应，像一架透明的屏风，遮住了彼此炽热的眼睛。那薄如蝉翼的温润，似有若无的光辉，只能是时间的烧灼，岁月的侵蚀。所以这个词又带着一袭古意，带着庄重和神秘，带着灵气和精髓，甚至是亲切和感动，朝我们缓缓走来。

包浆是有价值的。这个价值可以是有形的，几百万，上千万的一锤定音。也可以是无形的，旧主案头，以泪洒别，何去何从，都是无以言表的痛。中间的故事，多惊天，多悲欢，都已是黄叶落尽，寸心不惊。

包浆是可以盘出来的，像珠子；也可以是擦出来的，像铜佛；可以是戴出来的，像玉石；当然也可以是埋出来的。但不管怎样，都必须经过岁月老人那双温情的手，一日又一日，一遍又一遍地抚摸。把那些毛糙、锋利、生冷打磨得圆润温存；把那些浮躁、刺眼、干涩氧化得润泽妥帖。

一把紫砂，静置时光案头，温良曼妙，滴水穿心，尘世万物皆不在目中，焦土同样高贵。一块翡翠一旦带了体温，贴了心暖了胃，顽石也化作红尘里的一滴清泪，美到心碎。一个手工原色皮夹，反复抚摸，也会色如重枣，质感华贵。一把家用锄头，木肌光润如绸，那是柴门小扉，绿菜白粥的况味，一代又一代眼中的珍贵。

包浆是那么令人心动。

以至于人们想尽了一切办法速成，用滚珠机、用茶煮、用盐酸、用泔水，甚至把玉放到荞麦皮里揉搓摩擦几十载，冒充上百年甚至上千年的物件。人们给它做旧，让它温和，煞费苦心。人们怕它新，怕它贼亮贼亮的，但到头来还是犯了贼气。要知道，岁月又是偷不得的。

人们忘记给它温度，给它情感，给它时间。

世间万物都可以包浆，大到一个城市，一个国家；小到一枚珠子，一粒宝石；精到一方古玉，简到一副扁担。那是用文化、用底蕴、用汗水、用勤劳、用品质、用岁月打磨出来的东西。

站在金碧辉煌的大殿，你失望了，没了斑驳的墙体，暗生的苔藓，没了岁月遗留下的幽深和宁静，没了光阴的味道和气韵，甚至没有了内心的忧伤和惆怅，只是满眼的新，满眼的假。

你低头了，无语了。心都不动了，还疼什么。

人也是可以包浆的，这和许多东西都没关系。那是在锋利与坚硬，在无知和偏执中间，用时间腌制出来的柔软地带，谁都可以做到。

诗人死了，才知道还有那么多的人在那儿争议。河流有河流的方向，大山有大山的语言，诗人自己喃喃呓语，一不小心被那么多的人听了去，那么请一定安静。不记得有多少年没读诗人的诗了，但那时却是顶着烈日，跑了很远的路，拿着刚发的工资，真金白银买了它，并工工整整写上某某日购于某某书店。那是一段多么直白纯情的岁月，而现今面对着许多高深的书，竟如此地吝啬和冷漠。

文学就是人学，抛开理论艺术的桂冠，只是说话那么简单。在对与错之间，在真理的背后，应该有一个包浆的过程。

看过一个故事，一位英国士兵射杀了一个企图翻越古城墙的人，受到起诉。在法庭上，士兵说，我没做错什么，只是执行了上级命令。审判官宣，你是对的，但上面没有规定你不能把枪口抬高1厘米，只1厘米。就是如此的简单，1厘米就是一个柔软地带，就是一次优美的放生。所以我们看待很多人，很多事，都不妨把枪口抬高那么1厘米，只1厘米。

看过一段视频，台上的人挥舞拳头，慷慨激昂，台下的人内心澎湃，泪流满面。视频上标着，外国禁片，速看！这是一个正能量的爱国视频，在网上疯传。那么外国人为何要封杀，是不是所有的外国人都怕我们强大？不是，应该是怕称霸，怕我们强大后激动。我们不是暴发户，我们是一棵古树，只是在昔日雍容，高贵的枝头，重新吐绿。那些友好爱好和平的人们，那些地球上的美丽生灵都会呼吸到我们的氧气。昔日的痛已成为一寸一寸涌动的脉息，每一次回顾，都是为更好地做回自己。文明、礼仪、得体，仁者无敌，和谁都不比，让子子孙孙看到我们从容优雅的足迹。

认识一位老先生，先生有多老不知道，只知道满头的银发雪白雪白的。先生写文，写流水般的文字，不急不缓，朴素而慵懒。先生喜欢茶道、香道、临帖，还有二胡；先生养鸡，种菜，早晨起来，先忙着看门前的花是不是被人摘了去。先生就写这些无用的事，与厚重无关，但与礼乐有染。细想，先生何尝不是在用这闲散的生活包浆文字呢！

年轻时看红楼，有人就说，有啥看的，全是吃喝拉撒睡，猛听一惊，细想果真如此。那时又有多少人能真正喜欢这浸透人性冷暖的文字，怜惜这包过浆的眼泪。

但包浆多好！它让你的心和别人的心，都不至于赤裸裸地晾晒在天空下，不干枯，不萎缩，在一层温暖的内膜里，平静地跳着，跳着。

小字清欢，无别事

文/树儿

夏的夜，伴着如水的轻音乐，安静着，惬意着。每天留一段空白时间独属于自己，回味着，冥想着，独自着。其实人是需要常常自省的，一切的美好，都源于一颗简静的心，心若静，则万物清明。

窗外，雨丝横斜，如烟如雾，迷漫的雨滋润着藤蔓儿的青翠，沁人的气息安宁着心的纯净。掌心拂过葱茏，忍不住美美沉醉，这世间，总有千般的好，是朦胧于眼眸深处的欢喜，如风起，如雨落，如红尘中美丽的遇见。

我欣喜，这随处可握的暖光。行走阡陌，越来越怕孤独，越来越怕别离，只想，蛰伏在这相遇相惜的时光里，涂抹那些淡淡却已然不可忘却的情谊。因为相信，所以遇见，美好的友情，是蛰伏在记忆里的清欢，轻诉了繁华，消瘦了寂寞。

一朵心韵，落在指尖，缠绵着温婉，于安然间，沉淀成轻浅的禅意，不需寻，且一直都在。多好，这么美，只想携着幸福与时光相映成甜美的风景。风景里有我，亦有你。感谢时光，感恩遇见，无论风雨，寂静相伴。

　　都说，时间是最公正也是最残忍的。多少姹紫嫣红都成为风轻云淡，多少朝气蓬发亦都化为安之若素。只是，依然想感恩，感恩这尘世间的每一次经历，无论好的坏的，遇见或别离，都是一种懂得，都是一次关于爱和原谅的修行。

　　因为珍惜，才会美好；因为宽容，才会微笑。曾经，那些以为过不去的时光，就这样轻轻地走过了；曾经，那些我们惴惴无措的未来，现在亦都正不紧不慢地走着。所以，一切，亦都没什么大不了的。在心里种一朵花吧，开在春天，开在幸福里，让每一个美好的瞬间，可寻，可觅，可珍，可惜。

　　也常常，会在某个时刻，莫名会感觉到一丝冷寂。那份无措，许是一曲音乐的弦动，或是一段文字的意念，又或是一阵风过的惆怅，就那么，轻轻吹动了心底的叹息，却又无可诉说。说不可尽，书不可尽，意不可尽，情不可尽，这落落的尘世啊，总有一些不可尽言。也许这世间，遇见也好，别离也罢，对错也可，一些人，一些事，只需默默记取，无须感叹。

　　叶舞清风，摇曳一庭阑珊，而我们，只需端坐于暮色之中，任凭春夏。只于，已逝的时光里，淡淡记取一份暖，如此，便已是恰好的好。

　　此刻，坐在七月的水湄。我在等，等青鸟寄来的锦书。窗外杨柳依依，紫藤摇曳，翘望的眸子淋湿了半阙月光，于是，我变成了想象的行者，用一瓣徽州的水渗入柔晕的宣纸，只为在宫商角徵的风骨里种下阳光，润泽一处清喜的水泽。

尘世间，有些美好，会让我们以最单纯的心性守护着，因为相信，而存在。回眸，走过的路，那些深浅不一的痕迹，有欢乐，有忧伤，都是光阴堆砌的悲喜，故事里的故事依然风生水起，而浮生的两岸，莫不脆若蝶衣。若在来去之间，摘去纠结，顺遂自然，只以向阳的姿势绽放，让尘封在烟雨里的辞章合着掌心的气息，沉淀为一份恒久弥香的美丽。莫不是不负韶华，不负你我的初心，初情。

即使，不小心，时间的流苏打乱了梦的花季，也只需安静等待。要知道，光阴的纹络上，盛开的，是永不离散的弦歌。

就像，繁华落尽之后，那一片不被打扰的水泽，只有细风疏雨合着琼箫朗月。也许，这才是生活的原味，不繁华，不落寞。

轻轻摇晃着时光，直到青藤爬上了指尖。一日又一日，一季又一季，就这样，行走着，路过欢笑，路过忧伤，路过你，空气里凝聚着这一刻的欢喜和疼爱。原来，我穿越杏花烟雨，穿越暮春荼蘼，辗转尘路风霜，也只为，抵达此刻的安静澄明。

心岸，落英清媚，轻拂尘缘，任一朵丰盈的心花，静静开放，只将相遇雕琢成深情的模样，若初见，如初见。

日子，是沾染了况味的，它们明亮着，清喜着，若素着，抑或清淡着，都是我欢喜的模样。那里，山清水秀鸟语花香；那里，翠绿篱笆环绕着诗行。

喜欢这样的时光是浅浅的，烟烟水色，那么软，那么翠，指尖挂着滴露的安静，执一笔水墨清婉，不触忧伤，不惹喧嚣，只在一份闲情里，卧一塘宁静，倾听云水深处缥缈的清歌。

这美，生静，生香，生柔，随风摇曳一片悠扬芬芳，任流动的旋律，在烟火里弥漫生息。

种一朵小字在墨间吧。浅浅，清清，微雨过处，会化作，塘里的小荷渐次盛开，缠绵在空气里，融进梦的印痕。其实，世间所有倾心的遇见，都会在流年的脉络里沁暖安馨。

俯首低眉处，拾起一缕芬芳。淡墨红尘，执笔落花，若不相遇，怎会相念。菩提生根，也是六月的莲灿，看似简静却未必是凉薄。蔓生的花瓣，含香着三千琉璃的杯盏，只一朵清幽便化作了眼底的红尘。

时光浅浅，蝶舞流香，白云悠悠着静默山水间。轻嗅一缕江南的气息，郁葱的美与目光相遇，写满纯净的清欢。尘世间，最美的感情，应是可以与岁月一起成长，然后，再一起幸福地老去吧。守着一枚真诚，凝结为时光深处一缕暗香。

此刻，落笔之处是微笑。且就，温柔了岁月，亦温柔了自己吧。

邂逅，生活里的那一抹阳光

文/素心笺月

初夏的夜晚，有风，吹动着窗外的树梢，沙沙作响，吹得窗子轻轻晃动。有风，却不是冷风，而是沁人心脾的暖风，风中夹杂着淡淡的清新。静静地站立在窗子前，感受着风儿任意的抚摸，风儿像是一阵暖流，匆匆忙忙地来，匆匆忙忙地走。

被生活压迫的思绪，也在这样的夜色里逐渐变得模糊，不想去思考，不想去碰触，就想这样放纵自己，在有星星的夜晚，请允许我今晚，与风儿私自会面，尽情享受它所带来的温暖。或许，此刻风儿会带走我所有的愁绪。当脑海空白了这片苍茫的大海，我想我会在这里，等着夏日里的清凉给我重生的洗礼。

这个季节是美丽的，也是幸福的。处处可见生命的颜色，绿意盎然，道路两旁的冬青树也从嫩绿变成了墨绿。而我，却执着地喜欢着它刚刚吐出新叶时的嫩绿，如今看着叶子一片片变成墨绿，好像生命经过了又一次的轮回，在时光匆匆的步伐里走过了一程又一程。心，也开始变得沉重。

想在这个季节，这个城市，寻找一份静谧。插上耳机，静静地听一首喜欢的歌曲，哼着那优美的旋律。坐在高山草甸之上，将城市的喧嚣与生活的压力尽收眼底。此刻，听不到烦躁的机器轰鸣声和嘈杂的汽车鸣笛声。耳边，是无尽优美的音乐，如电流般，一股一股地刺激着心房。就这样忘记所有的伤痛，忘记生活带给我们无限的压力，静静地坐在高山之上，享受来之不易的安静，不为生活奔波，不为生活心力交瘁。

想在安然的生活里，携一缕明媚的阳光，照耀灰暗的心情，带给我们最初的美好。浅夏，多少牵念，多少怀念。泡一杯淡淡的茶，坐在窗子边，优美的音乐在安静的房子里袅袅响起，不用刻意伪装，生活是这般优雅。然而，一切的安然，是我梦想中的想念，何时才能真正惬意？真正悠然？

时光打磨着心的棱角，挑拨着心的每一次律动，在孤独中绝望，在失意中重生。人生，本就是一场又一场的邂逅，邂逅了最初，邂逅了最美，邂逅了难忘，邂逅了心痛。一切来得那么容易，又来得那么不容易，好像冥冥之中早已注定，我们，只是在顺着这样的安排，踏上了征程。

五月，注定了与绿色同行，与绿色同在。放逐了一场花事的遇见，如今，要邂逅一场绿色的嫣然。多想这么依靠着时光的肩膀，闭着双眼，静静地守候一份暖，一个邂逅，便执手永远。

只想静静地，做一个安静的女子，深锁着眉眼，看一朵花开得娇艳，听一只鸟儿高歌的清欢，聆听每一株小草成长的宣言。我想，我是生活中的那一颗不安放弃的石头，哪怕遍体鳞伤，也愿追逐着梦想的脚步，越走越远。

笔尖下的文字，尽情地书写着五月的欢颜，字里行间，带着淡淡的忧伤，更多的是不甘放弃的誓言。心，比天还要辽阔，又怎会轻易地放弃追逐梦想的誓言，只要用心，一切的付出，终将会有回报，哪怕只是一丁点。

回眸处，温暖，多过忧伤的惨淡。无论生活曾带给我们多大的痛苦，请相信，明天依然会有明媚的阳光，驱散所有伤痛的阴霾。一份执着，一份追求，一份努力，在季节的更替里逐渐升级，有质问，有雨露，也有狂风暴雨。一切都会在看到阳光的那刻，烟消云散，捧一滴眼泪，握一份执着，在记忆的长河里晕染，不曾褪色，不曾失色。

五月，岁月渐行渐远，邂逅着不曾邂逅的美好，擦肩着不曾擦肩的记忆。在美美的季节里，将心放逐，溜走的是昨天，不曾离去的是今天。抬头，挺胸，绽笑颜，生活依旧美好，不曾改变，只要心中有爱，就有明媚的阳光。

就这样，邂逅生活，邂逅生活里的美，邂逅文字里的温暖，牢牢把握那缕阳光，洒落身上，光芒万丈！

浮生

文/鸢尾花

【繁华】

从一树繁花中醒来，在满目绿色中苍翠，于是我读懂了一个词叫作繁华。当所有的生命在春天萌生，在夏季中繁盛，注定会在秋天老去，在冬日凋零。繁华，只是一个季节的生命历程。

一些尘世的虚幻曾经在现实的人间演绎着无常，在物欲横流的昨天蒙蔽着双眼。沧桑之后，我读懂了执着物欲的忧伤，也看懂这人世的烟火，唯有平凡的幸福才是长久的明天。

忽然就想起了清颜的一句话：人生，原本就是一场虚妄，也是一场历练，当饱尝酸甜苦辣之后，最终也难逃曲终人散。看着，心竟生生地疼了起来。我知道，那些用血泪记录的昨天，已经历尽沧桑，繁华落尽，结了一层厚厚的痂。

于是，平淡无奇的日子里默守着美好，无数个寂静的深夜等待黎明，把一些执念与疯狂交付时光，把最真实的烟火一点点在岁月中沉淀，直到平静成如水的远方。流年的陌上一袭花开，一度花落，只是，那一袭繁华的背后，隐藏着的是冷峻和萧条。原来，万水千山走遍，生活最终会以最恬淡的姿态悄然存在，空留下一丝繁华的痕迹，支撑着岁月里的悲欢与欣喜。

【凄凉】

最不能接受的就是这个词，最不能懂得的便是读懂了这个词的含义。于是，姹紫嫣红的背后，有一抹清泪挂在了季节的诗行。

躲在春天的一丛鲜绿中酝酿生命，接受阳光的洗礼，不经意之间邂逅温暖。拥有和分离，从来都是一对最欢喜的冤家，舍与得也以最诱惑的姿态悄然存在于茫茫红尘。于是，厮守着那句"守得云开见月明"，把最美好的期待和向往一并交付。我知道，红尘的道场，在繁华落尽，凄凉的背后，总会有一个最温暖的现在和明天。

于是，在徘徊和彷徨中，慢慢学会了接受和释怀，学会了理解和懂得，也学会了让浮躁的心渐渐归于平静和淡泊，悄然地绽放，悄然地沉寂。

细数往事，把一些刻骨铭心的记忆安静成一泓秋水的温柔，存放在流年的画卷。执笔人生，多少红尘凄凉事，抵不过浮世千重变。最淡然，紫陌红尘不过是滚滚长江东逝水，浪花淘尽英雄处，悲欢散去，梦归他乡。

【涅槃】

是在火中沐浴的凤，还是浴火重生的凰？一堆火焰冉冉升起的时候，我看见了生命的重生。

历尽劫难后的破茧，让生命不断地接受着雨露和阳光，不甘离去的生死别，纠缠出尘世里最绚烂的相思和热情。我知道，一些陈旧的故事已经开始沉寂于历史的河床，明媚的春和热情的夏，已经交付着一层层的新绿，一场场的欣喜和一叠叠五彩斑斓的梦……

记忆，断断续续收藏起老唱片，细细碎碎的忧伤流转在岁月的枝干。岁月，开始用一杯苦茶养清幽，润湿一肩黄昏的温柔。此刻，两眉的惆怅，明日的清晨依旧还有巧笑嫣然！

生活掳走流年里的美好和执着，化作一些张扬的昨日散落成记忆的碎片，散落成点点离人的伤痛。文字的背后，开始隐忍着悲欢离合，隐忍着清淡的愁绪，苦茶散尽，品落花飞处的清香，收拢一丝若风的情缘，淡然于茫茫红尘。

生，我已在火中燃尽了悲欢。

【蝶舞】

一曲《梁祝》余音绕梁，婉转成这个尘世最痴情的恋歌。

爱情之上，谁的生命黯淡了梦想；长城内外，谁的哭声响成了几个世纪的绝响？终于懂得，历尽万水千山能够奏出完美的乐章，却走不出一个人的心田。或许，这就是我们寻常百姓无法超越自己，而追求的爱情之苍茫。茫茫红尘中的你、我、他，注定在时间的沙漏中落下，埋葬，然后沉寂。

合欢树上已经长出了一丛新绿，五月的绒花飞舞，此刻正在酝酿。或许，一些经过总是熟视无睹，一些经过注定会留在眉间心上。于是，我欣喜着每一片叶子的新陈代谢，不断地看生命长出郁郁葱葱的茂盛和希望。

爱，若是爱了，便是惊喜，便是把你放在心上依旧不改初心的执着。心，若是真的懂了，便是心疼，便是陪伴你度过每一个漫漫长夜的孤单依旧不离不弃的诺言。化蝶舞蹁跹，只为停留一人肩。

此生，遇见，不管是劫是缘，不问将来，不问归期，只问有你在，一切就好！

【浮生】

一笺漫洒，在每一道心弦上，弹奏一仄人生的繁华似梦。

一地落花，在一个人的黄昏，用孤独染满离愁。刹那，懂得这尘世的所有。看淡，便是浮生，浮生，从来未歇，却已是历经千辛万苦，获得禅的开悟。

清浅岁月，捡拾起月光下的温柔，与心开始交织一场梦与幻的昨天、今天和明日。浮生，不过是一场烟雨的迷蒙，一阕清词的节奏，一地相思的离愁，轻轻放下的轻松。

低眉

文/秦淮桑

"最爱在晚饭过后，身边坐着我爱的人，他看书或看电视，我坐在一盏台灯下，身上堆着布料，两人有一搭没一搭地说着闲话，将那份对家庭的情爱，一针一针细细地透过指尖，缝进不说一句话的帘子里去。然后，有一天，上班的回来了，窗口飘出了帘子等他——家就成了。"

暮色深浓的天里，读三毛的文字。手上一册很旧的书，旧到可以渗出苍茫的意味来，一页一页地翻看，指尖染了秋的微凉，心里却滋生出温暖的欢喜意。

一定是某个雨后晚晴的天气，我喜爱的女子，披着半湿的长发，散淡地坐在暮色里，偶然瞥见铁灰的窗台，夜色一寸一寸蔓延进屋子里。

她歪着头，看一眼心仪的男子，再看一眼空落落的窗，心底就有了想法。嘴角漾起清甜的笑意，起身，找了花样简约的布料，堆在身边，裁剪，拈起针线细细缝着，低眉与他说话，声音轻而温醇，像山涧潺潺流溢出百果酿的酒味。

听的人，心要醉了，这低眉的女子，多美呀，她是二月里临水的一茎幽兰，还是冬月里悄然无声地融化在他心口的一朵雪花？

这东方风情的女子，低了眉，把一生一心的温情都缝进帘子里，挂在窗上，让风扬起帘子的一角去迎接她的归人，而她，站在帘子后面，吹着晚凉的风，任凭一竿残照落在脸上，呈现出一种迷幻的玫瑰色。

想起丁立梅文章里用碗种葱的女人，粗瓷的质朴，配葱绿的简约，放在阳台，或者是窗口，一抹赏心悦目的绿，静寂着，安然着，向暖生长。

居家过日子的女人，用一份闲情侍弄一份清喜，她去菜市场买菜，挑一把豆角几只番茄，与人交谈，声音透着很朴素、很家常的气息。

她一低眉，便能温婉一份纯棉爱情，棉的质感，棉的气息，糅合着妥帖而窝心的暖意，虽平淡却很真实，椒红菜绿，一粥一饭，还有什么不满足？

灶上一锅莲藕排骨汤熬了近两个钟头，一转身，那一碗碧盈盈的绿便欣然跃入了眼眸，低眉，剪下鲜嫩鲜嫩的葱管，洗净，切成葱花，撒在汤里，熄了炉火，那飘荡着的翡翠的绿，忽然就有了凡俗烟火的味道。

多少人感念于这样的凡俗，这样的烟火，这样家常而贴心的温暖！

晴好天气，坐在有树荫庇护的石凳上看书，雪小禅的《繁花不惊，银碗盛雪》，单单是书名，就够我品味一个上午，银的古朴，盛雪的素清，雪融了后，是否可以照见那个眉眼弯弯的女子？

她着戏服，袅袅娜娜地唱《游园惊梦》里的句子，"袅晴丝吹来闲庭院，摇漾春如线，停半晌整花钿，没揣菱花偷人半面，迤逗的彩云偏，我步香闺怎便把全身现……"

一低眉，惊艳于自己落影在雪水上的美丽，一袭水袖带过水面，悠然，素然，冷然，散了，碎了，这幽艳的美丽。

银碗盛雪，繁花不惊。她眉眼一弯，便惹春风醉软。

是秋了，秋风听我念"繁花不惊，银碗盛雪"，秋风也醉软。久久不翻一页书，仰起头，看天上云，看风从树叶间穿过，静了心，低眉去寻藏在风中的桂花香。

有年长的妇人在桂花熏香了的风里晾晒绸缎被面与花布衣。拧干水，一件一件抖开，抖落旧年的风霜与世味，搭在竹竿上，滴下的水没入草丛里，倏然不见了影迹。

透过千万缕的日光去看那竹竿，那花衣，那水滴，忽然就有了生动的意味。却不知，细心晾晒旧衣的女人，是否在低眉的刹那，遥遥地，忆起她的惨绿少年时？

只恐夜深花睡去

文/倚窗听雨

和友闲聊，我问：你说我前世是不是一朵花，或者说和花有缘？

他答：也许吧。如果你是花，那喜欢你的人一定是花痴。

花痴，听说是贬义词。喜欢女人的男人，拈花惹草类型。虽怜香惜玉，我是断然不喜欢的。

我写过很多花，有人人皆知的花种，有不为人知的乡野小花。朋友调侃我，说我其实也是一个"花痴"。我暗喜，花痴就花痴吧，也许痴才懂得更深了。

来西安之前，尽管知道要一路颠簸，还是带了很多东西，反正塞满一车。有一盆花被我藏在了车后排的座位下，因为修路，车子摇晃得厉害，所以有东西翻倒，生生将我的那盆花砸了。

那是一盆四季梅。我第一眼看见的时候就很喜欢。清雅的花朵，粉嫩粉嫩的，五瓣花拼成一个五边形，紧紧围在一起，绽放在枝头。椭圆形的叶子绿得发亮，叶瓣上纹理清晰工整，像是人工刻意打造，却又巧夺天工。

可怜我的花，被一箱子啤酒砸了，我以为它性命难保。

到了目的地，开始搬车上的物品。掀开压在它身上的箱子，只见零星的花朵早已凋落，它就像骨折了的病人，耷拉着脑袋，痛苦地呻吟着。我鼻子一酸，把它搬回家，浇水，松土，抚平土壤。听说它喜欢阳光，就把它放在了阳台亮光处，等着重生。

夜里，我睡不实在。担心四季梅睡着了，再也醒不来。我不知道花儿什么时候休眠，但那一刻真的很害怕它睡去了。

"在那清幽的夜晚，我打开家里所有的门和窗，坐在黑暗中，静静地让微风吹动那百合的气息。"三毛的《夜深了，花睡了》，在我脑海里清晰起来。我多想自己的四季梅也会像她的百合一样，黑暗中幽幽散香。

我起身，走向阳台，那夜没有月色，很暗。阳台上依然一片漆黑。但我嗅得到四季梅的味道，那是一种特殊的清香，无香中蕴含的植物香。我似乎看到了花朵的绽放，粉嫩粉嫩的，青春十八九的模样。

没有开灯，我静坐在阳台的凉椅上，与它一同在黑夜里守望。

花和人一样，也会遭遇到各种各样的困境。但是，生命的长河却是永无止境的。

用心呵护，或许生命里也会遇到另一个春天。班上有位学生，父母离异，她和妈妈跟着姥爷姥姥过。妈妈两年前被查出得了肾功能坏死，需要换肾。巨额的医药费和稀有的肾源让一家子生活陷入困境，我能想象出那一家老少心底的惆怅和悲痛。但，我们能做的很微薄。日子一天天过去，我并没有在她身上看到半点颓废和忧郁，反观人前见她阳光甜美。

一日，得知肾源有了，快60岁的姥姥将自己的肾换给女儿。想到皱纹爬满额头的大婶，我知道为了自己的孩子，她愿意豁出性命。手术很成功。后来在一次家访中，我见到换肾的学生母亲，素颜，却容光焕发，一副美人胚子，完全不像生过病的人。一家人其乐融融，我震撼。祖孙三代，母亲和闺女，从头至尾，没有看到过失望、放弃、颓废。有的就是阳光、热情和战胜病魔的勇气。

有时候，岁月降临给我们的不仅仅是幸福，还有一些灾难和意外，我们要笑着去面对。

夜重，花很安静。我的思绪却一直在泛滥。

突然想到苏轼的一句诗："只恐夜深花睡去。"当年苏轼因反对变法被贬到黄州，地域偏僻，官职卑微，得不到朝廷重用，却没有抑郁消沉，而是在张罗日常茶饭的生活中寻找淡泊自得的喜悦，以保持心理平衡。一有空，他就到处寻幽访胜，悠闲度日。这段时间对苏轼而言，成就了他文学创作的一个高峰。

"只恐夜深花睡去，故烧高烛照红妆。"处江湖之僻远，不遇君王恩宠。却，于一株花物里放下种种不快。一种"忘我""无我"的超然境界，让他自得其乐，如此豁达潇洒的胸襟令人感叹。

俗世浮华，与我何干？与花与草，成友成亲，我自清欢。

夜渐白，我离开阳台休息。想那盆四季梅，或者明日照样艳丽动人吧。

第二天清晨，女儿喊叫声惊醒了我。

"妈妈，花活着，它又开了，好漂亮！"

我笑了。翻过身，继续睡去。

回忆的反方向，是人生沿途的风景

文/千落隐红妆

或许，人，身在红尘，生来就注定是孤独的，本性使然，我们的一生注定要留些记忆去顺其自然地忘记，身边，也因此才会有了来来往往的那么多的人，所以，趁着记得的时候，我们就应该多记得一点，哪怕，那是一种不好受的滋味，也不愿，在历经过后一点痕迹都不留。

【一】

有时，我们对于生活，不是懂得太早就是太晚。回头，回忆的反方向，是人生沿途的风景，也是我们生命的故事。

都说："十年生死两茫茫，不思量，自难忘。"总觉得，人还是不得不服年龄的，就算你还保持着天真的孩童心态，还是没有接受被时光消磨的勇气。有时想，我们步入红尘，经历了红尘的纷扰，自己的那份青春到底还剩下多少？但是，当流失的光阴里，悄然而落，寂无声息的黄叶覆盖过心田时，最终自己还是选择了假装不再清楚。

人生，夜一程，昼一程，最能牵动我们情绪的，无非是得与失之间的

187

情感纠结。其实，偌大红尘，怎一个"情"字了得。抚平冉冉逝去的光阴，一年一度，我们谁也阻挡不了岁月的流逝，遥远的路程，昨日的梦以及远去的笑声，流逝的岁月就像一条河流，满载着我们人生的喜怒哀乐，在良辰美景中，在欲说当年里，最后化作光阴留给我们的故事。

时光中，我们走过一个又一个的年月，而，无论走进还是走出，这一路的风景总是在重复着昨天的过往。许多时候试想，这周而复始的循环需要怎样，才不会如此这般无痕无根地来去无踪？人生一世，我们从情走到痴，又从痴走到迷，或许，没有一个人的足迹会踏过坎坷的尘世。仰首是春，俯首是秋，隔着永无穷绝的来世今生。从很久很久以前我们就重复着同样的追梦，或许，人生就是如此，因生命的匆匆不语，太多时候，我们都需要在梦里寻觅曾经，而那份温柔的缱绻，我们也会视如珍宝般长驻于心间。

恍然间，年华一逝而过，俯首，笔下，"再回首"三个字，又一次让自己在流觞的文字里感受着人间的冷暖、世态的炎凉，也一并在太多回想，太多的感悟中，收获着经年的喜悦与悲哀。又一年，又一次回首，匆匆的时光，带走了岁月，带不走自己的那一份心境。再回首，曾经的斑斓纷呈被漂洗到苍白，再回首，曾经的征程竟已接近尾声。

【二】

黑夜来临时，我们挥手作别了云彩，还有孱弱的生命和渐远的青春，可我知道，自己最喜欢的，仍是那个在残雪消融后的生命萌发。

岁月的更迭里，我们踽踽独行的脚步永不停息，我们珍惜的每一个属于自己的日子，那荆棘密布向前延伸的路上，有的只是生活的沉淀再沉淀。经常看到一些陌生的旅行者，他们只是简单地骑着单车，就那样自由地漫游于世界的任何一角，我不知道他们来自于哪里，甚至要到哪里去，但是一种对自然的崇拜，对自由的向往，我很想抛下手边的一切，就此与之同行，哪怕只是短短的几天，也想用一个华彩的瞬间丰富自己的年轮。

生命对于我们只有一次，而我们，需要怎样才能释放出自己的光芒？人生，总有很多东西与现实隔着一定的遥远，让人难以释怀。抬头，满天的星光在自己目光的留恋背后像极了纯真的童年，总和自己隔着若近若远的距离，我只能感应着它拼凑的风华，亦平添了一种渴望难酬的寂寥。或许，徘徊在悠悠时光的流影里，一份情怀，一缕相思，也只有蓦然回首才能够了然吧。

一直感激那些曾相伴过自己的人，因，那是生命中最美丽的风景，亦是我认定的执着，恰恰适合我这颗简单而真实的心。

风雨流年，生活的历练打磨出我们该有的姿态与韵味，曾经的真情纯美，曾经凝香的年华，还是如多年前一样的深情。此时，有微风轻轻吹过，头发随着风轻轻飞扬，如当年那颗飞舞的心一样轻盈。

回首，记忆里一些爱过或者被爱过的欢喜和疼痛逐渐变得清晰起来，当自己开始纠结那些过去和那些看不见的未来时，还是禁不住去感叹了岁月的变迁。

人生，其实有许多的承诺都无法兑现，可即使无法兑现，我们还是一直在寻找着与我们相连的人，而那连接却有好几种，一种是一生相伴；一种是相互温暖；还有一种是只有淡淡的默契，而，不论哪种，那些关于曾经，关于成长的酸甜苦辣，都无一例外地，用一些特别的场景见证了我们走过的青春。

【三】

偶尔，一些相似的场景依然会激发出眼角的泪滴。

很多时候，我们明明知道一辈子的等待很美好，可我们，却总是没有那样的耐心和执着。近一段时间，总是在感叹着生命的脆弱，让自己原本明媚的心突然之间变得阴郁起来，于是，总会暗暗地提醒着自己，一定要好好地生活，好好珍惜现在所拥有的一切。

　　有人说，人生就是一杯茶，而且是一杯苦茶。但是，唯美的海子依旧在诗意地期待着"春暖花开"，我想，那应是我们所有人的等待，就像，每一个人在出生之后，便开始等待着一个不会落空的生命的圆寂一样，所以等待，往往便是一种煎熬。

　　人生，经历了很多，最终发现，我们是在不断地等待之中成熟起来的，只是不知，等到岁月改变了身体，苍老了容颜，我们是否能收获到一生宁静和释然？急躁的生活，我们每一个人的步伐都走得很快，其实，那样的行走也只是为了减轻我们等待的焦虑心情而已。人的一生，许多宿命的东西我们无法改变，于是，关于生命，关于未来，在知道永远不能抓住的时候，我开始努力地去学会让自己变得没有欲望和奢求，不过，就在那努力的同时，自己还是依然喜欢去回味往事，并期盼来生能给自己一份轻盈和美好。

　　或许是自己天性敏感，才会对于感情比别人更无法释怀一些吧。叶千华说："如果你觉得，还有白天和黑夜，说明你还活着，这个世界还在；如果你觉得，还有快乐和痛苦，表明你还爱着，幸福无法替代。"一些事，一些人，如今时光荏苒，只是物是人非。回头，时间不仅抹杀了那些守不住的岁月，也让心变得越来越慵懒，于是，我不再奢望地久天长，只是坦然又淡然地对自己说，拥有过，就好。

　　岁月流经之后，只留下一些曾经的记忆，还属于那些青春年华里唯一留下来的见证，而那些记忆，如今已随着过往的岁月渐渐泛黄，最后，一切最终都变得不是自己想象的样子。

我明白，现在的我，依然活在真实的烟火人间，但我，还是喜欢用怀念去温暖每一个暗淡的黑夜，喜欢用美妙忧伤的词语去打动灵魂。

窗外，一切是那么遥远，一切又是那么熟悉，我看见，可以取暖的月亮比自己孤独的身影还要孤单。我知道，其实尘世上，某些情感它已深得不需要再用语言去表白，我们经历过诸多人性的苍凉和命运的颠沛后，或许，已不再需要去执迷地探知未来的结局。也许，此刻我应该讨厌自己无病呻吟的做作和虚假，可某些幸福的脚印，当我们转头的瞬间就匆忙消失，那留下的一些疼痛，却注定需要在真实的生活吸收更多的温暖来填补遗失的空白。所以，哪怕我一再地提及灯火阑珊处的落寞无助，只因，我懂别人无法知晓的孤单和寂寞，我更懂某些身影在繁华过后转身的痛苦和落寞。

红尘滚滚，时光飞逝，我们身处的烟火人间充满了诱惑，而每一个人的成长也需要很多的付出。深知，春天过了，我们都需要留一段空闲的时光给自己的心灵，留一段往事给曾经的回忆，这样，我们才不怕再回到过去。

第五辑

一半明媚，一半忧伤

人生，或许没有青花瓷的梦，一朵孤影只是随着风雨匆匆，但是，我们还是许自己在凡尘的烟火里爱憎分明。当岁月已然磨平了你的棱角，你唯一可做的，就是放牧心灵，舒展眉梢，然后对着喧嚣莞尔一笑。

最美的时光，一直在心上

文/莲韵

新年刚过，辗转又到了阳春三月。

这样的时节，适合去踏青。于是选一个阳光丽日，一个人信步前行。不用去远方，也不用背负行囊，只需携一份诗意的心情，在郊外或公园，可静坐，可观赏，可凝眸，可冥想，无论你以什么方式度过，都是一段静美旖旎的好时光。

和煦的春风吹醒了大地，也温暖了人间，唤起了心中的美好与期盼。季节兜兜转转，冬去春来。春天，应该是四季中最富有诗意的了，但愿能在这一时节，种下一枚枚希望于心田，待我用温婉的柔情与心血，去悉心浇灌。不问收获，只为心的快乐。

春天来了，天是蓝的，风是暖的，阳光是软的，连飘逸的柳丝，也开始变得柔婉了。

草色遥看近却无，嫩绿的小草，开始探出头来，清澈的春水荡漾着，把一怀情愫摇曳得无比温润。或许，生活更多时候总是在这点滴的小感动里，偷偷地雀跃着，私密地欢喜着。

你看，三月的陌上，芳草渐绿，花事渐浓。独立小桥风满袖，浅浅淡淡的风里，有氤氲的花香，有柳韵的浮动。一剪芳菲，在春的枝头上含苞待放，承载着一帘清梦，凝眸处，花香盈盈，春意荡漾，醉人的气息，溢满心房。

挽一束明媚的暖阳，捻一指墨香，听曲声悠扬，让灵动的乐声，随着春的韵律，缓缓流淌。春天来了，阳光暖了，心情也变得格外开朗，所有的繁杂与荒芜，早已不见。闭上眼，能感觉到春风拂面的暖。抬头看见一枝春，一朵心花绽放着笑颜。

生命的旅途上，我始终以一种优雅的姿态，笑迎春来百花开，淡望天边浮云散。属于我的我会好好珍惜，不属于我的就让它远远地离去。不在虚伪的世界里自寻烦恼，只愿在真实的烟火里，活出自己本真的快乐与美丽。

在这个纷扰的尘世，人们都在极力地追逐着物质，岂不知，一日不过三餐，睡眠不过一间，物质的需求其实非常简单。而多数人往往忽略了这一点，穷极一生都在名利上挣扎着、厮杀着，美其名曰为了生存而奔忙，其实不过是为了满足那一点虚荣心。总想把生活搞得更好，可生活得好究竟是什么呢？当物质已经足够用了以后，精神的丰盈才是更高的享受，我们孜孜以求的，不过是内心的平和与安宁。然而，物欲横流的红尘，又有几人能够记得给心灵一次丰盛的欢宴？

生活是一杯茶，冷暖自知，苦乐堆积，学会苦中作乐，平淡的日子平淡地过，平凡的人生自己活。我们每个人都有自己的生命轨迹，不论欢乐还是悲伤，只要我们努力，只要我们坚持，不管成败与否，都是在做最好的自己。

内心柔软的人，一定是心思细腻的人。这样的人，经常会被细微的事物所感动，一束阳光可以暖心，一峦清风可以醉人，在一帘烟雨里织梦，在一弯月色里沉醉。一朵嫣红凝香，一叶碧绿滴翠，沉静在自我的精神世界里，与一花一草、一山一水、一茶一书，温柔相依，寂静欢喜。

有人说，最美的时光在路上，我却说，最美的时光，一直在心上。

日子是素的，阳光是暖的，光阴是静谧的。素颜薄面，草木莲心，淡雅出尘。闲暇的时候，采一缕明媚入眉弯，携一份诗意于心间，一段温暖的小字，犹如春来陌上花盛开。有阳光的味道，有花香的缠绕，有彩蝶飞舞，有翠鸟鸣叫。时光如简，素心如棉，草木清幽，闲花淡淡，清浅时光，相依而安。

我不是诗人，却喜欢在诗里行走，喜欢挽一束明媚，揽一份诗意，与心心念念的人，一起赏一树花开，观一剪柳韵，听几声鸟鸣，看一朵白云飘逸在天空。就这样静静地，与这个世界温柔相拥，旖旎相逢。

人生很短，谁也挽不住飞逝的流年，何不好好享受眼前，守住每一分每一秒的幸福，珍惜每一个美丽的瞬间。

谁人不是红尘的过客？在人生漫长的打坐中，能够将指尖的光阴捻成花，总会在某一个瞬间，一个不经意的回眸，于时光深处，邂逅另一个自己。这就是灵魂的隔世重逢，在无涯的光阴里，去寻那一朵前世的青莲，或是遥遥对岸的灯火阑珊。

山一程，水一程，能够挽着时光前行，抬头望见蓝天，低头看见花开，守住生活中点点滴滴的清欢，何尝不是一种简单的幸福？所有的悲喜离愁，都是命运的赐予，在人生漫长的修行中，去感恩，去领悟。总有一天，你会发现，幸福与美好，一直围绕在你身边。

守一窗夜雨，念一场缠绵

文/黄叶舞秋风

【夜雨令·聆雨】

重重帘外雨纷纷，惊了梦中人。

夜锁凄清几许，往事萦绕于心。

三千翰墨赋诗文，一笔一思君。

暮暮朝朝相约，何时把盏黄昏？

——题记

夜，雾浓云重，瓢泼而倾斜的雨，噼噼啪啪敲打在瓦楞上，汇成涓涓细流，织成雨帘，顺檐而下。蒙扰了夜的静，酣的梦，人的心。那曾经珍惜的，错过的、深情的、感怀的往事，诠释着昨天的记忆，在这个宁静隐于喧嚣的雨夜，掀起了无边的思，无尽的念。

念，那子夜檐雨下的一场邂逅；那人约黄昏后的一次缠绵；那折柳盟情处的一份深情。正如，山念水的柔情，蝶念花的娇媚，风念雨的飘摇。是沉浸在褪色记忆里的情感，翻阅过往的浪漫；于，无声处，寻找灵魂的寄托。

一样的天气会有着不一样的心情。夜还是那样的夜，雨还是那样的雨。但是，却少了以往那些浪漫的风景。时光荏苒，岁月迷离，一个转身沉浮了多少个旧梦，一次挥手又换了多少个春秋。蓦然回首，几多期盼，几多眷恋，于指尖流淌，尽在眼前。当，时光带走了如烟往事，记忆却清晰了以往那美丽的同时。所有的爱恋就如这雨滴，在粉身碎骨时，留下最后一声叹息，落地成殇。

因此，这样的夜往往会唤起那些倚窗聆雨的人，抑或是观雨赋诗的人，内心深处一种莫名的伤感。也许感性的人都是这样吧，抑或是，缱绻的思绪在雨的衬托下，更容易让人感怀吧！

楼高本怕独凭栏，在这样一个被雨润湿了心扉的夜晚。黑暗的眼，不仅，拉伸了夜的悠长，更延伸着心的寂寞。千篇一律的相思，糅入孤寒难耐的心扉，一缕闲愁，在猝不及防的瞬间，悄悄爬上了眉头。无边的思绪，深深浅浅地牵动着每一段过往，在心海里泛起层层涟漪，缕缕柔情。就如那窗外的风和雨般缠缠绵绵，横横斜斜交织在一起，形成了剪不断理还乱的万千情丝。

喜欢听雨写词，并不是因为雨有多么唯美，词有多么凄婉；只因那字里行间曾记载过某个人、某件事、某段情。人生最难放的是初遇时的情感，最难忘的是走入你心的人，放弃与坚持之间，实是难以取舍。勇于放弃是一种胸怀，执着坚持何尝不是一种勇气。孰是孰非，谁又能说得清，道得明呢。

很多时候，我们可以放下一个人，却放不下内心的那份执念。为了圆一个梦，求一个结果，把苍老的故事，遗失的旧梦，朦胧的身影，记录在唐风宋雨的平平仄仄里。那一次倾心的遇见，倾注了最美的华年；一场华丽的邂逅，潋滟着唯美的爱意。那缠绕指尖的柔情，那海誓山盟的约定，那地老天荒的承诺，那浪漫了多少个日日夜夜的红情绿意。晕开了水墨柔宣上浅绘的时光，化作相思满满，糅进雨里，写进尘封的扉页，镌刻成一段段亘古凄美的句子，缤纷着一帘绮梦，于内心深处浅浅地呢喃。

有人说，回忆是一座桥，却是通往寂寞的牢。

初读这句话的时候，感觉颇有些道理。人总是喜欢充满幻想，在那一帘幽梦的憧憬里面，承载着太多美好的期盼。转身，拾起残留在记忆中的风景。一声再见，尘封了多少爱恋；一句珍重，决绝了多少柔情；一个转身，冷却了多少安暖。那些月挂柳梢头，人约黄昏后，堆积而成的情愫，却怎么也圈不住一次执手相牵的永远……最终，只能将你的身影，定格在记忆的年轮里。因了一个情字，把心囚禁在有你的梦境中，画地为牢。

回首那段青葱似的时光，小心地呵护着一段刻骨铭心的遇见，努力地珍惜着一场缠绵悱恻的爱恋。无形中给自己编织了一个解不开的结，闯不出的网。正如人们常说的，每个人都有一个私人空间，这个空间很小，很小……小得几乎容不下所有的人和事，包括自己的亲戚朋友，兄弟姐妹。但是，这个空间一旦有人闯入，就会变得更小，因为它不想让闯入者出去。

慢慢才明白，情，需要两心呵护；爱，需要两心沟通。真正的爱情需要，理解，信任，宽容，自由。没有不能永久的情，只有不懂珍惜的人。没有不能永恒的爱，只有不知守护的心。其实，生命中真正走进彼此内心的人，才是最珍贵的拥有。用这种过于在乎的方式挽留着一段爱时，同时也正在埋葬着这份爱。你注定走不进他的心里，再挽留也没用。何不默默地把那份纯洁的爱埋藏于心，在以后的日子里，深深地品读，慢慢地回忆，也是好的。

"君问归期未有期，巴山夜雨涨秋池。何当共剪西窗烛，却话巴山夜雨时。"这首李商隐的诗，我一直喜欢得很。

这首凄婉的情诗不知打动了多少古今中外文人墨客的心。诗人与妻子之间的深情厚谊和异乡的夜雨景色，贴切地融合在一起。他暂不能归家而使得相思之情更为浓烈。离情汹涌不息，内心愈加不能平静。想象来日重逢时刻，与妻子共剪红烛时的浪漫。若回忆起今日分离时的苦恼，和品味着来日团聚时的欢欣，必有一番既苦涩又甜蜜的滋味在心头盘旋。诗人那千般心事，万般柔情，竟是如此震颤着我的心房，那份刻骨铭心的情缘，那份深情的眷恋，在这样的雨夜吟来，更是别有一番滋味在心头。

收集起飘散的过往，沉浸在旧时的风花雪月中。有时候，我故作麻木一点，愚钝一点，这世间的万象我都不想看穿，只想独守一隅，傻傻地付出，默默地厮守。无论你与我，一个转身的距离，是咫尺天涯，还是万水千山，我无法丈量爱的尺度，情的深浅。唯愿，在这样的雨夜，与你如约而至。听一场夜雨，盈一弯爱恋，执一怀柔情，浸染成无数的相思绵绵。一池翰墨，几阕宋词，在素笺中书一笔刹那婀娜，繁华依旧；任花开花谢，四季更替。

唯有，那缠绻的深情旖旎着爱恋，晕染了整个雨夜的浪漫；为你挥洒着数不尽的痴绵。莫道那，斗转星移，心如止水。莫言那，往事如烟，今非从前。一次重逢，延续着刻骨铭心的爱恋。纵使美在瞬间，也不觉得遗憾；纵使花开刹那，也不觉得孤单。

守一窗夜雨，念一场缠绵。今夜，有着说不完的爱，只因爱如潮水，有着诉不完的情，只因情比天坚。那摇曳多姿的云烟，那婆娑错落的雨丝。轻轻地，唤醒着被埋葬在岁月里的柔情。让心灵漫步于雨夜，在素笺中相牵，在水墨中相依，在宁静中相伴，只愿岁月静好。

浅夏，醉人的一盈碧画

文/开拓

　　川柳绿尽衍旖旎，浅夏际，碧盈翠韵妆新宇！暮春，若白驹过隙，本想用桃朵、樱瓣以香艳紫藤萝穿成一园精致的花环，也好给五月打上一个完整而美丽的句号。于自己每天的匆匆脚步中，几乎还不及把这份美丽编织出模样，而浸着丁香、栀子香郁的绿盈浅夏，就在用地绿天蓝、阳澄雨润，于晨曦氤氲中、于暮霭香熏的微风里，把六月新夏的首页勾勒成了一盈醉人的浸香碧画。

　　浅夏，芳绿连城、千山一碧、翠色欲滴！该说成是牵情的一丈绿韵光阴。争艳的春花儿芳馨意犹未尽之际，碧绿尽染的夏之翠盈再至。眼帘衔着春的妩媚与澄明，头上难耐的盛夏酷暑还远。这六月早早的浅夏，就宛如挂在春与夏光阴拐角处的，一帧香熏碧透的诗意盈画，诱人入境！心念里满蓄的那一季春的憧憬，今时置身于新夏之初，这浸透着繁花香郁的葱茏里，终可得以恣意放飞，尽情徜徉！

　　步入浅夏，若海潮一般漫来这无边的葳蕤绿盈，眨眼之间就于六月的门楣上涂了的第一笔生命的绿色情热。用扩幅的绿字写下了迎接盛夏的到来的楹联，早春，那托衬花朵妖娆的鹅黄嫩绿也却了矜持娇羞，若星火燎原一般以勃勃洋溢的翠盈，惊鸿之际就润亮了浅夏的眼帘，予世人盈眸沁心的一宇亮丽光鲜！那些艳了春的花儿不经意之际，就悄悄牵了浅夏碧绿情热的手，在晨曦、在暮霭；于明阳下、于细雨中；在煦风里，在城里、在原野山川……在五月尽处这丰盈的绿海里与浅夏说起了意犹未尽的香韵情话，呢喃着不情愿离去的心语。许是也醉在这幅碧画里，甘愿为夏浅之际的阡陌留一盈香碧并莲的醉人风情！

踱步浅夏，走出盘桓于心的那份春的憧憬，就走进了夏这幅香碧恰好相遇的真实盈画！芊芊草色也染绿了北国的庭园屋角；桃柳桐杨浓荫了南国的亭台水榭；川原山峦迤逦碧绿中正流淌着沁心的熏香翠韵！掀开夏的首页，映入眼帘的就是这盎然绿盈勾勒出来浅夏的主调背景。还有那蓝天、白云、阳光、沙滩；那煦风、细雨、花香、川野；那蝶儿、蜂儿、鸟儿，大自然中人人的每一张笑脸……就醉于这一盈浅夏风光，任柔和的风拂去春遗落的樱花玉瓣；任细雨润盈那碧波田田里的小荷尖尖，任阳光澄明沙滩的金，亮丽海浪的蓝。

浅夏，这一盈迷人的旖旎风光，绿了春的那份憧憬，更带来了绿色的生命情热！着实能够牵人眼帘更诱人走入这醉人的亮丽光鲜，让人来实感初夏生命的情热涌动！置身于浅夏之际的大自然。可以伸手去抚摸遍野盈人的碧绿，拈一叶清香润鼻；可以张开双手去捧一丝丝轻柔的细雨来盈润繁忙带来的压抑；可以昂头去迎一宇阳光的和煦，顺手牵来一缕微风的温暖，于彻头彻尾的湛蓝天空中，把心念系在鸟儿的翅膀上放飞，飘逸成一朵又一朵白云的洒脱轻盈。

若，芳菲尽染的暮春是一行缀满花瓣的诗，则，再添了葱茏丰润的浅夏，无疑可谓一幅碧韵洋溢的旖旎盈画；若，春可喻为娇俏可人的美丽女孩，仍有含羞青涩，则，初夏葳蕤婷碧则可喻为丰腴的少妇。盈韵倾城！一季春，那芊嫩与花瓣浸着的一份明媚撩人，平仄了无限的憧憬；浅夏，这绿韵无垠的旖旎风光，就是一幅盈人润心的、真真实实的风情韵画！这一盈美好向往真实到来，盈眸，醉心，岂不诱人入画。

浅夏，以熏香的盈绿润了一季夏的底色，只一笔绿即盈画了生命的旺与繁，一季夏的到来，美就美在万物竞绿，光与影的交错着碧盈，声与色重叠着翠韵，远山近野的满眸绿色正演绎着生命万物的盎然。一夏之初，也只想让自己也沾一衣绿色生命的情热，来缓解匆匆脚步带来的疲惫不堪，即便不惑之年、即使岁不于我，这又何妨，生命绽放的炫彩起点就源于一份执着的生命情热。烽火再十年，不失这份情热就是为了重新鼓起征帆！

浅夏，人说如烟似水，这寻常的季节轮回中可觅得一份清浅；在绿色的赏心悦目中找得一份清闲。人的视角不同，我想说浅夏如诗如画，碧盈里流淌的是生命的情热！绿色原本是生命的底色；绿色可以还原一颗纯真的童心；绿色可以洗却心底的尘埃！让人感到一份生命的清新暖意，就以这一盈心暖来缓解每天西装革履社交礼仪那无形的压力；冲淡，谈判桌上礼貌笑脸里各自谋划的无形心累；给捆绑在世俗里太多的现实无奈松绑，感染一下绿色大自然里无虚假的美，还给自己一颗已失的童心，让心灵沐浴一宇阳光和煦，重新拾一份生命情热，在这如画的浅夏里放飞一下平时不可随意张扬的压抑心情。读到这儿的你，或许会说世俗里的这些与浅夏这帧盈画无染，其实，正是这香浸碧透的一盈绿洗涤了心灵的尘埃，可以让自己寻得一份心暖，染一份生命情热，今时盈绿的浅夏才迷人、才醉心！

心念，陶醉在浅夏这一盈以翠绿为主调的醉人风光里，被浅夏的碧盈感染了生命的情热。匆匆的忙碌中，许久没有亲近文字了，职场的奔波应酬，生活的琐事几乎占了自己的全部时间。夜深人静之际且放一放现实里的争分夺秒，在自己的方寸天地里，用形散却不失神心的文字记下这乙未浅夏润亮的一抹阳光心情！就掬一捧煦阳和风中的翠盈入墨，借柔润细雨调匀。再拈一瓣花香熏笺，轻蘸一滴绿韵，来临摹一笔浅夏醉人的旖旎风光。

然，石火光阴的季节轮回中，香熏碧透，光鲜亮丽的浅夏虽醉人牵情，也终会若自己飞驰摩托车后那匆匆掠过的韶华一样会成为飞逝的一束光影。但，自己却在记忆中存下了这一抹浅夏碧盈，也拾起了一份生命情热！仅此足矣！

如此，在这留不住的碧盈里，采撷一些香艳的花儿编织一个美丽的花环再附上今夜这一行意念中绿韵小字，为一季春画上完整句号，站在夏的门旁为春送行……

春天该很好，若你尚在场

文/花谢无语

春天，在眼中已经渐渐地生动起来，如同书里读到的诗句，撇开了冬日的阴霾，放空了内心的烦躁，只在春阳绵软的时节邂逅到一丝温存，于是，心里的笑意就开始依着阳光而低眉，恍若，是突然间就想到了那个凭海临风的男子。有时候，总是刻意隐藏自己，那么多的字码里我没有显山露水地写过一句不舍，我只是努力地去感受岁月的深刻，因为岁月，终究教会我们的不是忧伤和埋怨，而是一种懂得。懂得，做一个睿智的女子，用坦然自若的风骨在俗事里行走，不盲目崇尚与攀附，不焦躁，不懊恼，不卑不惧，不大悲大喜，拥有成熟的思维方式，只用心做好一个精神富足的人，那也是如同走在春阳明烈的光里，是无比地惬意与美好。

很多时候，喜欢独自一个人在窗下安坐，温一盏清淡的茶，不张扬，不浮躁，只静静地品，细细地入味。四方桌上铺开一页纸，清水研墨，素色养心，只轻轻地画出一生的相遇。这世上，总有一种故事让我们悲欢离合地演绎着，而每一次，都反反复复地对自己说，那个爱过的人，是一枚朱砂的烙印，稳妥在心底，永远都别说放弃。如果，岁月是一道无法挽回的清冽，那么，当陌上的春情唤醒了内心的期许，我坚信，我还能够在充满阳光的路口等候，等春风吹开一朵花的秘密。

我在春天的气息里等，等那个写在四叶草上面的故事，等那一年，那笑意盈盈的脸，不经意就落入我的眉眼，我知，那就是岁月赠予给我的深深喜欢。慈悲的光阴，总是会在花开的时候，许世人一段美好的姻缘，不管结局如何，不问山高水阔，能够遇见，想来，就是真真切切的温暖。生活，给了我们四季分明的颜色，春天有风，夏天有荷，秋天有果，冬天有雪花飞舞，一切，仿佛都是禅意中生生不息的交替，是上天的恩泽。

最安逸的时候，是可以关闭一切喧哗，然后，依着心脉静静品读，读某一时写过的文字，读文字里的某一个男子。或者，已然是年深久远的故事，已然，想不起是在哪一页光阴的安排下泼墨的心思，温良中相遇，灼热中落笔，而唯有触摸着文字，才可以感觉到曾经的花事是那样的风生水起。不觉，垂下眼帘无由地感叹，谁安排了红尘里的一次会面，两个人入了眼，两颗心起了相思的念，却又不得不擦了肩，空留指间与心间暗自繁盛的遗憾，之后，等时间来印证一个答案。其实，若烦恼想得少了，喜悦就会增加得多一点，回忆，固然是一件很美好的事，只是生活，还是要不断地继续。不如，坚持做温暖的自己，不让小情绪占领着心扉，合着微笑，煮着时光，在这般纯净的底蕴里，也定然可以一个人，一程风月地美到极致。

一直对自己说，要等那个杏花烟雨的日子到来，就可以和某个人约一次旅行，耳畔是微风徐徐，眼底是暖意融融，且只将那些尘世的烦嚣都隔绝在远天远地的清旷里，止于言语之外，封存，深埋，再不碰触。也可以揽着好心情走在春阳明烈的光里，两个人的身影，邀上一程山水相陪，这样的路途或许就永远不会觉得冷清。我们，多像是时光中两枚相生的果实，守着日月轮回，守着四季更迭，守着不可重复的时光，你看我明眸浅笑，我念你相思终老，如同在心上种一颗菩提，于纷繁中绽开新姿，于安静时落成新籽，不论花开还是花谢都将是一树爱的从容。

如果，可以种一季春在风里，用心思做媒，花红为凭，不求锦书燕来，但得日月相惜，如此，是否就会在心里长出一场温暖。我们，常常用心去触摸着眼前，那半城烟沙或许会遮蔽了原有的蔚蓝，但是，心的脉络会时刻澄明地涌现，只待韶华潋滟，光阴里的你我，是否，还可以再续前缘。生命的过往，如四季的更替，旅途的辗转，最欣喜，是还可以隔山隔水的遇见，那个人，那场清寂与深情重叠的温婉，还在缠绵着岁月，湿润着眼帘，只是一回首，时光已然淡若云烟，渐行渐远。

我眼中的日子，如一件绵柔的外衣，或许已然被光阴漂白，吹瘦，泛起了褶皱，然而，在内心恬淡的笑痕里，在那一帧一件的记忆中，依旧绣满了诗意的静美。韶华的岁月，正在用毫不察觉的速度飞快地前行，我们，在阳光下晒着风花雪月，在俗事里煮着柴米油盐，在寻常中做着不寻常的梦，或许，也只是一个不留意，就已然任凭昨日的容颜老于镜中。生来，是内心安逸的女子，从不曾担心时光会让我们走丢了缘分，如若，命运的恩宠，许我们在阳春的景色里相逢，那么，请务必于往来的喧哗中寻我，待清风吹过，你会知我，是山河静好时最美的芳馨一朵。

突然看见一句话：春天该很好，你若尚在场！只浅浅地入目，心，便无由地慌了，如目睹八百里荷塘风过的喧哗，又沉寂在嫣红浸染的水泽深处瑟瑟而落。骨子里，生来就是一个装着诗情画意放牧流年的女子，将所有烟火的清欢，可与风说，可与山说，可与日月说，可与沧桑说，然后，用生命的体温去触摸岁月的恩赐，直到将三月的冰凌捂热，如花开静默里的一句佛语，馨香恩泽。如果，光阴是不断地重复与经过，不断地遗忘和记得，且待春意唤醒了草木，引领了心空，我愿守着清风素默的安暖，来笑对一场云水的漂泊。

我一直相信，用那么久的坚贞，不是我太看重缘分，只是要等一个走失的灵魂，等他归还我一颗太轻率的心！如果可以，我只想是你眼中不一样的花朵，不带有尘世的俗味，不满怀幽怨的猜测，不管寒来暑往，不问雨润风栖，只独自，开成你喜欢的颜色。如若，选一处秀美村落，有清风徐徐，桃花篱篱，两个人，依山而居，临水而喜，不求繁花似锦，唯愿老来相惜，如此的人生，又如何不是画满着美意。

一个人去看海

文/菡苕

一直以为一个人去看海是属于少女的事。一个双肩背包，一双软底轻便运动鞋，一头飘逸的直发，一次任性而浪漫的旅行。海风、细浪、落日、鸥起，面朝大海，伸开双手，就是自己的春暖花开。

也曾一个人去看海，真丝盘扣、绲边束腰、湖光水色，甚至开有大朵的荷。镂空细花小坎，麂皮墨染半高跟，就这样沿着海滨大道一直漫无目的地走着，一个人的海，一个人的孤单。

沿途有紫色小花，在脚边细细碎碎地开着，密密如雾，蜿蜒似带。天高云白，偶有赛车手掠过，一切都是静谧的。实际大海上什么也没有，只是一望无际的孤单和寂寞，但我需要这样的宽广。它可以折射出我的卑微和狭隘，就像一面镜子的两面，我来看海亦是来看自己。

我是一个好迷路的人，在喧嚣的大城市往往分不清东南西北。在我的眼里，所有的街道和高楼几乎一样，相距几千里的昆明与乌市也不会有太大的区别。去时，一对东北老夫妻这样对我说："姑娘，跟我们走吧，我们是深圳通。"我不禁笑了，这世界竟然还有人喊我姑娘，在他们的眼里，也许我还不算太老。一路上他们讲他们的女儿、女婿、外孙，甚至房屋和收入。这些细碎的故事被这个午后的暖阳涂成了金色，我也成了一个最温暖的倾听者。他们说每个星期天都会来看海，平日里买菜做饭，接送孙女不得闲。也许这就是最典型的中国家庭，随着儿女迁徙流浪，繁衍奉献。在一个绿色的山坡前，有一群五色的鸟，从头顶上空灵飞过，他们说翻过去就是美丽的深圳湾了。

海水无声地漫过眼前，淹没了一切。我希望有一天它可以漫过我的头顶，我蜷在它的波心里，枕着太阳和月亮的光晕睡眠。海水托起柔软的发丝，每一根如美人鱼般飘散，五彩的珊瑚亲吻着脚踝，我什么都可以不想，什么都可以不做，就这样静静睡去。深海佛音，有小童提水净地，心底的白莲一朵朵打开。时光是烫好的缎子，我赤足走过，格子的回廊里满是灰尘的声音，那一丝微弱的光，是灵魂的语言，一直引着我向前。

在一个凉亭下，我要了一杯可口可乐，这种咖啡色的碳酸饮料，我一辈子也不会喝上几次，只是坐在对面的两个小男孩，人手一杯，感染了我。孩子们的母亲告诉我，他们的收入并不高，租的房子，接来了公公婆婆带孩子，已攒钱在乡下的老家修了楼房。我微笑地听着，有风缓缓穿过高大的椰子树林，海水如镜，一切都是美的。我喜爱这些朴素的人们，就像我喜爱清晨的露珠一样，干净而透明。

也许有一天，我也会穿最朴素的衣服，宽大舒适；用一本最旧的字典，磨破了边的，随手轻翻两页，就有奶香和棉布的味道；也许我会褪尽所有的首饰，像刚出生的婴儿那样干净，清瞳如水，照得见自己的影子。我用放大镜观察细小的昆虫和花萼，去感受一株草木的清甜和灵气，去触摸一个个生命成长的疼痛和快乐。我委身天地，让呼吸熏暖山坡，让脉搏涌动清波，让花瓣糅进骨骼。我会穿着老式平绒布鞋，向着向日葵和太阳的乳晕一直走去，直到融进那金色的柔波里。

实际生命就是一场奇遇，就像这大海，不记得有多少爱和温暖包围过我。一路上，我碰到太多双手捧着太阳向我走来的人们。他们为我送来了种子、雨露和阳光，让我的花屋暖香扑面，春意盎然。我知道，没有他们，我的文字不能存活。我喜欢数着这些熟悉的头像，就像麦穗的清香糅进了太阳的色泽，亲切美好。我甚至知道他们的思维方式和神经末梢。我清楚记得他们的第一次留言，那些心灵的流萤甘露足可以盖过我绣花针的文字，自成一篇。望着几百层的高楼，我已无力回复，但依旧感动。虽说赏心不过三两枝，但这万里的红杏云烟，足以让我沦陷。

庆幸的是，我随意遗落的一粒粒花种，却唤来了一个柳软燕喃的春天。他们知道我对文字的忘情，知道我的清澈和透明，知道我的优雅和从容，理解我的善良和重情，懂得我乳白色的情怀和成长的疼痛。他们和我素昧平生，只是清水流过树叶，雨滴打在瓦楞，在梅雨潮湿的季节，为临窗而坐的我送来了一杯温手的茶。

他们就像这眼前的海水，每一滴都那么透亮，集结了就是铺天的温暖，盖地的清凉。

我知道我的身后是一片大海，回头就是无边的浩瀚。有多少不同的人们，就有多少宽广明净的心胸。我还知道每一天都有太阳和月亮从它的怀抱升起，博大而宽宏，温暖而可爱。

人生素默

文/汪亚慧

江南，总是多雨天气，一窗水墨，柳絮飞烟，花气浸衣，虽紫陌缤纷艳丽，然，小桥流水人家，却不失含蓄婉约，带着浓厚的文化底蕴。几分沧桑中的淡韵，仿佛时间还停留在宋词的年代里搁浅。

踏上三月四月，寻一家临水的客舍，于雕窗前，卧听燕语呢喃；读一卷宋词，朝时暮落，"烟雨暗千家"；温一壶香茗，红尘之外，"且将新火试新茶，诗酒趁年华"；铺一案满纸清气，娴静落素，在一池水墨里，调养身心。素颜青衣，低眉，提笔亘古，款款寻思，莞尔，心遗落在清风陌上……

生命，泡在绿意青青里，是可心的。

早春的困意，拥着风儿醒来，睁开，还有一丝倦意，一盏品过的茶，凉在一边，似乎等待主人醒来。窗外，谁的靠近？夕阳没有预约，就悄悄地爬上了眉尖，呻吟了一下，低眉，落在一隅清宁，贪恋谁的发香？唐风宋婉的阁楼外，兰的清幽飘入，让这个黄昏静到骨子里……

生活的琐碎，不管怎么烦心，或是忙碌，还是会给自己一些时间的娴静，脚步和心停下来，读书，写字，只为滋养心灵。

喜欢与文友不远不近保持着淡淡的情谊，更喜欢文风带着素雅的格调，字句朴实无华，却蕴含着深刻的内涵，闻有香息，有骨，有灵魂。静里乾坤，将一颗心安置在墨香，浮嚣的尘世，也就能喧中生静，静中生幽。

阅读，是心灵的养香，更多时，能调味一盏生活的情趣，由繁入简，做个安静的养心女子！

不知为何，渐渐喜欢上简居的生活，一间画室，养一些花花草草，陪伴的是翻旧的书，还有笔墨丹青。日子，安稳落在淡淡的烟火味里，着一身纯棉的休闲白色，简约舒适，享受着宁谧的安逸。

小生活，恋上淡淡的烟火味，于水墨里，丰富自己的内涵，调情生活。

开始精减生活中的朋友圈子，独留真挚的几位在身边，偶尔相聚，聊一些生活的家常，不虚伪，不做作，很亲切又温馨自在。

生活的极致是平淡，平淡的极致是懂得调情自己的生活。而所谓的调情，是培养自己一些感兴趣的东西，给生活增添喜悦的心声，耐心去经营，还有珍惜身边一切该珍惜的一切。让心怀一片素真，日子才可妥妥帖帖地呵护周全，这些都需要你耐得住寂寞和经得起世俗的种种诱惑。

一直，喜欢默然看待一切事物，眼里心里明了的，放在心底不言语，尽力做到善待别人，还有善待自己。

一些琐碎的人情，若三月飞絮，并非不懂，只是不喜于热闹里徘徊参与。更明白，这人生百味，要暗自静心慢慢细品，几分真，几分虚，几分假，才可通透，过滤出质朴的味道来。红尘，谁的入世都不易，冷暖自知。行走在云与泥的上下，算计太多，计较太多，心会滋生疲倦，品出的味道也会变味。

生活若茶，品之三道，从清香开始，至浓烈，至淡味，反复的过程，丰富了诗意的繁华，沧桑的体会。温善于人，温善于自己，纵然繁杂，若心静，也可参悟出一丝禅味的闲然。一个"静"字，得修者养得身心，思维自然开阔，一些眼皮下的小动作，不计较，自然笑笑而过之。

一个人走过青山绿水，经历了变迁，经历了人情冷暖之后，于是，笔下的文字也就多了沧桑的味道，还有那岁月赋予你的厚重底蕴，不再注重空洞的华丽，而是简朴炼句，让生命伴随文字，落在素笺的香息，是灵魂的自然，是骨子里的真。

人处俗世，烟火浓淡，这五味杂陈体味多了，对于人情交际上的讨好，自然有一种通透的认知。大风大浪也好，云淡风轻也罢，莫不如独个修心如镜，独善其身。小岁月，清宁做好自己就可。

人生，能做到看山是山，看水是水，定是有一番酸甜苦辣的透彻领悟，才可悟之一二，修其一二，淡然处之。

理解生活的实质不难，难在调整自己的最佳心态。人生可贵之处，是修得一个好的心态，容纳风风雨雨，这在于你自身的定律标准。一个人，若能时常把生活静态化，浮华绚烂便会在不觉中隔开，一种轻装上阵的感觉，身心盈盈自在，于季节轮回中，放慢脚步，自然能感受到生活平淡的点滴温馨。

岁华流去，天空，彩云归隐。不觉，看，月上柳梢，伴着夜，听木窗穿风的声音，一任落花来访，顺境闲逸中。书丛，建了一处蜗居，行走的灵魂，也就放慢，再放慢……

卸下鲜衣怒马，一庭幽深隔尽浮华，渐渐，身心，伸长了翅膀，轻盈舒适。此时，醉在一段文字里，与书窃窃私语，风不知何时来，又何时去，很清，很静，只管独自安顿。

行走在风生水起的红尘，日子，不言浮华，只握紧生命里最朴素的一寸光阴，独念，岁月初心不忘。

喜欢，文字伴着生活，参一丝禅意，伴着时光漫步，一些况味，细细地品，细细地悟，苦与乐，悲与欢，得与失，都是自身涵养的磨砺。

红尘辗转，这一路，何为尽善尽美？无人超脱，无人完完整整实现。把自己的小日子过安稳了，在自己有能力时，能助人为乐就助，不张扬，虽无法面面俱到，心却能加深一点善念的暗自喜悦，无关功德大小。没有能力，就做个默默耕耘的人，只需一步一点落实，不管身寄何处，勤俭中，持家，持业，即便平凡，小生活也可安置稳妥。

一个人，尽量做到随遇而安。木秀于林，必招忌妒；人立泰山，受人敬仰；这是千古自然的人心规律性。世事耕耘，无须羡慕他人，有所付出，方可有所回报。任何时候，做一个问心无愧的实实在在之人，守好自己的本分，就是对自己最好的回报。

给生命一份简美，可蜗居书斋，描绘云朵洁白，放空心灵下"独住无人处，松龛岳色侵"；勾勒一山一水的虚怀若谷，随心引根修。柴门远近"前村后垄桑柘深，东邻西舍无相侵"；画崖壁一枝冷梅，心里、眸中"忽然一夜清香发，散作乾坤万里春"；挥一毫淡墨，"吾师别是醍醐味，不是知心人不知。"不求有人懂得，都是生活莫大的享受。

面向社会的人流交际，携清风一缕，在时间左右我们时，以平和的姿态，从容接受。所有的繁华，一朝一夕走过，唯朴素无华，才是青山水长流……

人生，酸甜苦辣都品味过，才感知幸福真的很简单，且行且珍惜。

一半明媚，一半忧伤

文/青衣红袖

把光阴裁成两半，一半寂寥，一半繁华；一半明媚，一半忧伤。

时光的钟摆驱赶四季的脚步，岁月的衣衫沾满轮回尘土，季节的交换更迭，滋长了眼梢的细纹，青春与锦瑟在记忆的小巷刻下印记，留下芳香与明媚后，渐行渐远。最美的年华，便消散成一幅清婉的水墨画，珍藏在生命阁楼的一角。

以前，一直觉得很难面对慢慢老去的自己，每每想到自己的年龄在一天天地增长，总有一种惊恐与畏惧，不想长大，不想老去，不想让自己的心灵渐渐湮没在岁月的流沙中没了呼吸，不敢想象自己老去时的神态与样子。

然而，等真的走近了，反倒坦然了。年华的棱角已经把我们打磨地失去了往日的锐气与浮华，风风雨雨的洗礼过后，留下的则是一份宁静与淡然，一份沉稳与淡定，一颗被尘世烟火熏陶的心渐渐趋于平静与温和。

于红尘烟雨中，借一剪春风，在自己心中修篱种菊，素心若禅。流年，过往，便在清浅的日子中微笑着走过。在时光静幽中，在寂寥繁华中，独守一片清澈，在过往的伤痛与喜悦中，在时光流转的清味中，守一份心灵的温婉，品味人生。

喜欢，一个人，一本书，一首歌，阳光暖暖的午后，或是细雨拂尘的晚上，在一捧文字中任心灵遨游，思绪，如翩飞的蝶，在墨香的明媚与忧伤中看着别人的故事，做着自己的梦，流着自己的泪。于是，那些散落在记忆中的碎片便穿成珍珠项链，挂在岁月的卷帘，熠熠生辉，印满时光。

和文字相守，看繁华落寞，沐唐风宋雨。在江南的温婉中，在草原的宽广中，在飘着丁香的雨巷中，在白雪飞舞的薄凉中，把寂寞酿成甘甜与浓烈，用浅淡的情怀勾勒一幅幅美丽的画卷，独醉其中。

于是，每一篇文字都是一处风景，有春的绚丽，夏的葱茏，秋的斑斓，冬的晶莹。在寂静的夜晚，轻揽一缕皎洁入怀，在古韵清香中摇落一窗芬芳，一缕风，便会吹开梦的窗口，满园春光，立刻婷婷袅袅。柳梢摇曳，绿瘦红肥，于一枚念想中静立，枝头妖娆的春色斑斓起来，就如自己曾经追寻的梦……

一书墨香，清浅相依，淡雅与纯美，瞬间镶满情怀，如水的心，漾起微波，任一阕清词潮湿了眼眸。把灵魂悄悄放逐，在一地诗行里轻轻游走，听前世传奇，看花满枝丫。轻嗅如春芳华，美丽的文字里便开出旖旎婀娜的花儿，温暖的色彩，渲染着薄凉的光阴。寂寥，在瞬间繁华起来……

尝一杯清茶，品清淡人生。茶香缭绕中，轻握杯盏，先是涩涩的苦穿透舌尖，如生命中丝丝缕缕的羁绊与忧伤。苦后，慢慢地，就会有丝丝的甜萦绕唇齿，如，我们走过的生命路程，苦涩中也有芳香。

展一纸笔墨，把凡尘喧嚣与纷纷扰扰关在窗外，在清净的文字中，用心语烹煮生活的艰辛与喜悦，感念与相逢。生涩的笔端，虽没有华丽唯美，没有超凡脱俗，留下的却是最真最纯的情怀。一段段文字依偎着光阴，轻轻摇落过往，刻下一段回忆，铭记一份温暖，写下一段欢欣，走过的时光，便暖暖的，掩盖了忧伤，妩媚了月色。

听一首老歌，在缓缓的曲调中任思绪飞扬。或空灵或唯美的旋律会牵着记忆慢慢找寻那些沉淀在心中的故事。时光的剪影中便有了昔日欢快的笑声，还有，那些成长中的伤痛。

曾经的美丽，曾经的心碎，便谱成一首新歌，在心中默默吟唱，只是，没有了以往那么深重的疼。过往，也变得温馨与甜美起来……

一直认为，自己是个忧伤且又明媚的女子，会因为一朵花的凋零而黯然，会因为踩死一只蚂蚁而懊悔，会因为一个故事或一段剧情湿了衣襟。但是，也始终用一颗向上向善的心，在伤痛中学会微笑，在阴暗中找寻光明，在风雨中寻觅彩虹。我知道，自己不是一个美丽的女子，但是我会用最真最纯的微笑去对待身边的每一个人，对待每一份感知与相逢。

走过风风雨雨，尝遍酸甜苦辣，经历起起落落后，在自己的世界开一扇窗,听云水禅心,悟人生真谛。那些浮躁与青涩,便渐渐在生命的蜕变中变得深远与平静,于岁月静好中,安然。当初的繁华与落寞,曾经的美丽与哀愁,都是岁月最美丽的馈赠。忧伤羽化成蝶,流水载走落花,都是经年一笔,落墨成香。

很欣赏毕淑敏《关于人生的沉思》里的这句话:生命是为自己而存在的,它是一件朴素而自然的事情,不是在众人之前的杂耍……尽量,让自己朴素,让心态回归,淡然而从容地走过生命。不要一味地伪装,而让自己失去了应有的自然与纯美。即使是一枚叶子,也要点缀春色。即使是一朵小花,也要开出自己的颜色。不矫揉,不做作,只做真实的自我。

世间最难得的就是一颗平常心,不以物喜,不以己悲。静观云展云舒,遇事沉稳不惊,在自己的人生轨道,用淡然若水的情怀,在清浅的时光中盈满暗香……生命的坎坷与艰辛,悲欢与沧桑,在经历后都将是一笔丰厚的财富。那些老去的岁月,那些走过的风景,于寂寥中一半繁华,于明媚中一半忧伤。

不怨恨岁月的苍老,不强求遥远的奢望,守着一份平淡,一份安然,守着自己心灵的田园,在柴米油盐中做一个烟火女子,在墨香袅袅中做一个婉约的女子,在生活家庭中做一个布衣的女子,在忧伤阴霾中做一个坚强的女子。

已近中年,心胸坦然。从今,只想做一个淡淡的女子,不浮不躁,不争不抢。做一个真实的女子,不虚不伪,不妄不菲;做一个明媚的女子,不张不扬,不疯不狂。做一个向善的女子,不媚不求,不欺不瞒。不是不追求,而是不强求,在自己的人生轨道,淡然而从容地走过属于自己的风景,不求轰轰烈烈,姹紫嫣红,唯愿平平安安,怡人清秀。

感恩每一份温暖,感谢每一次相逢,感动每一个生命,感念每一枚小确幸。一日三餐，相夫教子，静守那些小小的幸福和欢喜，心如止水。用善良温和要求自己，用平静淡然原谅自己，用"上善若水"规范自己，不争名利，随遇而安，博大坚韧，清澈见底。素衣白衫，净面朝天，在心中种一朵莲，纯净似雪，莲心若梦，在一方净土寂寂开放，独自洁净，独自妖娆，朴实自然，清澈向上，那些岁月的忧伤，也会在心湖开出明媚的花来。

爱，是灵魂最深的抵达

文/水墨莲花

生命中，总会有一个人，未曾邀约，却独独为你涉水而来。跨越空间，穿透世俗，轻叩你灵魂的窗棂，撩开爱的神秘面纱。纵使远隔万水千山，依着那似曾相识的气息彼此靠近，相视莞尔，伊人的名字，便悄无声息地跌落在你的心湖，漾起点点涟漪。

问世间，情为何物，直教人生死相许？

也许，杳渺无定，太多漂浮的心灵需要归属，寂寞的灵魂需要依托；也许，清风冷月，冰寂已久的孤独需要温暖，漫漫长夜需要陪伴厮磨；也许，落花伶仃，需要给生命一个灿烂的理由，给前方的路一个幻妙的期许。

如此欣喜的遇见，自然、澄清，涤荡着世俗的尘埃；如此缱绻的情感，交融、渗透，却不惊扰现实的疼痛。两两相望，已是不离不弃的知音；默默相守，已是无怨无悔的释然。

有人说，长相厮守的爱连光阴都是美的。我想，说这句话的人一定是刻骨铭心地爱过，唯有爱过才会解读得如此灵动。生命中美丽的爱情，让彼此在爱中尝尽百味，也顿悟了深浅浓淡，冷暖悲喜。爱，就是彼此心灵间不需要说出的那份默契和感动，悄无声息，却曼妙无比。

爱到深处，眼睛下着雨，心却打着伞，爱的世界里，什么都抵不过灵魂的触碰。

谁将柔情深种，相知又相逢？谁将真心暗许，相依又相随？谁是你脆弱里唯一的灯光？谁是你含泪一笑，坚强走下去的理由？总有一种灵魂的相契，站在如约的渡口，共赴一场精神盛宴；总有一种善良的温暖，携了心底的阳光，照亮生命旅途的前方。

一直认为自己是个俗人，生活在情绪里，或喜或忧，我都是那种女子，偶尔会任性，傻傻的小敏感，心事飘忽不定，而你，依然在彼岸目光倾城。你的眼眸，清澈明亮，似一泓深潭，幽深、沉静，缓缓地包容了我。时光，渐行渐远，跌跌撞撞的成长中，不知不觉我们成为彼此的支柱，无论曾经经历过什么，至少你还在，我也在。

没有人，比你离我的心更近，你是我，每每念及便心生柔软的人。你总是让我，情不自禁地含笑流泪，那轻轻的疼，淡淡的喜，清丽而妩媚地温润着我远眺的视线。从没说，我们错过了多少，却在心里默默庆幸，我们终究没错过这次美丽的相逢。遇见彼此，便是彼此喜欢的风景，我们款曲交融，互相勉励，那种唯一的感觉，在灵魂深处氤氲着丝丝甘泉，在宁静和安谧中浇灌、滋养着我们的精神家园。

相伴走过的岁月，点点滴滴，如一段长长的藤蔓，顺着心里，缠绕着，攀爬着，不紧不慢地把爱的纹络，悄无声息地根植于彼此的心中，渗透到生命里。那些美好与圆润，渴盼与感动，默契在彼此心间流转。原来，我们彼此早已经习惯，习惯这不求耳鬓厮磨的轻声软语，习惯这不求朝朝暮暮的缠绵相依。轻轻触动情感最脆弱的一面，恰如花蕊，交叠于花瓣之中，最是娇艳柔美。

人间，每一种深念，都有自己诠释的方式。一声问候，一句祝福，都是在传递着感动与关怀。那幸福的味道，隔着碧水云天，不入眼，却入了心。我知道，此生的羁旅，始终有你的微笑，暖我，在子夜的梦里。

你不是我，最初的遇见，却是我，最后的珍惜。天涯远，人心近，你是我，此生，永不后悔的相逢。没有朝朝暮暮的缠绵，却有一路相惜的和暖，在离我最近的心口里搁置着，给我一份小小的领域，不够大，却是独一无二的暖。一声问候，传来一缕心香。无须更多言语，就可以感觉到一种真实的所在，清晰的梦，暖暖的留。伤也罢，痛也罢，我用最真挚、最细腻的心思缓缓地写着，把心内那些微妙的变化妥帖安放。

纯纯的爱恋，真真的情感。在每个意念交会的时刻，我们都会感知真正明亮温暖的幸福，并不只依赖于尘世，而源于灵魂的相依。

时光里，你一直在，我一直明白。那么多的绝美、诗意和纯洁，那么多的梦，都只抵达一个风景。摒弃喧哗，唯求懂得，相生相惜，相伴相守，以不动声色的慈悲，不再恐惧人世沧桑与无奈。

爱到深处，不求，春华无限，不求，相映成趣，但求灵魂最深的抵达。

在凉薄的世界深情地活着

文/树儿

微风轻卷，花香弥漫。这时光是那么的安静，没有一丝涟漪，看着风把一枚花瓣吹落，飘落在掌心。于是，我把心事收藏在一朵落花里，不再翻阅流年浅伤。只是，那溢出的花香，仍旧不小心泄露了秘密，只好任由相思爬满那堵回忆的墙。

【一】沉香，墨字天涯

都说，有缘便会再见。"缘"这一字含有多少无奈，多少期盼，多少希冀。行与阡陌，遇见无边风景，是眉间心上的妖娆；转身却又因错过一世情牵，落悔黯然。万般情愫，是搁浅的忧伤挽起的惆怅，是心里的痛眼里的泪。是时光终无法承载的负重，而彼时的惊艳亦都不肯再记取。

昙花飞落，凉薄望穿，一叠一叠的心事是翘首企盼的能再次回眸，是深深触入心底的悸。其实，我们该庆幸，在这厚重的流年里，还曾有过一段温情过往，一段携手同路。以后的日子，若能掬一捧清欢，许自己一份岁月静好，温和从容，才是不负曾共度一程山水的缘分。

若有幸，在某个转弯的路口再相遇，道一声：你好。微微含笑，便是不负韶光，不负你我的再相见。

【二】若水，相望年华

常常，纠结的情感找不到出路；常常，迷茫于来往间的烦琐。看似热闹的，其实都有着一颗孤寂的灵魂。

你说，行走红尘，是为了寻找那个相似的灵魂。那么，穿越万千人海，跨越八百里河山，是否就是为了寻觅那丝熟悉的气息，然后住在彼此的眼眸，守护着彼此的幸福？

也许，三千青丝，终抵不过世事的变迁，多少风花雪月，亦都会埋葬在时间的流光里，无声无息以至被遗忘。但是，却因着有一方守护的天空，便会觉得无恙。望万水千山，只在灯火阑珊处相守，任青丝变白发。凝固的身影，是细雨微光里花开的镌刻。

你在，我在，守着最简单的彼此，便是凡尘烟火里给予的最美。简单地幸福着，简单地快乐着，如此，如是。

【三】缱绻，旧日时光

旧时光，是一阕让人温情的无法遗忘的章节。穿过岁月的长廊，回望经年的风景，我不知，是隐在烟雨后的一叶轻舟，还是曾经逐梦的足迹，甚或是那青石板中回旋的雨声，难忘，抑或不想忘。

细雨依然，只是伞下的心情已不复初初了。常说，要以我手写我心，只是那片片凌乱的思绪，该怎么涂抹出涩寞的遗憾，是丢进风中，还是淡入烟里。若，用弹指刹那，便能换得彼岸芳华，我会合掌轻许，用落尽繁华的桀骜，换得此岸的静默凝望。不语，最是情深。

经年相隔，已经不知道再怎样说出旧年的风情，坐在徽水之畔，轻哼一阕歌谣，写下"唯有安然"，算是寄给旧时光里的半封情书。

只是，说好的来世一帘胭脂约，我依然会赴约，哪怕，依然会从此天各一方。两两相忘。两两不忘。

【四】花开，千里皆香

我相信，这世上每一个遇见每一场邂逅都是有原因的。不论是前缘还是今意，有些美好就这么不期而至。都说相逢是歌是诗，那么庆幸总有一场遇见可以让我们歌，可以让我们诗，可以让我们温暖。

其实，有些情分无须过多地嘘寒问暖，只要知晓你一切安好，知你如意，我便觉得欣喜。若你悲忧，我亦会感同身受。我们都明了，情在心里，惺惺相惜的情谊都融在未出口的话语里，微笑是我的语言，祝福是我的台词。静心宁默，我只把所有的祝福放在风里，绵延至远方，我不说，你一定要懂。

阡陌婉转间，又是一季花开，初夏的词牌潋滟着时光的歌谣。而我在等，等一场雨会带我奔赴一场相约的盛宴。

然后，我会在某个阳光明媚的午后，合着浅浅的花香，写下：明媚如初，温暖如初。

烟火流年，绿肥红瘦

文/鸢尾花

【绿】

从春天中醒来，睁开了惺忪的睡眠。窗台上落满了花瓣……

不知道，雨是从什么时候开始滴落了缠绵。敲打着屋檐上的瓦楞，诗意和着悦耳的声音，一并落进了梦幻之河。打开窗，触摸着这个季节独有的湿润，心，忽然有些悸动。

枝头的姹紫嫣红少了先前的艳丽。一地的春日，不觉中，被初夏的热烈惊讶，躲进季节的日历里。那些曾经春天浅淡的颜色，转瞬落入夏的葱茏，那么耀眼夺目，那么明翠青葱……于是，绿，开始张扬，近乎疯狂。

雨中的草地，奔跑着打着赤脚的孩子。快乐的笑声肆意回荡，有些夸张，却无意中打动了心房。偶尔走过几个结伴的女孩子，雨伞下的花裙，像极了蝴蝶的翅膀。是被天真调皮的孩子的笑声感染了吧，要不然，怎会笑靥如花？一阵风过，孩子们身旁漂亮的小伞被吹得四处凌乱，追逐着，叫喊着，和着满目的绿色，有怎样的画面能比得上此时的生动呢！

邻家的爬山虎，此刻，正在墙上安闲地享受着温润。那丛绿色中爆发的生命，让我不由想起火烬春生的野草，历经炙烤后的重生和涅槃，又何尝不是我们每个人所要经历的人生过程？看吧，它们就那样，旁若无人地一直向上，直到绿色爬满了墙壁，直到看着这满目的绿色给人们带来了清凉。时光，如此动人。夏天的颜色似乎除了欲滴的绿，再也没有其他的主宰。那些浅绿、淡绿、深绿、翠绿、葱绿，那么招人欢喜，惹人怜爱，迷了眼，慌了神，沁了心，繁茂得熠熠生辉，那么干脆。

此刻，我想起了朱自清笔下梅雨潭的绿，想起了田野中绿油油的秧苗，想起了雨后初装的花草树木，想起了这些平凡的生命。心，兀自暖了起来。那些岁华中的伤痕累累，此刻，已经随着流逝的光阴，一并沉淀在心底。但，那倔强的姿态，昂起了低垂的眉！几多轮回，几多相思，没有呻吟的伤悲，只有更迭的年轮，铺展来年的张扬。

生命之上，铺满了绿荫，一如这些蓬勃生长的植物，亦如这悦目的绿色。从此后，用心灵的绿色耕种桑田，进与退，都在光阴中挑染起一抹生命的原色。

【肥】

听《鱼和水的故事》，纠结的思绪开始明朗，一些念想长满了人生的回廊。站在季节的风里，凝视着眼前这喧闹鲜活的世界，缱绻于这份如画的美好，一切如此嫣然、妖娆。

山间的杜鹃开了，绚烂了一地。迷人的样子，把崖角下的一汪潭水欣喜地乱了方寸，漾起一圈圈的涟漪。成群的鱼儿，追逐着被风吹落的花瓣，臃肿的样子竟然在水里显得那般灵动。"西塞山前白鹭飞，桃花流水鳜鱼肥。"不禁感叹唐人张志和在《渔歌子》中的这句描述。虽然和入夏的季节有些不合时宜，然而却又刻画得这般贴切、这般生动。

无疑，那些鱼儿是幸福的。不是吗？泉水常年奔涌着，就连经过山涧的溪水也来凑着热闹，他们把一支支涓流汇成一匹白练，犬牙交错的岩石间倾泻而下，挟裹着阳光下的彩虹，在幽深安静的潭里，给了鱼儿一个苗壮安全的家。无疑，无疑，潭水也是幸福的。试想，假如没有了鱼儿不分昼夜，不离不弃地陪伴，该有多么寂寞。这样的鱼水之欢、相依相偎，羡慕了多少尘世的恋人，又忌妒着多少天涯的离人？眼前的景象，忽然地虐心。

夏，开始在一首诗中张扬，在闲时的午后泼墨，在有你在的时候，怀想一阕清词，用满满的思绪和忙碌的时光，换一曲清音，悠扬笛声的委婉，给这个世界每一寸念想。你不仅仅是我心上的妩媚，还是这个世界的天涯。我在一分山色，一分水色中，把相思入尘，与光阴共眠。于方寸之间，勾勒出一幅画的丰满，于季节的长廊里，丰润流年。

此后，相思未瘦，思念渐肥。与一首歌和一首文字一起，跌落进时光之河。

【红】

在三月跌入桃花的容颜，是五月的榴花似火，更想起玫瑰的娇艳，和一簇簇盛开的杜鹃。就像当年相思的丰满，粉面含羞，在不经意之间落入爱情的海，直到笑成一朵花的绚烂。

人间芳菲，也以最疯狂的样子在春天张扬，在夏天沉淀，在秋天凋零，在冬日孕育。直到茫茫的雪野中，我开始穿上最炫目的民族服饰，亲吻冰雪的洁白，洒下红尘中最真实的浪漫。

其实，人间最美的是花，还有女子。她们组成了这个世间最真实的红尘和烟火，她们掌管着植物界和人类的盟约，用最动人的样子装饰着身边的世界，也用最美的笑颜迎接着每一天的朝霞和黎明。我知道，在红尘之中，女子和花，注定是与这个世界结盟的。一如当年动情时的嫣然一笑，又如情深似海的热情和疯狂，又如刹那间，转瞬即逝的烟花……

茫茫红尘，生命以它最热情的样子，繁华着；也以最悲情的画面，苍凉着。我知道，这繁华与苍凉之间，是一场噩梦来临之后的醒来，是一场缘分逝去之后的悲壮，也是思念和怀念的开始，是一场诀别在尘世中的回响。

落地有声，宛如化蝶归来的绝唱……

【瘦】

淡蓝的衣衫，裹着一个女子的相思，衬托出娇美的容颜。月辉，开始把一份相思挂在树梢上。

身后那扇湖蓝色的百叶窗内开始有风吹来，夜幕下，我看着窗台上的吊兰落寞的样子，心落进了尘埃。

开始学着安静下来，用潮湿的心湿了一笺黑白的小字。那些跟心情有关的文字和记忆，开始挣扎着纷纷谢幕。听那首《淡蓝色的情书》，读着远方友人寄来的书信，午后的光阴，就这样从指间走过。

很久没有写自己喜欢的文字，只因这落雨的心情无法泼墨。城市的灯火，次第明灭，多少的故事也在夜晚中归于平静，静寂于红尘。多少轮回，多少痴恋，都化作尘世的烟火，泯灭于恋恋风尘。终于懂得，醒来时的月亮西沉，是一场梦魇的离去，一道时光的折痕。

此刻，我仿佛听到远方有笛声和箫声传来，含着一个季节的凉薄。一些情分，就这样走到了尽头，竟浑然不知归处。很久之后，我开始挣扎着抛却所有的负累，用一颗心翘起一个温暖的现在，给自己，也给过往一份答卷。

夏，淡了。文字和心情亦是。开始平淡着每一寸的光阴，清寂着陌陌红尘，积攒着一丝眷恋，把甜蜜和忧伤一并咽下，尽管被噎得双眼含泪。

想起丰之恺的《人散后，一钩新月天如水》，夜凉、茶冷、四周一片空灵，而人，孤独于月下的寂影里，仿佛站在云端。虽日日繁华热闹，却最是寂寥。人散后，一钩新月天如水。

此后，只想用一阕词、一盏茶、一怀愁绪，和着一些修炼，慢慢淡出红尘，用那颗开始溢满禅意的心，给我的爱和亲人！

收拾一些文字，放在这里，你懂，或者不懂，再无怨尤！你的烟火，安然静好；我的流年，绿肥红瘦。

小欢喜

文/秦淮桑

【一】

欢喜前面再加一个"小"字似乎就有了一种纤细的意味。小欢喜一定是有温和淡静的底色，描着春生薄然的枝丫，开幽素幽素的花，而后，落人一身清淡隐秘的芬芳。

它与喧闹无关，与浮华无关，更与庸庸碌碌无关。因为，小欢喜由始至终都是淡然的，犹如疏风细雨过跟前，淡然，又清寂。

去见喜欢的人，是穿了半旧的裙子。半旧，到底妥帖一些，随和一些，让人一眼就看出她的寻常美，含蓄，亦隽永。

棉的，或者是麻的裙子，长及脚踝，裙摆宽一点，上面有疏影横斜，有绯红心事将开未开。而上衣，只能是白，贴身的白，远在云端的一朵白，才真是浓，浓得化不开地，温柔着、缱绻着。

再搽口红，挑了桃朵一样的颜色，粉，且艳着，不语，又娇嗔，眼角眉梢都是小欢喜，浅盈盈的悦然让人如沐春风。

与他走在田头陌上，牵着手，靠得很近，甚至可以闻到他衣衫上清新的洗衣皂的味道。去看油菜花，满眼的黄黄绿绿漫成海，置身其中，只觉得春光绚烂，花事绚烂，而空气稀薄。不用看，也知道自己颊上晕着两抹胭脂红，很浅，很浅，风一吹就散。

隔着两垄油菜花看他，语笑温和，落在温润明媚的时光里，才真是百看不厌的好，自然有小欢喜，埋藏于心，于眉，于眼。

欢喜相视而笑的刹那，亦欢喜春风十里，不如你。

【二】

白音说，从前，去看杏花的路上，希望能路过一场细雨，因为你是杏花的江南，江南的烟雨。如今，去江南的途中，只想能走在一首词里，在某个青石巷的尽头，有一家古朴温暖的茶馆，木窗雕花，瓷瓶插枝，一个人，静静守一杯茶。

读罢，怡然。想那娟秀小字，如此清虚淡雅，如此月白风清，一行行读下来，是会让人忽然不知身处何处的吧？

闲来一瞥，这般悠然景致，已是让人陶然忘言。

欲寻归路，又见满目芳菲，想折一枝藏于袖中，带回家，插在梅子酒的空瓶里，作案头清供，又怕经尘俗的烟火一染会失了字里行间的婉转空灵。于是只好作罢，于是只好转山转水，寻一条小路，走回自己。

想起那天与画轩窗说，桑与白音，一个是荒野的蔓草，一个是春风里的诗行。蔓草落地生根，如白音说的"洒然，妥帖，不拘谨"，这一生，唯愿随喜而安。而春风里的诗行，含蓄，蕴藉，香远益清，是让人读过就不能忘的，唯有，珍念于心，素喜于心。

有生之年，桑若去江南，一定去看"山径花乱开"，看"溪边云卧石"，看"窗前花对月"，去听青石路上足音的碎响，听夜深风竹敲清韵的雅致，听深巷清早的卖花声是否会如期响起。

一定要一个人，清清朗朗，寻寻常常，予自己一剪闲散的光阴，静守一杯茶。也许，这样，我就能更接近你内心的清淡从容，与寻常不染。

想着，茶时光漫漫，慢慢禅寂了，而我，那时终能与你相遇，于一行诗，一盏茶，一朵花开的时间里，内心自有小欢喜，婉约美丽。

【三】

傍晚，日头昏昏，落得缓慢。我在等人的时间里读完三封信。有枯干的花瓣安然落在纸页上面，虽有浅浅颓然之色，但凉薄而美。我想象着她把花瓣放进信封时的心情，是不是亦有小小欢喜凝在眉弯？

有时，我在衣襟上绣自己喜欢的字，或和一朵温暖的葵花合影，看见枯朽的老木头旁边长出一株小小的草……那些时候，心里总会忽然漾起暖暖的欢喜意。

有时，看雪小禅的微博，三行两行素简小字记着寻常逸事，比如，用菜市场买回来的菜墩子做茶台，若再摆上一捧雪，摆上小禅茶，便觉有说不清的古朴与说不清的雅意悠悠。

再比如，她用乡下捡来的破竹篮装书稿，一桩朽木插上路边随手采来的野花，别出心裁地，用随性女子的心思布置着生活，丰盈着生活，把一个个平淡的日子过成有声有色的模样，成诗意盎然的模样，且自得其乐，乐在其中。

我想，那样的女子一定居家，一定热爱生活。她无论看书、听曲，还是写字、喝茶，都一定欣然喜欢，笃定安稳吧？

只因为，小欢喜其实不必山长水远，不必天高云淡，它简单、真挚，来自于布衣蔬食，来自粗茶淡饭的不争与妥然。

心中卧雨

文/倚窗听雨

朋友笑着说，等下雨吧！下一场淋漓的雨，你就盛开了。

我是喜欢雨的。

且不说雨下在何地，塞北还是江南。

有人说，江南的雨温润无骨。梅雨季节，你若进了江南，便被一种气息笼罩，湿湿的，泛着潮味。那种感觉稍显暧昧、颓唐。

去江南就一次，恰好碰到了雨。一柄遮阳伞瞬间变成了"油纸伞"，撑起在寂寥的雨巷，虽不忧郁倒也有几分惆怅的模样。因着湿湿的天气，误了行程，有种被迫住下的感觉，却是心中的万千欢喜。推开房间的窗户，是复古型的木格子，显得沉重古老，有着宋词里的味道。

雨，沿着木窗户流下来，滴落在窗台，是密密的，细细的，润润的，生怕惊扰了我这个异乡生客，柔软得感觉不到任何凛冽和凉气，反倒是一副让人念念不忘的媚态。

我的窗前没有芭蕉，也无荷莲。自然听不到"雨打芭蕉"，亦感受不到李义山的"留得残荷听雨声"这两种境界。但，我是满足的。因为那雨里，有缠绵悱恻，有一袭旗袍掠过的身影，有着让人想入非非的旧光阴。一下，我的心似乎就回到了南宋王朝，落寞中夹杂着婉约和颓废。

江南的雨，最使人心生苍翠。好端端的一个下午，就坐在窗前，静静听雨，仿佛一缕一缕的雨丝不是下在地面上，而是卧在心里。就像长了苔藓一样，从台阶的缝隙中冒了出来，不经意间生动了气象。这一卧，就是千年。

当年，正是一场细雨，一把破旧的油纸伞，成就了一段旷世奇恋，人与妖的缘分在西湖的春天上演。倘若没有那场雨，这凄美的故事也就断了根，不再生芽，开花……

雨下起来，就像闺怨的女人，嘤嘤嗡嗡，虚掩的门楣，里面的境况你一无所知。你只听到了哭声，似有似无，一个黄昏或者深夜就过去了，可对于她们来说，仿佛漫长得几个世纪。

我喜欢江南的雨，那是诗词里的"惊鸿"，是戏文里的"胭脂"，惹得人白白生了情。

一个叫戴望舒的杭州诗人，把《雨巷》情结送到了如今的每一位诗人心里，谁都想在诗歌里逢着一位丁香一样的姑娘，那一定是诗歌走到了春天。应该还有雨，细细密密的春雨，她来了，就在眼前。

雨，来了吗？看窗外，没有下雨，只是我的心里一直卧着一场雨。

我是西北的女子，巍峨庄严的秦岭山脉，悠远流长的渭水河把我紧紧环绕。这里没有江南的婉约细腻，却有着西北的粗犷别致。雨，偶尔也会降临，往往是一场淋漓畅快的急雨，一下就能把人掳去，连根带枝地抢走。

突然，你会想到《红高粱》里的余占鳌和九儿，媳妇是抢来的，不管你愿意不愿意，孩子是我的种，不管世人如何看待。这雨，何尝不是如此，特别是夏日，前一刻还是火辣辣的太阳，高温37℃，忽而狂风四起，树摇物飞，一会儿工夫不到，稀里哗啦就下开了。你看，路人来不及撑伞，就被淋得湿漉漉，衣服裹体。

"爽快！"避雨的大叔们，并不担心如何回家，仿佛一门心思赏雨。

我常常遇到这样的情景：农忙时节，说下雨马上就下了，就是瓢泼的感觉。大人们一溜烟往回跑，孩子们站在村委会的大门前看热闹，个个都是落汤鸡。没多久，雨就积水成潭。但是，停得也快。大约半个小时后，天又亮了。我们穿上雨鞋，在泥水中蹚过来蹚过去，有时还会跌倒，瞬间笑声一片。

如今，喜欢在下雨的时候泡上一壶茶，慢悠悠地听着音乐，无论是滂沱大雨还是微风细雨，我都没有了小时候的劲头，多了份安静和淡然。仿佛在渭水河畔，也能感受到烟雨江南的婉约和柔润。我想诗词中的境界是有通感的，主要缘于心的清宁和安恬。

不是心中无雨了，是心静了许多。听雨，看雨，到了一定年纪，该是换一种方法聆听了。不然怎么会有少年听雨和中年听雨的区别？蒋捷的词，至今记得，淡淡的忧伤中听的不是雨，是人世的沧桑变迁。

江南的雨住在诗词里，西北的雨掠过肌肤，殷实而真切，有丝丝凉意钻入骨髓。触醒了我。

心底一直卧着一场雨，它下在尘世的外面，却住进了我的世界。是一纸素笺的细细密密织就，也是一次又一次文字里的碰面，我与雨隔着尘世相恋。于是，模糊的窗前，我读它不倦。

听雨的人，都是生了闲心的人。我承认这个夏天我是个闲人，闲得除了涂画几行粗糙的字再也无其他事情可干。那么，生了闲心的人是不是就是别人说的老呀？

我老了吗？他说，不老。

午睡起来，一个人在屋子里踱来踱去。燥热，盼雨。

他说，写点字吧。别闲着。

写着写着，雨真的就来了，疾风暴雨……

想问，我是不是盛开了？

六月，与阳光同行

文/桃园野菊

六月的早晨，清爽而沁脾；六月的山水，翠碧而葱茏；六月的天空，高阔而明澈。每天的晨晓，我带着无比雀跃的心情，奔跑在晓光的清新甜润里，漫步在霞光的朦胧魅影里，与日月同行，与天地握手，与晨鸟言欢，与草木倾心，与自己独处。

清风徐来，撩起飞扬的思绪；彩蝶飞舞，拨动曼妙的心弦；梵音缭绕，蹁跹如莲的心事。草木恬淡的气息，花丛清淡的暗香，海水汐落潮涨的淌漾，柔美的霞光弥漫氤氲，交织出我心底对生活、对世界无尽的爱恋与迷幻的诗情。

这六月，白灿灿的光亮，碧透透的水泽，绿茵茵的草色，一阵阵凉风吹来热烈而奔放的生命气息，一束束朝霞硬生生穿透飘荡的云朵，一轮白灼灼的东升旭日缓缓探出头来，与迎面奔跑的我撞个满怀，我心中不老的梦啊，就如同这徐徐升起的朝阳生生不息，连绵不绝。

人的一生，走过很多的路，跨过许多的桥，看过很多的风景，历过许多的尘事，随着年岁的渐长，随着阅历的增深，蓦然回眸，会骤然发现和领悟，最珍贵、最值得珍惜的东西，不过是时时围绕身边的寻常物，譬如阳光，譬如雨露，譬如亲情，譬如大自然所有的无量馈赠……绝大多数的时候，忙碌的我们总会对他们熟视无睹，殊不知却是我们生命里的无价之宝。因为阳光，所以温暖；因为雨露，所以滋润；因为亲情，所以安暖；因为大自然，所以美相随……

短暂人生，刹那芳华。有一种风景叫与阳光同行，有一种美丽叫春心永驻。无论人生的路途怎样荆棘丛生，不管生活的琐碎多么繁芜嘈杂，只要心种阳光，只要心存美好，相信再匆忙的我们，也是可以做到，宠辱不惊，闲看庭前花开花落，去留无意，静赏天外云卷云舒。因为懂得，所以慈悲；因为珍惜，所以美好。

流年似水，轻盈回眸。风雨人生路，忽如远行客。一路走来，风雨兼程几十载，跋山涉水不言弃。远逝的流光里汩淌着不变的情愫，昔往的铭记里漾动着惊心的感动，生命的小舟一直向阳向暖的方向逶迤而行。每一段路程在生命的轨迹上皆明媚成一道独有的风景，每一程记忆都旖旎成一处最美的典藏。

日子，就像一条淙淙不息的小溪，只要信念不灭，皆可在千山万壑间寻得属于自己的位置。生活，就如一首百听不厌的老歌谣，只要精髓犹存，便可成为千古传唱的神话，弥久生香。摊开手掌，敞开心扉，让阳光洒满心房，让心田开出诗意而绮丽的花朵来。

素色流年，缘聚缘散。每一段生命历程都是命定的因缘，每一种相遇都是岁月的赠予。感谢，生命中每一次遇见；感恩，生命中最美的情谊。有些话，纵算不曾说出，彼此也都懂得。有些故事，纵使不曾以圆满收尾，却也丰盈了生命；有些人，不管岁月如何荏苒，却永远留在心间，红尘路上，有你有我，精彩纷呈。

相逢是缘，相知是暖，路上的风景，收入行囊，封存在心。百转千回，风来尘往，一直记得，自己的心时刻向往着温暖，崇尚着美好。年华如水，多少故事湮灭在时光里，多少往昔遗落在风尘中，一念之间，天壤之别，一念温暖、一念明媚。才明了，无论何种相遇，皆是人生路上不可或缺的必然，皆是生命里无以言说的美妙。

香茗一盏，闲书几页，时常伴我行，在一叶扁舟的书海里徜徉遨游，丰富而惬意。弦月一轮，清风几缕，常常怀揣在心，于一抹盎然诗意中觅求醉美痴迷，做如莲似菊的素心人，清淡者芳香四溢，纯善者暖意融融。

绵绵情意，缱绻心语，文字里的知遇，是隽永平仄中生出的暖香，令人回味无穷，悠远而绵长。文字里的爱恋，是心与心的贴近，是魂与魂的相吸，纯净而深浓。你许我地久天长，我允你天荒地老；你应我一如既往，我诺你情深一往。情爱的世界里，铭记一份暖，执意一份真，坚持一份诚，信守一份情，因为爱，所以爱，因为情愿，所以心甘。始终相信，付出就是最美，施与就是收获。

纵使转身，即便擦肩，也要在交集的时刻，把情深种，将爱深植。生活是不完美的，但不能因为它的不完美，而放弃追求美好；人生也是遗憾多多的，但不能因此而不去尽量减少缺憾。山水里沉醉，花香里曼舞，文字里婉约，坚守一场情缘的灵犀，相信真爱的永恒，许一份眷恋悠长，用浅墨淡彩描摹一片蔚蓝，用清浅素笔书写一份心念，研墨挥洒间，一路翰香晕开，此岸彼岸，我在这头，你在那头，遥遥相望亦是暖，默默相守也是美。

阡陌微尘，茕茕行走，别让自己背上的行囊背负太重，适时减负，适当减压，才能走得更轻松，才能奔向更远的地方。生命的精彩在于：把握当下，微笑前行。人生的微妙在于：浅吟低唱，且歌且行，且行且惜。

一直努力想要做一名清水样的女子，心湖是一片蓝色的海，静水流深处，彰显生命之最美；波澜壮阔处，呈现生命之内涵；阳光遍洒处，波光潋滟，盈盈生辉。不必洗尽铅华，无须过尽千帆，不管是长风浩荡，还是浊浪滔天，我永远是我，不一样的烟火，不一样的风景。

这个六月，就让我与阳光同行，与爱相随，与暖相拥，将最深的情意隐于心海，把最真的自己晾晒在艳阳下，牵上季节的手，一起漫游在细碎而清瘦的光阴里。人生最美的景致就是，你在，我在，阳光在，温暖便在。

淡墨江南，留一份初见

文/琉璃疏影

很想，去江南，这是一个做了很多年的梦。想去看看青石巷的悠长，想去看看斑驳的青墙黛瓦，想去看看深深的庭院，到底印记着多少流年的过往，留下了多少绝代的风华。

六月的风，穿过岁月的长廊，摇醒了青檐下沉睡的风铃。时光，温婉从容着世间的喜怒哀乐。回首，无论，我们走出多远，荷花依旧会从池塘里抽出月色的清婉，往事依旧会在岁月里绽放出花开的馨暖。

转身，将浓浓的思念，安放于季节转角的那次初见，不言，不语。用禅心滋养，以梵音轻唱。多想，在这六月的雨中，撑一把油纸伞，陪你安静走过青石巷的幽深。看青苔时光，在苏堤的岸边生出一些诗意的句子；看一些香草般的过往，在记忆里来了又去了；看一些经过的人走了又来。曾经，合十的暖，总会在这个时刻，如这绵绵的细雨，填满了生命深处的每一处留白。安静，看一幅江南烟雨的画卷，慢慢将自己一点点融入画中。穿过，这淡淡的暖，我听见水声中，你一路笙歌，沿着蒹葭水岸，顺流而来。

我，逆流而上，迎你一眸湿意。初见，倾心。你不动声色的凝视里，隐藏着盛大的欢喜。眉心的风声，随你流过。即便，一路无诗，也会有一些且珍且惜，刻在流年的门扉。剪一段光阴，细细将过往端详。依着青石巷的幽深，我们总能让入眸的风景植入流年，让它安睡在这长满青苔的青石上。

前行，暗香盈袖。青檐下的风铃，摇曳着过往的风华。心绪，悠然。过客的怅然，终写不成生命留白处的平仄。不如，在流光碎影中抽取一抹初见的记忆。丁香为墨，油纸伞为笺，晕染出一场素素如荷的娉婷。即便，你不言，我不语，亦会有郁郁清欢，倾城而来。若，有那么一天，纸上的诗行失去最初的颜色。我依旧会将为你珍藏的这些荷香，以及阳光雨露，晾晒在初见的渡口。只待，你再一次经过，便会轻轻唤醒。

五月的故事里，没有对白。你很远，我也很远。一笺独语的惆怅，伴我款款走过。禅风流韵，浅释岁月。只记下，你回眸时我的衣袂飘飘。六月的炙热，从江南的青石巷轻轻吹过，与肆意缠绵的烟雨，狭路相逢。有丝丝微凉，有淡淡湿润，像极了你含笑时，不语的优雅，恰好。

疏影青青，款款走在为你铺好的十里丁香。期待，会在哪个古老的庭院与你相遇。到那时，任凭这些年盘根错节的念，在凝眸的刹那，肆意绽放，潮湿一怀等你的静谧。

用目光，缠绵着一场朦胧。怅然记起，你欠我的那一场春暖花开，还未来得及靠近，便早已遗失在这一场场的烟雨蒙蒙中。回首，经年的过往，早已让心如镜。拾起的，放下的，都成了岁月中的禅意淡淡，透着宁静的清欢。

曾几何时，婉心如雪，款款于红尘陌上。墨香为念，琉璃为笺，书下一篇篇岁月的锦书。淡字安恬，曾未问过花开几重。重逢有期或无期，都会给自己一份阳光的温婉。

　　撑着，一把油纸伞的寂寞，总会在某个无人的清晨，独自行走。长满青苔的时光，便在幽幽的长巷铺开，一缕丁香的芬芳滴在心间，便开出了一片丁香园。

　　流年，清寂。再见，倾城。淡墨红尘，留一份初见在时光，给自己一份嫣然。有生之年，若你一直在，我们只诉温暖，不言殇。将初见，定格，让青石巷的悠悠情思，绵延再绵延，任时光妖娆，盛世年华。

　　凝眸，痕迹浅浅。等了又等，念了又念的约，穿过水墨的长巷，在经年的油纸伞下邂逅。青苔时光，紧挨着那扇古老的门扉。深深的庭院，落花无言，堆积着如织的往事。让自己，融入这青石巷的青，还有那丁香花的香。让回眸的诗意，在前行中浅浅晕开。闲时，扯一缕蒙蒙烟雨，我在潮湿的经年，回望从前。每一个云水漂泊的过客，都成了青石巷口一道道不可复制的风景。每一场不经意的邂逅，都成了那年，油纸伞下最美的传奇。而你，却成了我生命里最刻骨的那一抹留白。

　　邂逅江南，生命中的每一个罅隙，都透着烟雨蒙蒙的诗意。琉璃的时光里，细雨敲打窗棂，氤氲着潮湿的心绪。此刻，随便翻开一段记忆，都如青石巷里长满青苔的时光，被雨水浸润得湿漉漉。青黛的从前，倒映在斑驳的庭院深墙。想问，一寸天涯的时光里，是否还有烟雨相依的暖？那一次凝眸的倾心，温柔了谁寂寥的岁月？

　　雨后晴朗，携一份清婉，款款。当我的脚印布满你长满青苔的石阶，请不要惊讶。心里早已念你千遍万遍，梦里熟悉而陌生的白墙青瓦，如那深深庭院内的古梅，缓缓绽放。对于你，一直有一个放不下的梦。只因，那一份不曾邀约的初见。

渐渐潮湿的记忆，是窗外淡淡的江南影，娓娓向我诉说着那些尘封的往事。生命若水，穿尘而过。梦栖江南，谁伴我清风笑？谁伴我蝶舞天涯？

早已习惯，在喧嚣中独守一份平淡；在繁华中坚持一份简单。无数个遐想你的日子，里面都装满了一场场不肯停歇的烟雨蒙蒙，与一些湿漉漉的心绪。你忽远忽近，明灭着我始终无法更改的向往。

我们这一生，注定会有许多偶遇。偶遇某件事，偶遇某个人。或许，没有交集的热烈，却总会留下最美的怀念。错过了，就当是偶尔路过。流年过后，总有一些风景属于了然。

六月的阳光，还是那样温暖宜人。爱，因等待而从容。清风拂面，有一种说不出的喜欢。小巷深处，那人，那花，如诗，如画。静立江南的倩影，不语，不言。那个暖字，未曾出口，为何早已泪雨滂沱？

淡墨江南，只想为你留一份初见。执笔思念，枕一帘山青，你一直是我生命中的水云烟。许，本来就是个寂静的女子，喜欢依着流年的温润，在半盏时光里，研一池墨，落笔一些淡淡的清欢。总有那么一刻，感觉自己冥冥之中与你有一份未了的缘。不然，为何看到所有关于你的传说与风景，都会心生一份萌动。回眸处，你一直是我等待的风景。

想象着，会有那么一天。在一个，朦胧细雨的黎明，一个人，撑一把油纸伞，踏着满地落花，婷婷走在湿漉漉的青石板上，享受江南水乡的晨曦。轻嗅潮湿里氤氲的丁香花的清香，不觉，醉了。我在桥上，逆风而下。你在桥下，迎风而上。浅笑着，执意递给我一杯刚沏好的菊花茶，邀我一起看身边经过的一个个过客，而后擦肩。

在这诗意的江南古镇，或许更适合两情依依。丁香姑娘的油纸伞不再寂寞，每一个烟雨绵绵的日子，依依的身影，成了青衣乌巷里最美的风景。小桥流水，依然如岁月一样静好。而我越过万水千山，终不是你的归人。

你说，如果上天眷顾，等你老了，等我老了，身边了无牵挂，那时候，我会在这里等你。

我说，如果你我一直在，小桥，流水，不曾改变方向。那么，我便着青衣素裳，洗尽铅华，陪你看一生的烟雨蒙蒙。

漫步周庄，我亦如蝶。只因你在，陪我辗转。转身，将所有入眸的风景定格在渡口初见的时光里，愿我们不曾辜负的年华，只如初见。且让我，在一份你给我的安暖里，写下一曲，爱你，无悔！

你不语的日子，是一城寡欢。一个人的旅行，略显孤单。留一份爱，在等待的巷口。若你遥遥而来，我定赠你一路丁香花的芬芳。让悠悠的青石巷，定格在我一生的水墨，珍藏！

生活，终归属于平淡。对于有些人，有些事，渐渐习惯了静默着珍惜。安静地守着一份相知相懂的静好，不需时时打扰，偶尔念起，心中亦有一种无法言说的暖。

若你懂得，我无须寒暄，无须刻意，我想你也会和我一样，安静守在兼葭水岸，云烟亭榭，安稳相伴，寂静喜欢。

若你不懂，为你舞尽生平，即便刻意，也未必留得住。往事，是远山的一幅水云烟，透着诗意的静好。隔着红尘，与你相望，情意恰好。

素来不喜欢刻意，习惯，随心，随缘，随遇而安。若你留下，我会一直在。安稳相伴，无悔，无怨，唯有一怀感激。这一程，山水的清欢，我不会轻易离开，也不会轻易说再见。放在心里的始终在心，以虔诚滋养，用懂得温润。

当有一天，我们在时光中慢慢变老，老得哪儿也去不了。你是否还会，陪我细数白发，看日落烟霞？这一场邂逅，是初见，亦是永远。若时光不老，我们不散。守半盏光阴，我们一起研一池江南水墨，写诗，作画。只记花开嫣然，不问去路多远。然后，用一杯茶的时光，品读岁月荏苒。

若，忧伤是一首年华的歌

文/千落隐红妆

若，忧伤是一首年华的歌，我愿，守着一帘被茶香浸漫的幽梦，不论是时光匆匆，还是沧海桑田；若，忧伤是一首年华的歌，我愿，将回忆雕刻成深秋的思念，默默地站在梦想的起点；若，忧伤是一首年华的歌，我愿，隔着一场又一场落尽的烟花，一日又一日的轮回，为你沧桑不变。

一直以来，我很珍惜身边的人，只是，感觉到的却是更多的寂寞。

我不知，自己到底已经奔波了多少个轮回？只知，心一如既往的空荡，梦一如既往地迷茫。多少个夜，在黑暗的背景下，我被一遍遍地蛊惑着，为你忧伤漫步。此刻，在这样一个寂静的夜里，我依旧不甘愿成为你生命里的泡沫，纵使，我从未得到过你说好的幸福，纵使，我只能是一个过客。

低头，看着指尖独自起舞于屏前，于碎碎念念里，与不绝于耳的音符一起痴痴缠绵。忽地想，冥冥中，似乎一些东西早已成为过去，难道，这多情流淌的思绪，是五月的风惊起了心湖的涟漪，还是期盼的月触动了美好黯淡的光阴？如今，我分明又感觉到了思念的味道，那样轻微，又那样鲜明。

回首，岁月流沙中，有一种情，总是泛着星星点点的浪漫光泽，像是一场悲喜交错的传奇，让我们就这样迷失了自己。曾听人说过，这世界上有一种爱叫争取，有一种爱叫放弃。如果很爱很爱，只要有一点希望能在一起,都要努力去争取，因为，错过了，就是一辈子。如果很爱很爱，却让彼此都很痛苦，那最好的方式就是放手，给对方一个空间，还彼此一个自由。红尘来去，我们无须对故事的结尾过多深究，既然注定要分手，那就索性摆脱一切烦恼大声说，我爱你，爱着，但会放手。

也许，每个人心中都有想遗忘的东西，比如一些往事，一些回忆，犹如落幕的剧场，总是给人剩下一袭寂寥的时光。在很长很长的一段时间里，当自己记起生命里某一个擦肩而过的人，或是想起某一个曾经令自己怦然心动的故事时，总会忍不住久久回望曾经的来路，从冰凉却又无踪的回忆里追寻我们曾经的痕迹。

时光，如一湾宁静的湖水，倒映着过往流年走过春夏秋冬，就在岁月的催促下，我才发觉，原来，每一个季节都是这么的短暂，每一场花事都是那么的遥远。回头，转身，一些走过的青葱往事，悄然地重现在每一个黑夜与白天，我却看见，忧伤满天地，一片一片。

绕过流年，岁月的底片在时间的冲刷中黯然褪色，我们总是来不及相识。曾经的时光，我们被一份悸动牵绊着，经年后，却是用尽全力只换来一场回忆。经此年华，如若没有那许下的远古，是不是于岁月中前行，就没有了这肆意的忧伤？就没有了这不忘的婆娑泪光？那么，请允我倾情地一舍这场爱恋，一天天，一月月，一年年，那些远去的往事，它的温暖总是停留得太过短暂，我细数着不变的痴心，你都在我触不及的方向。

一个世界，千种描绘，于情于景，我们都只是一个普通人而已。也许，在这个红尘之上，总有些东西，是有着望不见却感受得到的寒冷吧。自己一直没有办法在秋风瑟瑟、黄叶纷飞、丝雨微寒的时节里任性高歌畅吟，就像，曾经想抓住的岁月，曾经的美好，曾经的人一样。一样，除了奢望，那承载着青春的梦想，只是为我们的容颜打上了挥之不去的时光印记。

远古，痴情，如今，我不知要用多少文字，可以铺就一条通往旧时的路。回眸，我只见那条路上已满目飞红，飘落的花瓣也在心里留下了太多莫名的褶皱。时光向左，誓言向右，我该知道的，时间终将会耗尽我们所有的耐心，我们终将是将来的一场虚妄，只能为誓言空叹消黯。

如果可以，我很想今生就此忘了你，而时间冲淡了一切，但我的记忆却并没有真正地忘记。轮回中，我们擦肩错别，只是我始终都不愿相信，我们是真的相忘了啊！我站在曾经相逢的那个角落，久久不肯离去，那凄冷的目光徘徊在那条你远去的路上，一直在期盼着你的归来。我曾远古倾情的人啊，你可知，即使那些春花秋月，往事已消失湮灭，这用眼泪铭刻的一切，我怎会忘记，又怎忍忘记？

该来的，来过，该走的，已在天涯，哪怕我们如何虔诚，也无法改变命运的轨迹。或许，从开始的开始，到最后的最后，我们谁都不会是谁的谁。但是，我的长发已经及腰，它正在期盼的目光里飞扬，你可看见？在我的草原，天空有着大朵大朵的白云，草地有着大片大片的花朵，我的长裙就那样在飞舞，那舞步，只为你。

生命轮回，时间像是永不停步的旅行者，忘情地流浪，若说，那些若如初见的相逢，是时光拉开了彼此的距离，冲淡了情感的痕迹，为何想起时，依然会那么刻骨铭心？或许，在这个世上，有很多的东西就连时间都无法还原吧。譬如伤痛，譬如记忆，岁月变迁后，我们又该如何安抚？

每一个黑夜，隔着华灯初上的光亮，我孤寂的感觉都油然而起，那凌乱的心绪，停留在淡淡的月光下，似花朵般温柔绽放。我知道，我们这一生光阴的记载，从转身的那一刻开始，便再无力挽留。每一个夜晚，被月光覆盖的街道上，忧伤都会与思念共舞，我倔强地游荡在黑暗的边缘，孤单的身影仿佛暗夜的精灵，穿过一片片荒芜的世界，停顿在你离去时的方向，那便是我心中为你千万次的忧伤，模糊而又清晰地飘荡于每个潮湿的梦乡。

玉兰花开

文/雪儿

冬走得真快！容不得让人细细品味，它已如穿堂而过的风杳然而去了。正如，朱自清说，去的尽管去了，来着尽管来着。

我的水仙终是去了。倒不是这花不待见我，她哪能和时光的骨力相抗衡呢？时光，说透了就是"来去"二字吧。

我的花儿去了。尽管一份疼惜让我的心清软着，也许这份清软多少让人觉得矫情了些，可是，我就是如此，对于曾经陪着我慢慢地打磨着时光的花儿们，那份情早已浅然如丝地缠绕在心。因为，毕竟在一段时间里彼此厮磨过，爱过，陪着我走过。

春是尽管来了，那妖冶的妩媚和张扬倾城而来。

当所有的花以春的名义赶来倾城，门前的白玉兰也以淡妆的姿态漫开了。玉兰，满院就这一棵。一起厮守也有几个春了。久了，每年的早春，内心都会有一份惦念，想着，该打苞了，该开花了吧！这份惦念，好似我们是相识了很久的朋友。如若不惦念，真是显得无情了。每每看着她来了，开花了，才让我心安。

时常，在她开花之际，我会心无杂念地看着她。薄光里，一个人隔空看着，那抹又寂又素的姿态不由得让人心生出柔软的缠绵来。此番，说我矫情也罢，小众也罢，而我总是喜欢体悟一些来处和去处的东西，应自己当下的心。

早春，白玉兰应时而来。只是，在我眼里，白玉兰比起别的花，那清冽的白终是端擎了些，像一个有着心事的女子，那么执着而孤傲地端在枝头。虽近在眼前，总觉得这玉兰是开在尘世之外了。不知道为何，在她的内里给我有种说不出的孤独感。

而这种孤独仿佛和我是相通的。是的，一直以来，我总是在时光一隅做一个角落里的人，不张扬，不喧嚣。我喜欢做这样的自己。自然地让心暗自流转，轻盈，自在。想来，有时候，我们也是花，一朵孤独的花。

时常有人说，雪儿，你似在一个人的世界里，这话听来既有一份懂得，又有一份疼惜，让我是又感伤又感动。只是，一个人的世界没什么不好，一个人的世界也是有爱的、有暖的。我们每一个人都是一个个体，都有内心的一面，或孤独，或热烈。在我而言，孤独并不可怕，孤独也是一种修为。

不是吗？在细碎的光阴里，一个人纠缠、一个人凌乱、一个人清欢。想来，没有一丁点的修为，怕也是做不到的吧！其实，万丈红尘之中，不管是谁，总有些光阴是要一个人面对的，一个人走过去的。如此，又有谁能否认一个人的世界不是丰盈的、饱满的、清澈的……

看雪小禅的《寻找一个人》，她说："我们都在寻找自己，用自己一意孤行的神经，寻找着属于精神世界的花儿——又自然又野生……它们兀自开着，狂野清闲的心，饱满生动丰盈着。"是的，在玉兰花开里，我寻找到一种气息，一种和自己相近的气息。

玉兰，我喜欢她隐含着的那份气质。向来，玉兰与春天里的花不争不宠的，来去也就是一个星期的时间。这花真容雅，即便满身的贵气，也一点儿不娇宠地贪恋春光。当别的花次第而开，她便早早地就收了容颜。真正的是开得淡然，落得清浅。就像倾心地爱过一场爱情一样，爱过、拥有过就好。想来，爱，本该如此吧！

当玉兰应时地倾情而开，那份触目的美，会氤氲出一种说不出的韵味来。每每看着那硕大的花朵端在空中，让寡淡、素简的空间不经意间就清婉起来。虽然，那花开得有些单薄、孤寂，似当下的我，带着一点不合群的静。我想，也许她不应该在这里的，她更应该在公园、野外，或临水而开，那样，便会生出更别样的情致来吧！

当然，玉兰即便开在逼仄的楼宇之间，她的灵秀、清澈也无可比拟地显现一份清新雅致。正如雪小禅说："如果你没有绝世的容貌，那么，你有绝世的姿态也是好的。"何况，玉兰不仅有绝世的容貌，就连姿态也是这般的绝世。想想，有些花的秉性和人是相通的，正如玉兰。

黄昏里，有三三两两的老人在玉兰树下聊天赏花。看着她们顶着一头银发与散发着银白一样光泽的玉兰相得益彰地映衬着，这样的场景，那份软软的闲淡和安暖，让人想着，岁月静好怕也就是这番了。

就着这景，本想走近处去拍上几张玉兰的片片的，只是花树下坐着这些安逸的老人，我不想这样很随意地打扰到她们，那样内心自觉不安，于是便罢了。当然，即使不拍片片，那花也早已开在我心上了。

不知怎的，更喜欢雨后玉兰的那份清幽的白。在枝、叶以及深蓝的天空背景映衬下，活脱脱的就是一幅丹青水墨画。我喜欢这种带着水汽的玉兰，望着，便觉清宁。常常，就这样望着、望着都会发了呆去。

春天里看了太多花，更觉着玉兰的清然，每日里站在阳台远远地眺望着她，心便一点点地舒展着。新春，有她的陪伴，有一份让人心安的暖。

春天，让人心暖的还有一份想念，都说，思念一个城市，是因为城市里的那个人。是的，我喜欢那个城市，因为那个城市里的你。年前，年后，那些历经的日子，总会不经意间在脑海里涌动。然而，于我能做的只是以文字的途径来还原它们。其实，我不是一个内心强大的能装得下多少东西的人。确切地说，这些日子多亏了这些文字才安抚这浮躁而过的光阴。不然，你看，春天阳光缱绻，屋前的玉兰都已经满枝蝶儿蹁跹了，你何时能在我的身边让我蹁跹呢？

我也是个极不喜热闹的人，可是，当我以玉兰一样淡妆的清容穿梭在闹区时，我知道，因为你，我已经走得很好了，也因为你，我现在的生活，充实，宁静，安然，静静地像一朵美而不求名的玉兰花一样绽放在春天里。

当然，春天里，每一朵花都是美的。只是，有哪一种花会让你怦然心动呢？白玉兰，我为她心动。你懂，我只要你懂得。

第六辑

人生何处不风景

那些被河水润泽过的故事，带着迷人的风韵，带着易感的情怀，在迷离的灯光中，让人想起千帆过尽的悲凉和生死别离的无奈，原来，山水也如此动容。

舌舞人生，味美靖江

文/侠客

　　茶道，在中国流行千年，以江南为盛，而身处长江边的靖江人也偏爱此道，只不过没有那么讲究。酒足饭余，沏上一壶好茶，海侃天南地北，纵谈世事古今，祛襟涤滞，致清导和，逍遥不下神仙。

　　靖江本身不产茶，靖江人爱上喝茶，应该跟食谱有相当的关系。靖江本地菜，多属淮扬菜系，油腻偏甜，食后容易口干舌燥，如若再喝上个二两白酒，更似火上浇油，于是，香茗便成了最好的清火工具。

　　撮几粒茶叶投入一杯沸水中，恰似久旱逢甘霖，小小的颗粒激烈地上下舞动，翻滚着，氤氲着。渐渐地，茶叶舒展了身姿，还原成叶片状，慢慢沉淀在杯底，而杯中之水早已染成渐浓的茶色，香气扑鼻。宋徽宗赵佶写道："至若茶之为物，擅瓯闽之秀气，钟山川之灵禀，中澹闲洁，韵高致静……"小小的茶叶，沾染了天地的灵气，浓缩在杯中，人茶合一，凝神定气，令人顿悟了什么叫人生。

　　人生如茶，美食如斯，却远比茶道的内涵丰润、幽深。辗转时光里的滋味除了苦涩，还有酸、甜、辣、咸，舞动着的舌尖遍尝人生五味。

　　儿时的靖江，生活条件极为艰苦，能混上饱肚已算不差，茶简直就是奢侈品，见所未见。每天从早到晚的稀饭，清影照人，将就着自家腌制的萝卜干或莴苣芯，挨不到下顿吃饭的时间，早已饥肠辘辘。肉类是很难指望的，秋收过后才有的番薯便成了果腹的填充物。或简单地在河里洗去泥土生食，或偷偷地埋于灶内的余烬里燃烤，等冒出浓郁的薯香，瞅准大人们一不留神的间隙，刨了去躲在草垛里，有滋有味地享用。每月凭票定量供应的食用油不过几两，鸡蛋，自家是舍不得吃的，被积攒起来，用于招待客人。客人们也总是很讲究礼节，一碗三个的清水蛋，往往留下一个，这让一旁流着口水的孩子们兴奋不已。即便如此，每当村庄的炊烟袅袅升起，清瘦而异常敏锐的舌尖总不由自主地搅动起来。

那时家家户户的生活水准都差不多，逢年过节，大事喜事，摆上几桌，不过三碗五盆，不会超过8个菜。一条红烧鲢鱼，一碗红烧大肉，即是主打，辅以几个时令素炒，用很少量的菜籽油焙制，换做现在，应该很难入口，而在当时，却是无以复加的上等菜了，每每风卷残云，筵散人去，盘碗空空如也。

不过，也有例外的幸事。靖江的长江三鲜，鲥鱼、刀鱼、河豚，鲥鱼现在已经绝迹了，我唯一品尝到鲥鱼的滋味，也正是在那个时候。一位从新港来的远房亲戚串门，带来一尾从未见过的怪鱼。灰色，口大，头扁，长椭圆形，鳞片大而薄，上有细纹。蒸制时不去鳞，不加油，只滴入若干黄酒，铺上姜片，葱。出锅时，芳香四溢，而鲥鱼周围全是鳞片下溢出的油。鱼肉鲜嫩细致，入口即化，美味无比，难怪号称长江三鲜之首。如今，此番韵味只能在苏轼的诗中寻觅了："芽姜紫醋炙鲥鱼，雪碗擎来二尺余。尚有桃花春气在，此中风味胜莼鲈。"

吃不好，自己找，到也成全了鱼米之乡童年的趣事。夏日时分，连接长江纵横靖江的水系四通八达，河水丰盈。约好相近的小伙伴们，三五成群，到江边芦苇丛里挖螃蟹，捞河虾。然后就近挖出个小坑，底下铺上几张大大的荷叶，再捡些干枯的柴枝放进去，生火烤将起来，老远就能闻到江鲜诱人的香味。

春去秋来，这段苦涩而美好的童年时光终被尘封进记忆的深处。高中时代，正是改革开放的初期。大米干饭渐成主食，鱼肉也偶现餐桌。我因为寄宿在季市中学，有幸品尝了季市小吃的风味。印象最深的当属季市烧饼，脆饼，酥而脆，锅贴，面而软，皆用面粉制作，所不同的是制作方法，脆饼由烘箱烘制，而锅贴是贴在烘炉内壁烤熟，口感则完全不同。至今，脆饼与锅贴的味道缠绕在我舌尖，久久不散。

20世纪90年代，靖江经济往前跨越了一大步，靖江人的生活水平也提高很多，仿佛压抑太久只会加倍反弹，靖江人的舌尖第一次有了生动而放纵的机会，"靖江人很会吃"这个外地人对于靖江生活的评价也就从那时开始传播出去。

一个普通人家的正餐家常菜，一荤一素一汤已是惯例，并且懂得轮着变花样。正常的家宴，菜的品种多达20余种，以高蛋白的鸡鸭鱼肉为主，腻味了的粗粮则被冷落一旁。烹制手法主要为冷切，红烧，清蒸，涌现出一大批具有靖江本地特色的菜肴。如蟹黄粉皮、蟹黄狮子头、羊肉粉丝汤、水晶蹄膀、香芋烧肉、清蒸刀鱼、萝卜炖鲫鱼、季市老汁鸡等。我最为喜欢香芋烧肉，荤素结合，油而不腻，既有营养，又清爽可口，夏日里几乎每顿必吃。人们从饥饿的年代走出来，开始创造美食文化。

当人工饲养螃蟹、河豚等水产技术获得突破并推广时，靖江除了原有的已经享誉四方的猪肉脯外，又新增了围绕螃蟹与河豚制作的品牌美食，最著名的就是陈世荣蟹黄汤包与河豚烧青菜，这两道菜成了靖江美食的招牌，每年吸引大批的食客前来一品究竟。

"轻轻提，慢慢移，先喝汤，再吃皮"和"拼死吃河豚"这两句耳熟能详的口诀揭示了这两道美食的真正内涵。蟹黄汤包制作十分讲究，面皮极为绵薄，馅为新鲜蟹黄和蟹肉，汤为原味鸡汤，掺杂猪皮熬制的凝胶，冷冻后再入屉蒸。食用时须谨慎小心，先要轻轻地在面皮上嘬开一个小口，然后慢慢吸干里面的汤汁，最后和着姜丝陈醋吃下面皮。不熟悉的人往往急于求成，要么毛里毛糙，把汤汁洒得到处都是，要么被滚烫的汤汁灼伤嘴唇，尴尬不已。吃汤包，在我看来，与其说食用美味，倒不如说享受美食的过程。缓吸慢品，温文尔雅，恰似舌尖品味人生况味，正是蟹黄汤包的精髓所在。而河豚，我始终没有胆量品尝过，虽然据说人工养殖的河豚毒素大为降低，但是每年都有意外发生的事实，令我每次遇到只能忍痛割爱。最让我困惑不解的是，河豚到底存在怎样的魅力，竟让很多人为了舌尖一时的快感而以性命相搏。

近些年，随着城市化的兴起，靖江涌来不少外地的投资者和务工人员，也带来更多的外地风味的饮食，湘菜、川菜、肯德基、必胜客等。这些与靖江本帮菜风格迥异的外来菜系，不但满足了特殊人群的消费，而且丰富了靖江人的口味，让靖江人的舌尖舞动得更加精彩。

耐人寻味的是，从食物极度匮乏的过去，到美食五彩缤纷的今天，舌尖的舞动像跳了一圈华尔兹，似乎又回到了原点，过去赖以果腹的粗粮，味道清淡的时蔬，如今卷土重来，成为餐桌上的稀罕物什，而过去难以祈望的大鱼大肉，则被冷落许多。其间的原因，我想，可能过去因为没有选择而被迫为之，现在，则也许在于靖江人随着生活水平的提高，更为注重营养搭配，更为关心身体健康，更为贴近生态自然吧。

民以食为天，舞动的舌尖，不光品味了人生五味，见证了美食的变迁，更是见证了靖江人发展的历史。

西子湖畔，美丽的遇见

文/莲韵

水光潋滟晴方好，

山色空蒙雨亦奇。

欲把西湖比西子，

淡妆浓抹总相宜。

——题记

一直有一个梦想，去看一看无数次梦中相见的江南水乡，感受一下，千百年来，传说中的西湖，是否就是人们心中梦寐以求的人间天堂。

仿佛有一段温柔的过往，遗落在江南的水乡，仿佛有一份美好的夙愿，需要去偿还，仿佛有一份前世的约定，需要今生来完成。人这一生，总有一些未了的情，依稀闪烁在梦里，只待合适的际遇，来完成一次美丽的相逢。

于是，我背起思念的行囊，带上一份婉约的心情，在这个美丽的季节，乘上飞驰的高铁，循着有你的方向，一路飞翔。

曾在心中无数次临摹，无数次想象，多少次魂牵梦绕，遥望有你的方向。人未到，心已许，就这样与你，赴一场前世今生的约定，邂逅一份无悔的美丽。梦中的江南，等待我的，该是怎样一场温柔婉约的遇见？

窗外是五月的浅夏，满目苍翠，尽管花事已过，但依然是风光无限，旖旎如画。或许是最美的风光，一直在路上吧，只是还没等你细细地观赏，这流动的风景，便一闪而过，像是有一只无形的手，在用力地推着它，一直推到你身后。遗漏了身边的美景并不可惜，因为最美的风光还在前头等着你，就像人与人的邂逅与重逢，缘分深浅不同。属于你的会一直在等待你，不属于你的，你如何挽留也无济于事，只是与你擦肩而过的欢喜。

　　我想我的前世一定生在这里，不然怎么会对这里的一切那么亲切而熟悉？漫步在婉约的西子湖畔，呼吸着她温润的气息，这千里莺啼绿映红的水墨江南，许多年以前，我一定在这儿有过一场迷离的过往。而今，我又循着飘香的回忆，来到这里。或许是一个不经意的转身，我将一段如莲的心事，遗落在江南温润的水乡，遗落在白娘子的断桥之上。不知这次来，算是初见，还是久别重逢？

　　杭州，这个素以西湖而闻名的千年古城，吸引着全国乃至世界各地的游客，前来驻足观赏。每年的旅游高峰时期，每天的客流量高达一百多万人次，西湖这里都是接踵而至，摩肩而行，人流如织。人们从四面八方蜂拥赶来，就是为了亲自触摸一下西湖软绵的时光，静静地体味一下，千百年来人们为之向往的人间天堂，有着怎样让人柔肠百转的风月情长。

　　"群芳过后西湖好，狼藉残红。"时至五月的浅夏，绿肥红瘦的暮春时节，一场花事已经接近尾声，只有零星的几朵花，还在绽露着最后的笑颜。站在苏堤上遥望，最惹人瞩目的就是那一丛丛青翠的绿意，还有那长长的柳丝，在暖暖的风中翩跹起舞。辽阔浩渺的湖面上，碧波千顷，柳丝垂在湖面上，长长的绿影，荡漾在西湖的柔波里。

　　"山外青山楼外楼，西湖歌舞几时休。"泛舟西湖之上，风儿轻轻地吹拂着，绿水悠悠地荡漾着，此时不知从哪里飘来悦耳的歌声，正暗合了游人的心境，更增添了西湖的柔媚。举目远眺，三潭印月掩映在云雾中，绿影叠嶂，像三颗翡翠镶嵌在西湖之上。"欲把西湖比西子，淡妆浓抹总相宜"，西湖的美，美得自然，美得极致，在这里，人与大自然有一种无语的默契，相得益彰，合二为一。

撑一把油纸伞，坐上乌篷船，千年等一回，去感受一下当年白娘子与许仙，荡舟西湖的浪漫心境。从西湖中心，一根长篙吱吱呀呀地拨动着碧绿的时光，阳光洒在水面上，波光涟漪，金光闪闪。清灵的湖水打湿了软绵的情怀，水中绿色的倒影里，沉淀着千年的沧桑，仿佛在诉说着那一个古老而美丽的传奇过往。

举目遥望，远山含黛，绿影凝翠。著名的雷峰塔，坐落其上，烟笼湖光山色，人在画中游。据说，雷峰塔是2002年又重新修建的，耗资1.5亿元，光是塔顶部黄金，就用了20公斤。不知，那曾经被法海压在塔下的白娘子，是否可以得到些许安慰？

就这样坐在如水的光阴里，赏一赏西湖的美景，听一听远处天籁般的乐声，闻一闻风里醉人的花香，感受着时光正以流水的姿势，在心间缓缓地流淌。平日里那颗浮躁的心，被西湖的水，洗涤得纤尘不染，完完全全安静下来了。

你尽管这样静默地坐着，细细品味这突然静止下来的时光。这里的一山一水，一草一树，一物一景，一廊一柱，都可以激发你无穷的想象。

湖水无言，静默得像一帛绿色的软锦，在风里抖动着她的柔婉。西湖，就这样以她柔美温婉的靓姿倩影，静静地迎来无数个春秋，又送走多少回春夏。花开花谢，缘起缘灭，多少美丽的故事在这里上演，多少匆匆的脚步在这里流连？

登上三潭之一的湖心岛，这里有一块石碑。相传，乾隆皇帝夜游西湖，至湖心亭，看到美景当前，不由雅兴大作，遂写下"虫二"二字。随行大臣不解其意，却被树影下一秀才"風（风月无边）"一语道破。"虫二"典故遂传为含蓄称赞西湖湖心亭景致的一段佳话。

还等什么？就在这杨柳岸边合个影吧，西湖碧绿的水为背景，西湖纤细柔长的柳丝，就是一抹淡雅的诗韵。剪一段西湖温润的时光，装入行囊，掬一捧西湖的水，带回家乡，许多年后，依然可以将西湖的美景，温柔地忆起，静静地回想。

撑一把油纸伞，就在断桥之上，留个影吧。这里，曾经有过多少美丽的相逢，又曾经留下多少擦肩而过的惆怅在这里，收藏了多少动人的故事，又留下了多少云水的过往？无人记起，无从可想。

站在桥上，静静观赏，西湖的美景，牵引着无数人美丽的向往，仿佛以前那些年华，都是白白荒废了。原来，人间竟然真有这样美丽的天堂，原来，人生真的不必那样匆忙，你需要停下来，安静地享受一下，这里柔软的静美时光。

西湖，这个风月之地，温柔之乡，带着江南的风韵，默默地迎来送往。这里，迷离了多少流转的眸光？穿行在西湖淡雅的风景里，感受着典雅的古韵与诗意的现代气息交织的风情万种，时而梦里，时而梦外。仿佛一不小心，就会穿越到某个古老而久远的故事中，久久不肯走出来。或许，相逢只是短暂的一瞬，而怀念却是长久的一生。

人生好像梦一场，再旖旎的风光，也会成为流水的过往。只是，待我转身后，你是否还会记住我留恋的目光？就这样与你，匆匆地相遇，又匆匆地别离，尽管我有诸多的不舍。我知道，此去经年，我一定会记得，曾经与你有过一场美丽的相约。

"何人解赏西湖好，佳景无时。"

西子湖畔，美丽的遇见。你一定在我的梦里，在我的心里，在我的文字里，如初惊艳，美丽依然。

江南清梦，蔷薇花开

文/婉约

古巷丁香，小桥流水，一把油纸伞，一位美少女，这便是江南的画卷。

翻过千年，不知是文人墨客诗意的笔墨渐浓了江南的唯美，还是悠久的历史风骨重彩了江南的厚实。江南如一枝莲，娉婷、袅娜，江南是一幅画，诗意、浪漫。江南，缱绻成心中的刺青，婉约着永不褪色的记忆。

提及江南，总会想到青砖黛瓦，深井落花，那古色古香的美，美到令人心颤。然而身在江南，竟无缘与它牵手，仿佛那古韵的美与我相隔着千山万水，相隔着一道几世的篱藩。

每每，穿行在车水马龙的现实中，浪迹在钢筋水泥的生冷里，那华丽包装下牵强的笑脸，那浮华虚世中莫名的争斗，令我极度反感，心生厌倦。有时候，一个人望着忙碌繁杂的世界出神，似乎眼前的一切，并不是发生在真实的江南。

我如此向往，那种没有纷争的生活，安静如江南的古镇，往来于尘世久矣，却不曾沾染半点世故与浮俗，就那样恬静地存在于时光深处，悠然而盈满情趣。

我想，我是属于古镇的，属于那些老旧的时光，属于那些清宁与自然，古朴与典雅，属于那些清澈的河水般纯真的年代。江南历史沉淀的沧桑，粉墙黛瓦的神韵，枕河而居的静谧，迎风招展的酒幌，迎着缕缕炊烟袅袅升起，在心底缠绕。

　　无数次想要，远离城市的喧嚣，捡一段闲暇时光，去水乡古镇，去品味那独一无二的静谧，去安抚内心的缺失，去圆心中的清梦。

　　试想着，最好是在某个月亮升起的夜晚，在枕河人家的水阁上，泡一杯茉莉香茶，在氤氲缭绕的水汽中，推开那扇木制雕花的窗棂，让银白色的月光倾泻进来，铺满临窗的桌子，浸染翻开的书页，挥洒到倚窗而立的我身上，而眼前流淌的，则是月色下泛着星光平静而恬淡的河水。

　　或者，在一个细雨霏霏的清晨，撑一把雨伞，独自行走在青石铺就的悠长小巷，听一听雨水滴落在青石板上发出的清韵，让自己散漫行走的足音，回荡在时光的长廊里。

　　抑或，在一个慵懒的午后，坐在水阁边小小的院落里，任午后的阳光温和地照在身上，释一本书，捧一盏茶，盛满一杯浅浅的心思，对着身边那一架开得正艳的蔷薇浅浅地笑。

　　我是极喜蔷薇的，那开满庭院的蔷薇，绿色的枝蔓从墙上垂挂下来，密密匝匝，不见始端。看玲珑的花朵，丛丛簇簇，婀娜在绿色枝蔓间，媚而不俗，极具张力，那般质朴而温暖人心，就像是江南水乡，迷人而芬芳。

　　每次看到蔷薇，心里总会涌动起一份别样的情怀。透过花与叶的缝隙，我常常看到曾经的自己，看到那个曾经洋溢着青春笑脸的少女，着一袭淡淡的裙装，一枚用蕾丝和缎带制成的粉色蔷薇，别在衣领口，优雅地从江南深处走来。

　　其实蔷薇不只水乡有，在我居住的城市也不鲜见。

小时候，在一些民居小小的院落里，常见此花，花开正浓的时候，花架上蝶舞幽馨，煞是好看。民居是典型的江南院落，木结构的楼房，白墙黑瓦，也有落满青苔的石板，也有清凉甘冽的井水。只是随着城市发展，一些我们曾经熟悉和依恋的东西都不复存在，连同小四合院以及江南的记忆，与我们渐行渐远。

江南，水乡；钢筋，水泥；古朴，现代；幽静，喧嚣。原来，身不由己的，不只是人生。

西塘，你是我梦中的一场艳遇

文/鸢尾花

生在北方，却喜欢水乡，喜欢江南。喜欢江南的杏花烟雨、喜欢江南那一座座温润的石桥，喜欢那被岁月打磨的青石板路，喜欢江南的素朴、天然，让人感觉那份恬淡和随意，如同小桥流水的静谧，如同一条条穿行于水中的乌篷船。

一直想与心爱的人在江南筑梦，可是，总因了生活的琐事脱不开身，也总是几度在心中描画着梦里的江南。虽然，乌镇之行了结了一份相思之苦，可是，梦里的周庄和西塘却又成为心中的向往。

有幸一位朋友前去西塘，带回了一幅幅西塘的美景。那一刻，心中的西塘刹那间变成了一场与西塘的艳遇。

西塘，坐落在浙江省嘉兴市嘉善县，是一个有着千年历史的小镇，有着吴越文化的底蕴，有着吴侬软语的亲切。如一个娇媚的女子，面带微笑、静静地守在那里，等待着有缘人穿越万水千山寻梦在这里。

白墙青瓦、小船河道、弯弯的石拱桥，你在这头微笑，我在那头张望。我从不相信一见钟情，直到我看到那一幅幅美丽的图片，只那么一瞬间。钟情，这个词，便深深地烙在心窝里。西塘，宛如一场生命中的艳遇，在钟情的土壤中开始生根发芽。

西塘，河流纵横，绿波荡漾，宁静的光阴在桨声四起的水波间开始了一天的美好时光。晨间，小桥流水，薄雾似纱；傍晚，夕阳斜照，渔舟扁扁，带着满归的希望。长天之下，看不到城市高楼，只有黑白装扮一致的老屋，年复一年守候在那儿，讲述着几近相同的故事，从容地看淡人生离合，从容地接受着过往的人们所带来的不同的情怀。

西塘的廊棚以其独有的卓越风姿吸引着中外游客。那悠长的千米廊街，让人见过一次就终生难忘。走上去，仿佛可以抵达前世。你在这里可以随心做梦，不必担心被谁打扰，不必担心被世俗的物象惊醒。只需静静地感受着流转在长廊的风，吹拂起心底淡淡的清凉。而关于江南的画卷，人生的故事，也就这样被徐徐舒展……若是适逢阴雨天，诗意的烟雨长廊又是一道美丽的风景！

人生就是在行走，当你走在西塘的桥上，走在她的每一个渡口，不管是等待一艘船，还是某个人，都宛如生命中的际遇一样。在遇见的那一刻，就注定了离别。来去匆匆，都为了赶赴另一场行程。在注定的因果里，每个人都是过客，而西塘的古桥，见证着这些有缘和无缘人们的相逢、相识或是离别。站在桥之上，卞之琳的《断章》在脑中浮现："你站在桥上看风景/看风景的人在楼上看你/明月装饰了你的窗子/你装饰了别人的梦。"镜头转换之处，一袭白衣红裙的女子恰好落入了镜头之中，恰好也成了我眼中的风景，不知要去装饰谁的梦？这一座座的石桥就像是一座座彩虹，架在了水乡之上，让现实与梦境不断变换着，让现实在古韵中觅到一份安宁与平和。

西塘之美，美在水影。无论身处在西塘的哪个角落，看到河面上的湖水，静下来，那便是一幅水墨画。点点滴滴，不浓稠，不斑斓。

此刻，乌篷船上载着游人穿行在河上，两岸的风景沿河而下，河上伴水而眠的老屋，偶尔在半开的轩窗下，探出一个临窗观景的女子，让你在欣赏风景的同时，又感受到了那来自梦中与西塘的相约。

西塘还有被称为"江南第一弄"的石皮弄。有人说，那是一个收藏灵魂的地方。狭窄的小弄堂，仿佛是遗落在光阴里的一段往事。若隐若现，没有尽头。每一个来到西塘的人，都不会错过与它的相逢，那透着某种神秘的质朴，让人对真实的从前充满着点点感伤。岁月老去，光阴的故事在一点点改变着曾经，可是，有很多无言的默契也留在了那儿，留在了如梦如幻的西塘。

当夜幕降临，西塘又是另外一番美景。沿河的红灯都被点亮，一排排映照在河上，宛如丝绸一般柔和，却又流淌着浓浓的温馨和暖意。凌驾在河上的戏台也又开始了吴侬软语的清唱。不论你是坐在船上欣赏美景，还是与月色融于西塘，此刻，你都会觉得西塘，宛如一场人生的艳遇，在灯火阑珊的夜，闪烁着诱人的光芒。

行走在西塘的商铺，也会有扑面而来清新的风。不论是花制作的原创民族风情的服饰，还是年轻人的原创店，还是带着怀旧画面，却又透着现代气息的商店，都让你感受到一场时尚与自然的盛宴。街角的咖啡馆、酒吧也让你再次感受到古镇与现代的结合……

看着那一幅幅的西塘美图，宛如和西塘有了一场生命之约。蓦然想起那首《我在西塘等你》："别再说工作太忙没有时间，别再说心情太乱没有头绪，卸下心中忧郁抹去烦乱痕迹，别再游离别再迟疑，我在这里等你（我在西塘等你）。"

北戴河风韵悠然

文/黄叶舞秋风

有人说，所谓的跋山涉水，不过是想将一些琐碎的事情抛于脑后，给那些朴素无华的日子，寻一块属于自己的空间私地，或是寻找一个安置自己灵魂的城。只有在这块私地上，或是在这座城里，才能无所顾忌地放飞无边的心绪，来缓解在繁忙工作中的疲惫、劳顿、烦恼与忧虑。

走过了红尘，经历了风风雨雨。人生，很多时候都不会如我们所愿，我们只能独自承受和面对。我们紧张而劳累地生活着，奔波着，难得有一日静，半日闲。此次去北戴河几日，只为成全一个不算太遥远的轻松姿态，给心情放个假。于闹市中沉淀出一份宁静，于纷杂中梳理出一份洒脱。

五千年的文明古国，堆积着上万年的史前文明。历史的硝烟拂过河北大地，千古江山沉淀了太多的兴废，世事沧桑早已尘封在寂静的时光里。文化的载体却丰盈了落地生根的栖息地，每个城市都有它独特的人文元素，和创造人类文明进步的原动力。如杭州的西湖、北京的故宫、圆明园、西安的秦陵兵马俑……这些名胜古迹都不会偏离于一代豪杰或风云人物，遗留的文化风韵之外。

北戴河受历代文人的厚宠，帝王名宿庶几皆有诗文遗韵于此。浸染着平平仄仄的墨香，传承和昭示着前行的未来，演绎着千古不衰的灵性与绝伦。

北戴河位于秦皇岛市西南部，总面积约70平方千米，海岸线有22.5千米，源源不断的海水自北向南流淌，汇入渤海。这里夏无酷暑，冬无严寒。每年夏季，都有一些重要的会议会在此召开，更是人们度假避暑的胜地。

走在林荫斑驳的石板小道，一栋栋融合了西洋文化的各式楼台别墅，掩映在松涛之中，与优美的自然风光浑然一体，古朴幽静，肃穆典雅，相得益彰。虽然有些枯朽古旧的建筑楼门紧闭，但是，透过它的气势依然会想象到它当年的富丽和华贵。

阳光下的北戴河，天是蓝的，海是蓝的。远远望去，天连着海，海连着天，海天一色，一望无际。空气中透着一股大海的气息，和着海风的清凉，过滤着每一寸皮肤。使人神清气爽，心旷神怡。沿着那道海线漫步，体会着踏浪观潮的浪漫。那一波又一波泛白的浪花，发出"哗哗"的美妙声音，打湿了飘逸的长裙，吞噬着一串串的脚印。这一刻，淡和明澈的气氛暗合了精致的心思，仿佛只是一个随意的姿态，便能轻而易举地捡回失去多年的情调。

鸽子窝，是北戴河景区的象征。在此观日出，经常可见到浴日的奇景。当一轮火红的太阳升出海面时，便有另一轮红日紧粘在升起的太阳下面，就在你眨眼的一瞬间，只见上面的太阳倏地向上一跃，粘在下面的太阳不知何时已潜入到海底，留在海面上的是一片灿烂的金光和一幕诗意的幻化，还有人们满腔奔涌着激情的欢呼。

孟姜女庙，位于北戴河以东的望夫石村北，凤凰山小丘陵之巅。孟姜女哭长城、白蛇传、梁山伯与祝英台、牛郎织女的故事一并被称为脍炙人口的四大民间传说故事。该庙前殿门框上的一副对联颇有韵味，其中也不失带有文字游戏的性质。其上联"海水朝朝朝朝朝朝朝落"，下联"浮云长长长长长长长消"。此联是根据汉字一字多音、一字多义和谐音的特点而作；"朝"和"长"都是多音、多义字。故而这副对联应读作"海水潮，朝朝潮，朝潮朝落，浮云长，常常长，常长常消。"相传此对联是南宋末年伟大的民族英雄、爱国诗人文天祥所作。在前殿的墙壁上还镶有多块卧碑，上面刻有乾隆、嘉庆、道光等清朝皇帝及近代一些游人的题诗，大多都是赞颂孟姜女的高节。

天开图画两千年，记述着北戴河的历史变迁。来自北戴河一带的碣石，是战国时期燕昭王入海求仙的地方。据史书记载，到过碣石的有秦始皇嬴政、秦二世胡亥、汉武帝刘彻、魏武帝曹操、唐太宗李世民、少数民族入主中原的北魏成帝拓跋浚、北齐文宣帝高洋……曹操当年挥鞭北伐乌桓胜利回师途中，东临碣石，写下了气吞山河的千古绝唱《观沧海》一诗。东临碣石，以观沧海。水何澹澹，山岛竦峙……

月光下的北戴河，犹如一位披着轻纱，巧施淡妆的少女，把这个海滨之都装点得绰绰约约。此时，嘈杂与喧嚣了一天的北戴河，渐渐变得静谧。凭栏远眺，那不尽的灯塔，散发着蓝色的光芒，为来往的船只指引着方向。银光似水，倾洒在海面上，粼粼的波纹反射出清冷的银辉。渔火点点，在海的至深处明明灭灭。四周一片静寂，只有无尽的涛声，缱绻的浪花映衬着闪烁的灯火，和海岸线辉映在一起。大海一碧如染，柔美而又深邃，沙滩一派恬静，淡雅而又温顺。仿佛眼前的一切完全笼罩在圣洁的气氛里。

心灵在这圣洁的景致中缓缓升华。让人遐思，令人眷恋。只是偶然的一瞬间，你就会发现一个崭新的自己！生命中多了一份超脱，一份潇洒，一份坦然。

捧一抔黄沙，把岁月的皱纹笑成春日繁花；掬一汪海水，把往日的烦恼洗成红情绿意。人文是爱，落字生情。寻着先贤的足迹，赏析着诗词，感受着典故，陶醉着传说，撩拨着如醉如痴的心弦，徜徉在风光旖旎的渤海之滨。这里的情，这里的景，这里的声。这里的幽静、雅致、清新、恬淡。这里的小路蜿蜒、欧式风情、民国遗韵、名人别墅、浪漫故事。一如我们无法形容的，一个充满了极致惊艳，令人无限遐想的梦幻之城。

北戴河不但是渤海湾的一颗明珠，也是中华大地的一块光泽四射的珍宝。来来往往的人们寻梦而来，圆梦而去。北戴河带着遗古的气息，诗意的韵致。不知迎来了多少张面孔，多少双脚印，多少次惊呼：北戴河风韵悠然……

秦淮秋夜桨声远

文/青衣红袖

汩汩流淌的光阴，在桨声灯影里渐渐长成岁月的琥珀，秦淮河历经千年时光，依然清澈温婉、华美如初。秦淮河水氤氲出的绝代风姿与风流韵致也在厚重的历史中留下浓重的一笔，任后人评说。

深秋，循着江南微凉而又柔和的风，在素淡而又含蓄的风景里，在细雨纷飞的诗意中，带着无言的憧憬与神往，带着真实而又恍惚的情愫，走近秦淮河畔。

河水无语，它在一片桨声中送走春夏秋冬，迎来花开花落。河畔，枯朽的木门，斑驳的白墙以及从青石中渗出的光阴印痕，见证着一年又一年的时光在红尘中打马而过。清凌凌的桨声，将画舫小舟引出，舟上袅袅起舞的女子，柔软绵长的闽歌，让人瞬间沉落在千年的过往中，品味着世事沧桑、悲欢离合……画舫里，明窗洞启，映着水中玲珑的曲杆，那些才子佳人戚戚婉婉的故事，也在河水的清冷中低低地徘徊着……

　　那些被河水润泽过的故事，带着迷人的风韵，带着易感的情怀，在迷离的灯光中，让人想起千帆过尽的悲凉和生死别离的无奈。秦淮依旧，画舫依旧，河水依旧，待到秋风入梦，明月入怀，谁还会在远方彷徨留恋？那一把洁白的桃花扇上咳出的相思，居然殷红了千年。在那些暖暖软软的香风中，居然熏出了那样一些硬骨头来，让我们不得不沉下心去感怀一段清澈的缠绵哀艳的爱情故事。我们仿佛可以看见临水而立的香君女子，凭栏而望，任烟水澄碧、画舫织彩尽收眼底，任思念绵长、相思无期幽怨满怀。

　　李香君，当年秦淮河畔媚香楼里的秦淮八艳之一，一个诗书琴画歌舞样样精通的奇女子。16岁遇侯方域一见倾心，从此被相思缠身，捧着血染的桃花扇，任凭泪水夜夜打湿衣衫。老天弄人，尽管她以死抗婚，尽管她大火逃生，最终，她与心上人也没有结成伴侣，患上肺痨后带着一份绵绵无期的爱恋郁郁而终。这段爱情故事，后来就成了流芳千古的桃花扇绝唱。又有人说，她与侯方域的爱情历经悲凉最后得以团聚，并生下一子，原来一直住在打鸡园，后搬迁到离侯府南园一里路的雪苑村居住，遭尽侯家人百般刁难。侯府并严厉声明，不允许李香君一脉后代续入家谱，因为她是青楼女子。且不说最后结局如何，李香君都是忠于爱情、有气节的纯洁烈女，她的一生饮尽了悲惨凄凉。

秦淮河是有记忆的，它记得曾经有着怎样美丽的相逢，又有着怎样无奈的错过。它收藏了许多悲欢与惆怅，也收藏了许多苦涩与忧伤。它把所有一切都静静地搁置在流水之上，等待乘风而来的人们，抖落一地的秦淮故事给他们听。它把故事从清凌凌的桨声里开始，用一串闽歌撩拨着静止的时光，在河水沉默的光波里浮出流传千年的悲欢离合，落在一片灯影的清凉里结束。于是，沉默的河水打湿了那些容易感伤的情怀。

　　泊在岸边的阁楼，守护着秦淮河一些沉睡未醒的飞梦，默默无语。它们在那些古老的黑白倒影里凝望，品味着沉落在水中的千年沧桑。秦淮河畔，留下了千千万万个路人的足迹，留下千千万万个路人的唏嘘叹息。他们或牵手站在桥头水边，或凭栏静默过往光阴，在一场悠缓的等待里，追寻着过去的故事。

　　薄薄的月光隐匿到云后，灯影里的秦淮河更添几分迷人风姿。河水被妆成迷离的薄媚，宛若当年青楼姊妹淡雅的妆容，熏染着光阴留下的一段段故事。终没言语的河水，在寂寂的年华里融进波流的心窝，不哀嘶，不呜咽，任心头婉转的凄怀在水中沉落。

　　岸上华灯彩绘，游人如织，秦淮的秋夜被豁然打开。嬉闹声、欢呼声，顿时惊扰了沉默的河水，鲜明的灯火初上，它们一点点掠夺着柔腻的水波，把光亮不由分说地糅进河面，让你的心也不由得荡漾起来，跟着它们来回地闪烁。画舫越来越远，歌声渐渐沉没在水面，醉里梦里的历史爱情故事也跟着渐行渐远，它们成为今宵河上的一盏微弱星光，以不可磨灭的状态忽闪着古老的光阴痕迹，晾晒在清凉的河水之上，微漾在路人的胸口。

　　拥挤的秦淮小吃城喧闹着，仿若这些久远的故事与它是无关的。我们寻了一处角落，匆匆地吃点东西，就赶着夜色走了出来。街上店铺里的陶笛吹出凄凄婉婉的曲调，让人忍不住停下脚步。吹陶笛的小伙坐在长凳上，优雅娴熟地吹出一首首绵长而又幽怨的曲子，漂亮的女老板热情地招揽着顾客，明亮的大眼睛有如水一样澄澈。大概，秦淮河畔的女子都是这样温婉明媚吧。

站在灯光下看秦淮河，若秋水长天，迷离沉静。夜色璀璨，不远处的吴侬软语，令其妙趣横生；青衣女子娴熟的表演，看油纸伞在她手中翻飞，把那些久远的故事委婉得更加耐人寻味，让人在华丽的虚幻中仿佛穿越了千年光阴。她蓬松的乌发令人浮想联翩，她灵活的腰肢让人扭动了思绪。不由得多看了她几眼，在这繁华而又清凉的秋夜，在这明亮而又迷离的月夜，有这样一个女子，可以让你沉静的心浮动澎湃，又可以让你澎湃的心渐渐沉静。幽甜的光影照在她的脸上，像一枚鹅蛋似的月被纤柔的云丝衬托着，那样让人赏心悦目，又让人浅浅地醉了，醉在朦胧而又绮思的幻想与惆怅中，甚至差点忘了自己只不过是个路人罢了。过了今夜，还是要从来处回去的……

秦淮河是浸透了光阴的故事的，它的诱惑不止对于才子佳人，对于凡夫俗子也是一样地魅惑着。我们带着清澈的梦而来，又带着沉入河水未醒的梦离开，它在璀璨寂静的秋夜里散发出的脉脉温情，如当年倚楼而立的女子娇媚的眼神，那样让人不可抗拒。

耳畔，凤飞飞的歌声依然萦绕："今夜有酒今夜醉，今夜醉在秦淮河畔；声声相思为谁诉，步步爱怜为谁踱……"举起酒杯，一饮而尽，与秦淮河上空的月色碰杯，醉了月光，醉了河水，也醉了结伴而来的人。

又见金盏菊

文/廖星榕

南岸春色尽，又见金盏菊。江南，槐树下青石板台阶，炊烟袅袅，层层梯田都是金盏菊，可谓遍地黄金甲延伸去了远方。

旧年，曾与他去过三峡人家，石牌，溶洞石窟，悬崖，惊心鬼斧神工，陡峭的石壁，天劈成的一副牌笺，直立于峻峰山腰悬崖边，半为分离，却神奇耸立，千百年不倒的传奇。

石牌小镇是田园风光，长江深处古战场，斜坡篱阑，菊花万盏，雪白金黄，美而清香。高山峻峰重叠，烟雾迷离，今日午后，望远，有多少可以藏匿心湖的低底，旧时的欢愉，忆起。

野河岸，听，隐约，有琴声悠扬，山风展半卷诗阕，拥着唐朝的时光，野河岸，吟唱"朝辞白帝彩云间，千里江陵一日还。两岩猿声啼不住，轻舟已过万重山。"

聆听着诗人的歌声，站于山崖天然牌笺之巅，低眉，衣裾曼飞，与他莞尔一笑，穿越古今传奇，多少旧事惊心，白雾裹挟神话袅绕山巅，惊奇如梦幻，沉溺其间忘却俗世烟尘芸芸。

多年前，也是金盏菊盛开的季节，江面晨雾还未散尽，河岸，我和他站立于河岸，软语轻笑，安静地等着船只。冬的风不住地撕裂着枯叶，他，买来我爱吃的小吃，拉我坐于四面透风的木船上；冷冽但爱意深浓，和他出去游玩自然不冷，甚是欢喜。

船泊在江岸半个多小时后，方才向石牌行驶，水清澈，两岸悬崖峭壁，途经三游洞，也就是三峡起点站，悬崖上又见菊花黄，船在水中行，看天堑铁索桥，看悬崖陡峭，有暗道穿行绝壁。

舟船经过两个多小时崖壁下行走，终于靠于菊香的南岸的三峡人家，下船上岸满目的青绿新奇。奇山怪石林立欣喜，兴奋，经过紫藤花回廊不规则水中的青石板，天空纯净湛蓝，空阔而美丽。

记得那天，空中还飘落了小雨，细雨绣织着峻岭的葱绿，向居住的人家借来一把伞，他牵着我的手，于石桥，茅草木屋回廊上行走，看溪水潺潺，看柳在深山河谷，看水车转动带着水花。

石桥边上有茅屋，毛毛细雨中一个头戴蓑衣的人在河边钓鱼，山上崖壁，囧肥的猴子于陡峭的高崖，光溜溜的石壁上，竟能灵巧自如，攀爬如飞。

猴子们悠闲地坐于高崖陡峭的石壁上，藐视着岩壁下的人类。

不知是俯视观赏于我，还是静观不远处另一个小茅屋前，着斗笠蓑衣的人是他们的主人？那些猴子们神态高傲自如，不近人前，只是高崖上远远地看，异常的淡定，倒显得我们人类的渺小似的。

人说人生入戏，戏如人生！庄周梦蝶，蝶梦庄周？总之，那时，不知是猴戏于人，还是人戏于猴，在镇定自如偌大的猴子面前，心绪若飞的我，着实是很有些惶恐。

还好，前面有稻田几顷，柳树摇曳河岸，大约间隔一里，就会有吊脚楼，有回廊幽径深。落一地板的木叶。河边，那古老的水车转动，吱吱呀呀，看虾动鱼游，螃蟹横走。隐在溪谷边，幽径竹园里三峡人家木屋回廊上，还有头戴青花布巾，捣洗晾晒衣服的女子，唇红齿白，微笑和我打招呼，瞬间，一切，别样地赏心悦目。

欣喜飞奔于石子山径，纯净的世界，凝听琴音瀑布，美妙的音律渐行渐近，心绪清灵，如山泉叮咚。沉浸其间，那山峰顶端凸起石崖，高鹏展翅，欲飞还止，我欲于翅翼包裹，久不离去。他看我固执就自顾走了，或许是躲起来了。

我于深谷，找寻不见，低底很落寞，手里拿一把他先前采给我的黄菊花，伫立暮色暗沉冷冽的山风中，听山鸟怪叫，方有些害怕，顿生慌乱。

天很亮，虽能看到山顶云朵行走，描摹空中的彩墨画，但山野密林，终究暗生恐怖。

想着还是人间烟尘好，有他，方可菊香袅绕，娇美盛开，饱满真实而温暖。

回身，紧走，不远转角处，衣襟泄密，木屋后看到了躲着暗笑的他，我自窃喜，忽然心安恬静如菊，愉悦的花朵于寒风中忽而盛开，浅笑嫣然，一溪谷的金盏菊溢满微涩暗香。

那日提着一把黄菊花，一路清香，被他紧紧拽在他身后，上山下山，转角青石板山崖狭窄通道，徒手攀岩，至灯影石像，依着他安静地坐下，凝视浩瀚的江水滔滔东去，千帆往返，余晖脉脉，绝美，宁馨，一览无余。

这灯影石猴，亦是郭沫若诗句里的一景一谜："兵书宝剑存形似，马肺牛肝说寇狂。三斗坪前今日过，他年水坝起高墙。唐僧师弟立山头，灯影联翩猪与猴。峡尽天开朝日出，山平水阔大城浮。已归东土清凉界，应惩西天火焰游。"

诗句里的"唐僧师弟立山头，灯影联翩猪与猴"的奇观，就是三峡人家石牌一景。

凝神观之，恍惚穿越千年，个个形神酷似唐僧师徒四人伫立，远远望？几百千年，师徒四人守着他们面前的石牌令也就是玉帝圣旨牌笺。

273

不一会儿，山那边已经斜阳西沉，景点保安为了安全，怕我们寻不着来时路，催促我们下山。

于是，提着衣襟步入高高如云梯的台阶下山，经过半山腰，陡峭的石牌面前，祭坛香炉，却无香可焚，于是他拉上我双手合十，躬身拜了几拜，保佑什么？不得而知。

石牌脚下就是高高的台阶，坐于玉帝降临的这道圣牌面前小歇，手里拿一朵金盏菊，望云梯下的凡尘，惊诧这里一层层，似同埃及金字塔。宽宽的青石板台阶，直入云霄，石板叠起，并没有转角，山脚来人会看得清楚，遥远的距离，又很渺茫如烟如雾，仙界般云雾袅绕似的恍惚。

山脚，那挑着木盒担子，戴着土家族头巾50多岁的老人，炯瘦，硬朗，从山脚，忽然就缥缈而至的神秘。

当日，一定是金色的夕阳下暮色朦胧，很是缥缈，竟然恍惚去了不知哪世哪劫的古代，也不知今夕是何夕？今秋，又是菊花盛开时，霜白晕染，一切心境如何回得去？

唯有石牌溪谷，当日那一把金盏菊，微涩清香袅绕至今。于楼台静坐，安然素淡，品菊花茶的布衣女子于时光的隧道回望，云雾袅绕的高山上，杂草灌木丛生，金盏菊不染尘埃暗香萦怀地绽放，贴在悬崖壁上，孤寂的巨石，横六七十米，高三十多米，厚度却只有四米的巨石石牌笺，如眼神深邃的男子，气宇轩昂于半山高崖孤自耸立，述说亘古的寂寞和千年惊心的神奇。

识秋，以素心

文/汪亚慧

　　花落谁言芳草疏，等闲秋色梧桐雨。转眼，秋临几许，而江南依旧绿意葱茏，似乎还沉睡在春的记忆里，忘了醒来。推开窗，入眼点缀的，还有剩许清新的香息围绕，只是不如烟花三月般的绚烂，倒有一丝静谧中，含着沉稳，小心翼翼绽放。还有那寄托归鸿的心声，疏离淡漠了几分。

　　秋，在诗人眼中，有一江春水的浪漫，也有落叶满地般的惆怅，一支素笔，在纸上，演绎人间烟火，悲欢离合，月圆月缺，总是荡气回肠诉说。用伊人在水一方描绘秋，恰如江南的温婉，若清风小镇里，那位倚窗的女子，一眸秋水，一抹身姿，欲诉而隐含的羞涩，所有的章节以朦胧装点，更添了诗人笔下无限的遐思……

　　一片叶子落下，漫天飞舞，秋意瞬间朦胧。蔓延了一春一夏的绿意花红，从张扬到素静，于沉稳中一点点褪掉五彩华丽的罗衣，直至安然谢幕，诠释了一整个生命的悲欢离合，最后落下句点。而天空下的日子，依旧有风有雨，有日落日出，彰显着光阴的无情，不会因万物转变而停留半步。

　　踏上秋的征程，人心，又何尝不是一次次经历岁月的打磨，心思渐渐，若落于幽径般的清宁；若风雨中浮浮沉沉的一叶小舟，磨砺后，择一隅，安然落居，山河般的稳中修静。

　　蒙蒙，我于秋的清宁中舒适地醒来，窗外，一夜的风，落叶虽些许如雨，恰闻到岁月丝丝洗礼后的味道，一缕缕，承载着季节删繁过的简约，以厚重之笔远近轻描，内敛却亲和委婉。一点相知，多少眷恋，在懂得之间，与秋齐眉而握，清澈明眸，明眸而入骨，直达心底安置。

秋，也有属于自己的花香，经历一场光阴的雕刻，所有美好惜金，那一脉馨香，隐隐淡然，一种欲诉而不言的低调，舒适，静态。恰如陶渊明笔下"采菊东篱下，悠然见南山。此中有真意，欲辨已忘言"的明了。

逢秋季，一程旧事，过往浮烟，伴随素色流年渐行渐远，回眸点滴，那风轻云淡后的天涯，缤纷何处？一份领悟，几丝浮雨，在萧瑟中提炼升华成长。心底的存盘，是一段过时的泡沫剧，而情节悲喜，回放，是搁浅后的一点点淡然。阳光，依旧朝南，明媚还剩几许，暖意，自给自盈，窗中岁月，便不再疏离与凉薄。

岁月，渐行渐远，一路的风景，流连也好，不舍也罢，一程山，一程水，都会画上一段的句点。而我们的句点中，凝望来时路，凝望回忆。倘若懂得慈悲为怀，不管时光如何丈量，心底，自然会珍藏一份美好。情意的悲欢，不言，不怨，只收藏一份懂得，是岁月回报给你的厚重沉稳，滋生一缕缕的感恩，丰富了诗意人间的繁华，沧桑别样的体会。

将秋意的一缕素然，安于掌心，平日里，用一笺一语，清浅中修饰风雨不定，而后搁浅放下，回赠给岁月，只管用坦然之心，看枝头苍翠，闻桂雨临窗，入眼的，都是秋赠予的丝丝静美。纵然人生薄如纸片，四季的画轴描摹后，也是精彩中定格下的一笔，渐渐于秋色中淡定。

喜欢对着光阴诉说悲喜，那些一字一句，都是步过一山一水，百转千回下，沉沉浮浮而得来。一直觉得，所有的遇见，都是宿命安排好了的，于是，这人生的风景，当轻轻路过，惊鸿一瞥间，谁惊艳了谁的时光？谁的眉宇宽阔，又定格了谁心底抹不掉的烙印？四季变迁总是无常，人的情感生活，也会在现实的理智下随之安顿好，悲喜全在心底，不言不语。

当品过了春，遇到了风，途经了夏，又经历了雨，最后于秋中领悟渐次厚重，人生的阅历渐渐多了，就会懂得，一颗虔诚之心是多么的重要。

剪一段过往，凝聚一脉心香，雕刻在水墨里，便成了荡气回肠的一个个缩影，浅唱低吟中，盈一怀诗意，落笔间，用生命的领悟，提炼精华，那么承载的一笔笔经年，便可于磨砺中，一次次净化开阔心境。

"知人者智，自知者明。"生活，大繁能简，大贵拥凡，大悟以钝，贫悦知足。人生各色，尺有所短，寸有所长，观其之闹，学以静思；学其之长，补己之短。三人行，必有我师，学其身正，观己以镜。心境，方可"欲穷千里目，更上一层楼"。

光阴走过，品尝着自己酿制的苦与甜，跌跌撞撞里，一个经历，痛而不言；一次领悟，笑而不语；只管让生命入到平凡中，给心容纳自然，空间便可呼吸。生活，捡拾品阅的，都是细微人生中的残缺之美。唯有品尝残缺的痛，快乐，才会一点一滴，体现在现实生活的小细节里，且行且珍惜着……

秋风催叶落，薄幕已更衣。一直亲临风雨，过往的一些沉重，被时光打磨平了，老在心底，成了饮到最后的一盏无味凉茶。不羁的性子，那孤傲，被岁月锤炼了一份沉稳和懂得，深藏于骨子里，静默于红尘，安守生命不变的底色。生命里的相遇，有些欢喜，弹指若烟；有些无缘，因不懂，也就走不进心里；那些聚散，牵牵念念的，却也温暖了一段似水年华。

一个人，懂得了呵护自己，生命走过的酸甜苦辣，都是一笔不可复制的历练财富。岁月，是一盏五味杂陈的茶，闻的是况味，品的是心境，拈花一笑时，所有光阴的恩赐，也会在心底渐渐明朗。

都说秋水无尘，行走于岁月的洪流里，要想不被浮华染指，需要一颗静谧之心，凝聚一双慧眼，面对某些物事，明而不解，知而不言，感知于心便可。生活，历练到最后，是感恩，是一缕淡淡的素心，呵护着内心一程程的风景，日子也就稳在心安里，调养身心，愉悦身心。一些风起、云涌，只管低眉浅笑，因为时光的格言，终将一点点见证风轻云淡。

人心，当以秋中沉淀浮躁。岁月，虽用种种的微苦，让你在饱尝风霜中感悟失去，却又不时地回赠新的绿意甘泉，又让你从中滋生无限感恩，用心解读，入世，随缘而喜。

"自古逢秋悲寂寥，我言秋日胜春朝"。若某一天，我终于可以老在光阴的杯盏里，那么请让我以青山秀水的委婉，不以物喜，不以己悲，只回报给岁月，一程烟火里的安暖。

一处清喜的水泽

文/明月如霜

闲暇的时光，放下一切尘念，背着简单的行囊我又开始了人生一次短暂的旅行，向快乐出发，畅游京娘湖。

京娘湖位于河北省武安市西北部，距邯郸约60千米。因宋太祖赵匡胤千里送京娘的故事发生在这一带，故得此名。京娘湖原称口上水库，建于1966年至1969年，最大水面2500亩，总蓄水量3208万立方米，海拔1088米。湖面呈倒"人"字形，水上游览区分东、西两条支流。东支为常社川的前段，西支为门道川的前段，各有3千米长。

这里层峦叠嶂、群峰竞秀、湖水荡漾、林木茂盛，加上古迹名胜与神话传说，形成了具有诗情画意的京娘湖旅游区。

到达景区后，第一站就是坐船游湖。坐在船上，船身激起的朵朵浪花化作凉爽的风迎面扑来，送走了旅途的疲劳。脚下碧水潺潺，两岸悬崖峭壁，崖上绿意葱茏，令人心旷神怡。

这里山清水秀，既有山之韵，又得水之灵，水面广阔，湖水清澈，众山环抱，远处山峦起伏，近处崖壁挺拔，千姿百态，是一处怡人的自然美景。

坐在船上，远远看见一座水上桥洞，无法在它身边久留，急忙用相机定格下了它永恒的美丽。不知道这座桥的名字，但它那叠在一起的样子，令我心生欢喜。

坐船游湖一周后，开始爬山。回眸身后弯弯曲曲的山路，那缥缈的思绪，让我想起了人生的路，我们人生的每一步，何尝不是在努力地向上攀爬！

登山途中遇到两处瀑布，水流湍急，朵朵浪花，如玉如珠。潺潺的溪水在岁月的河里兀自流淌，不问悲喜，无欲无求。在瀑布旁的石凳上小憩，清风拂面，水花轻扬，闭目养神，我醉在这怡人的景致里。

情诗廊附近有一只硕大的爱情锁，见证了爱情的真谛。廊内刻满了文人墨客歌咏爱情的笔墨。锁上写着世人对有情人的祝福。若相知，不相弃！

很喜欢红叶岭的石凳石几。暗想：若能在此和三两知己对坐，品茶、对弈、听松涛阵阵，看云卷云舒，如此人生，是何等的惬意！此时，虽是浅秋时节，依然满山葱郁。越过残夏的台阶，我仿佛看到漫山的红叶把山岭装饰得艳如香山。此时此刻，我只想低眉倾听一叶知秋的美丽！

下山途中遇见一架花藤。已是浅秋时节，花木开始凋零，花架虽没有盛夏时节的繁花似锦，但是依然芳香扑鼻。廊下经过，不必攀折花枝，依然会花香满衣。

云中寺，是景区的最高峰。大肚弥勒佛独坐院中，喜迎天下客。大殿内，香烟袅袅，殿外廊下游人匆匆。一口古老的钟，敲响着对亲人、朋友的声声祝福！

"五盘虽云险，山色佳有余。仰凌栈道细，俯映江木疏。地僻无网罟，水清反多鱼。好鸟不妄飞，野人半巢居。"水上栈道，下山的必经之路。脚下水流如碧，身边山峰林立。崖缝里伸出的枝枝绿茸，把栈道装饰得越发美丽。

京娘祠内供奉着京娘的神像，传唱着"赵太祖千里送京娘"的故事：民女赵京娘随父去北岳还乡愿，不料路遇响马，被扣押于赵匡胤叔父赵景清所在的道观。赵匡胤闲逛道观时听得声音，便救下了京娘。又怕她还会遭难，便护送她返家。

为了行路方便，二人结成兄妹。一路上京娘敬佩赵匡胤的仗义助人，对他表示了爱慕之情。赵却没有反应，坚守了兄妹之礼。返家之后，京娘之父欲将京娘许配给赵匡胤，赵匡胤不欲蒙上不义之名拒绝而去。在家人的冷言冷语下，京娘为表贞节自缢身亡。赵匡胤即位，得知此事后，甚是嗟叹，并专门为其进行了敕封立祠。可怜了京娘烈女子为爱以死表贞节！

舟行碧波上，人在画中游。行一段山路，与灵魂深处的另一个自己在山水间相遇。京娘湖——我生命里一处清喜的水泽，素心书上一卷纯净的光阴！

夏花，也怅然

文/秋日细雨

我是那么的喜欢花，无论是盆花或野花。

我知道夏季的花，比不得春天的妖艳，但我就是喜欢，而且，喜欢得不像样子。有时，我竟然会为一朵不知名的小野花，攀岩越壁，只为摄下它独特的姿态。明说，我是不喜欢春天的那些姹紫嫣红，就像不喜欢妖艳的女子，俗得要命，俗得刺眼。

也许，说出这话时，我是忌妒的心态，但是，不管忌妒也好，轻视也罢，反正我不喜欢那样的颜色，说白了，我就是喜欢清香，喜欢素雅，不喜欢妖艳。

春天太过浓艳，百花争艳，所以，我是不怎么喜欢春天。夏天，我也不怎么喜欢，四季里我就喜欢秋天，但我却喜欢夏天的花草。

其实，夏天我也不是完全排斥，夏天也有很多小欢喜。比如进门可以赤足，可以放肆地吃年少喜欢得要命的冰激凌，可以在盛夏的绿荫里，将心事分成几瓣，晾晒在清幽的枝头，悄悄将自己喜欢的，爱着的，装在心里。尤其最喜欢的，可以穿得很少，薄薄的衫衣，柔软地贴近肌肤。当然，棉质要舒适的那种，就像棉麻，软凉到，你简直忘记了这是炎热的夏季。就像爱情，那么柔软，软到无骨无心。

说到夏花，有很多数不完的品种，比如我记得的有百合花、荷花、凤仙花、紫薇、石榴花、玫瑰、茉莉花、喇叭花、栀子花……还有很多叫不上名字的花儿。当然，我最喜欢的是栀子花，这是其他花无可替代的，就像喜欢一个人，那种感情是不可随意更改的。

这个季节，在我所见到的花束中，只有紫薇的次数最多，因为喜欢早起爬上，只有一去到山上，整个绿油油的山林中，数它最出色的了，所以前几篇文章里我都写到紫薇。

水仙花也好看，虽然没有紫薇开得那样招摇，但它同样吸引我的视线，也许是喜欢栀子花的原因，凡是白色的花朵，我都喜欢。水仙花也美，像栀子花一样，美得不染尘埃，即便是尘土飞扬的夏季，它依旧像一个不食人间烟火的女子，清纯干净，寂然盛开，不惹凡尘。只是水花的花期太短，没几天时间，就默然凋谢了。就像人的感情，来的时候，自然地来，去的时候，自然也就去了，没有多少纠结，只要盛开过，哪怕只是短暂的几天，也可以独自寂静欢喜。

荷花，我见得不多，龙角山下的爱莲池很小的那种，也就盛开着那么几朵，很稀少，淡薄，颜色粉红的那种，不是很艳，但也倾心。雪小禅说，莲是俗物，有着过分的清高，出淤泥而不染，而我就偏偏喜欢俗的东西，也许自己骨子里也流着相同的血液，对于莲，就有一种特别的亲近。但是我不赞成她说白莲一脸的风尘相，在我心里，莲是高洁的，虽然是过分了一点，但那种寂然的美，是不可诋毁的。就像爱情，再怎么纯洁的爱，也有着不如意的小遗憾。

也许很多人会喜欢玫瑰，因为只要是玫瑰就会想到爱情，这种带着浪漫色彩的花朵是跟爱离不开的。但我对这种花却不怎么来劲，说不出为什么，也许是颜色太过浓艳，我的意识里，太过显眼了终归不是好事，尽管它是那么地接近爱情，我还是不能把它排在我喜欢的归类里。也许，是玫瑰花刺太多，怕靠得太近刺伤自己，流血到心痛。

蔷薇，是夏季里开得最早的，只要看见蔷薇花和栀子花开了，就知道夏季来了。蔷薇不像栀子花那样低眉，它的绽放绝对是强势，只要有它们的地方，那阵势就像乡下赶集的少妇，要有多惹心就有多惹心，要多风情就有多风情，仿佛，那个季节就是它们的天下，别的花儿就只能避得远远的。至于蔷薇，我说不上喜欢，但也不会讨厌，毕竟它们都努力绽放过。

夏天的花太多了，我知道我怎么写，都写不完。其实，每一种花都有它们的故事，每一朵花，就像一个女子，它们都希望在绽放的瞬间，即便是不能倾城，只要能倾心，就不悔在轮回的过程里是否完美。

想起光阴，总是这么让人惆怅。不经意里，这个夏又快过去了，我不是惆怅这个夏天，知道我是不怎么喜欢夏天的，我是惆怅这些时光走得太快了，真的太快了。

我想，我的前世也许就是一朵花，所以，今生这么爱它。

看吧！秋天又将来了，那些花儿啊，会在秋风里很快凋零，如同女子老了的容颜，那么惆心。

都说女子是花朵，每一朵花，无论是优雅的、素净的，再或是妖艳的、妩媚的，彼此都倾心地绽放过，想想这些，也释怀了。

惆怅吧！女子本就善感。

到底是花啊！该来的会来，该去的会去……

穿过一抹绿色，聆听六月心声

文/素心笺月

这是一个温情脉脉，清新淡雅的季节。有一抹绿色情怀，穿过心的门楣，在清风盈盈里诉说着一个古老而神秘的故事。我聚精会神，侧耳聆听，是岁月的沉淀，凝结成了故事的演绎。一场春风里的相见，一场夏雨里的相知，是上天赐予的礼物，翻开，便在这里。

六月，一幅彩绘的艺术画，任何的画笔，都无法描绘她的多姿多彩。而我，注定了是这个季节独自行走的孤独者，在入心的一抹绿色里，提笔，抒无限思绪，抛于云朵之上。看，天空湛蓝湛蓝，大地碧绿碧绿，这个季节，生命的延续，一丝温情，一场春梦，伴着窗外鸟儿的鸣叫，源远流长。

做一个独自行走的人，背上行囊，踏足于六月的绿色葱茏里。穿过大山深处的林荫小道，拾起一片早已干枯的树叶，清晰的纹路，枯黄的落叶，与此刻的勃勃生机大相径庭。摘一片绿色，藏于喜爱的书本里，等岁月风干了它的颜色，翻来，是流年的印记，在阳光明媚的六月里镌刻成最美的记忆。

踏着青石板路，登于高山之顶，看远处层层叠叠的群山，看一片绿色汪洋的森林。那是居高临下，俯瞰大地的雄壮之美。夏日里清凉的风，从耳边掠过，任它将长发肆意吹散，请原谅这刻，我的随心所欲。人生，难得无忧无虑，全身心地投入大自然，扮演着大自然里的精灵，轻盈、欢快。

登于高山之上，呐喊，成了释放压力唯一的选择。那么，深深呼口气，对着空旷无垠的旷野，歇斯底里地呐喊。开怀，无法言说的痛快，我爱这样的释放，更喜欢这种安然舒适。

喜欢这个六月，没有大惊大喜，平淡的优点乏味，但她却从来不让我失望。早晨，睁开眼便看到窗外的阳光，灿烂明媚，此时，心情也大好。打开窗户，听鸟儿在枝头清脆地鸣叫，我知道，美好的一天，要在这样环境里度过，即使有不愉快，也会随着灿烂明媚的阳光消散。喜欢在清晨听歌，打开音乐，优美的旋律飘于房子各个角落，一边洗漱，一边静静地享受半个小时的安逸与优雅。

然岁月，是本永远翻不完的书。独坐时光一隅，手捧着这本名叫岁月的书，在故事的温情里湿润流年。眼角，是季节打湿的多情，看春的姹紫嫣红，看夏的林花谢春红，循环往复，经久不变，如此的演绎，如此的执着。我想把一树花开的暖，融入秋的萧瑟凄凉，不忍直视悲伤的故事，在街角独自彷徨。

夏日里清凉的风，入眼，入肤，入心，吹乱鬓角的发，希望一个人走来，将它轻轻梳起。无以言表的心绪，在暮鼓晨钟里，被我深深地书于一笺雪白的素纸上。白色的纸张，在眼眸里悠然，黑色的方块字，是爱的言表，一词一句，拼凑出前尘往事，素净淡雅。

还是幸福的，悲伤快乐，用一纸笔，一张纸，婉约柔美地一泻而出。不用多的字，多的词，情就在那里，读来舒心，幸福，便好！这便是六月！

一抹绿色入了眼，入了心，入了爱的心窝，爱着她，像是爱着自己的爱人。一份缠绵浪漫的故事，在六月里上演，一份情愫，在六月里悄然升起。这个季节，适合恋爱，牵着爱人的手，十指相扣，踏遍青山绿水，一起倾听风的诉说，雨的心声。

六月的夜色，从来都不孤寂。公园马路上到处都是散步的人，忙完了一天的工作，晚饭后，在夜色里放慢脚步，悠闲地享受不急不慢的步调。然而，六月也是调皮的，还是晴朗的天，一转眼就已是乌云密布，来不及躲闪，豆大的雨点便打散了路上的行人。那些行色匆匆的脚步，再一次出现，一份舒适惬意，被她捣乱。

窗外有汽车鸣笛的声音，有点嘈杂，有点不安。眼眸里的那抹绿，也从翠绿变到青绿，到墨绿，最后直到一片漆黑。月华初上，夜色朦胧，如水的月色透过玻璃洒落到写字桌上，此刻我还没有开灯，习惯了在黑暗里提笔，那样，思绪才会更加清晰。眼前熟悉的景色已变得模糊不清，而思绪，却清晰得可以看清纹路。

在这一抹绿色里，我愿是一棵树，有自己的根，站上千万年，任风吹雨打，最后沧桑成岁月的风尘。六月，很吵，鸟儿在鸣叫，狗儿在互吠，汽车在鸣笛。六月，很静，静得可以听到呼吸的声音；静得可以听清每滴雨滴落的声音；静得可以听清每个人的内心的声音。

在六月这抹绿色里穿行，一季葱茏蓊郁的绿荫在眼底弥散而开，我是一个孤独的行走者，走过的每个角落，我都有听到六月的声音。你听……

忆旧游

文/秦淮桑

【一】

2006年去广西，那时还有卧铺，可以舒舒服服躺着，闭上眼睛，臆想天黑。偶有人絮絮地说话，声音轻极又轻，似带着迷蒙的睡意。

听歌，任贤齐的《老地方》，轻缓的旋律，听着听着，倦意迷上眼睫，快要睡着了。

也不知车开了多久，醒来的时候，车窗外掠过一片茫茫无际的海，问了人，说是到北海了，睁大眼睛看着一车窗一车窗的海水汹涌而来，又迅速消退，竟想听听潮声，让海风吹散旅途的疲惫。

明知是不能的，有些怅怅然，又躺下，想起小时，一位漂亮的女老师教给我们的歌，"海风吹，海浪涌，随我漂流四方……"那时，她唱得动情，我们学得认真，然，游子对故乡的牵念与孤独的漂泊之感我们是不懂的，毕竟，故乡，在睁眼可见触手可及的地方，不曾离开，也就无所谓记挂。

【二】

天色暗下来的时候，有大片大片的莲荷映入眼眸，"接天莲叶无穷碧"，粉白嫣红掩映其中，如娇羞的新嫁娘，扯了绿罗裙半掩着脸，不禁让人想起李清照笔下那个"和羞走，倚门回首，却把青梅嗅"的女子，花娇人媚，一样嗔痴，两样风情，便恰是这份淳朴可爱，逗人流连。

我也多想和衣卧倒在莲池边，听水蚓拖声，也听水漾清涟；看露宿荷衣，也看云醉波心。心境宁和地等待夜色降临，黑暗犹如丝绒将我全身包裹，骤降的星光是嵌在黑丝绒上面的水钻，闪呀闪的，俏皮得很。

我只安静地守着一池莲梦，守住每一个美好的瞬间，没有心事，亦没有妄念，静看一朵幽寂的时间在身旁缓缓打开，离我最近的那朵莲含苞待放。

"一片秋云一点霞，十分荷叶五分花。湖边不用关门睡，夜夜凉风香满家。"不知是谁的诗，爱极，想着，荷香沾满衣，便有幽幽荷韵轻上心头，盛开一片清和婉约的美丽。

【三】

壮族民居，木质结构，多为三层，底层养牲畜，中间住人，顶层放粮食，各得其所。木阁楼，沉静地矗立在那个闭塞的乡镇，几十年了，走近它，犹如走近一本厚重的史册，线装，繁体，古老而陈旧，翻开，有温雅与古朴的气息扑面而来。

条石阶梯被过往岁月打磨得光滑不已，人踩上去，仿佛溯游回记忆里的小河，小伙伴们捉鱼戏水，流水潺湲，赤足踩在鹅卵石上，冰凉而光滑，冷不丁要滑一跤，惹一阵哄笑。纯真的笑声，隔了水的空灵，听来格外欢畅。

我坐在高高的石阶上，回看从前，充满了不合时宜的感伤。用简单的几句壮语与人交流，多半的时候是沉默，或听着小虎队的歌，跟着轻轻哼唱。

"海风在我耳边倾诉着老船长的梦想，白云越过那山岗，努力在寻找它的家，小雨吵醒梦中的睡荷，张开微笑的脸庞，我把青春作个风筝往天上爬，贝壳爬上沙滩看一看世界有多么大，毛毛虫期待着明天有一双美丽的翅膀……"

毛毛虫,最终真的会破茧成蝶吗?我手托着腮,呆呆地想。

【四】

屋后的坡上种着竹。满目青葱,凉润宜人。

竹,在乡下人家,是经济价值与审美价值并存的。竹枝与叶可当柴烧,竹笋做菜,竹竿破开,可以架篱笆,种豆种瓜;织席子,清凉宜人;编箩筐,盛装谷物。

风来,满山坡竹叶簌簌,舞态婆娑。我坐在木头墩子上,看一本文思简朴的书,偶尔,仰头看流云来去,它们的仪态闲而又闲。有风拂过脸庞,手掌上躺着一枚轻而薄的竹叶,举起来,对着炊烟袅袅的竹林外人家,吹落。

我喜欢一个人穿行在阳光碎落的竹林里,尽管,不曾逢着浣衣归来的女子,也不曾逢着采莲路过的姑娘,不打紧的,竹风幽淡,"雨洗娟娟净,风吹细细香",一样清雅赏心。

一日,在枯落了枝叶的小径上捡到一只蜗牛,带回去,养在八宝粥的空瓶子里,弄些菜叶于它加餐,小小蜗牛,躲进精致的屋子,怕羞一样不肯再出来,或许,它是想念那片竹林了?像漂流在外的旅人,想念它的家。

【五】

山雨欲来的时候,我在郊野,听着沙啦啦的风声雨声从一个山头飘过另一个山头,像是被人赶着一样,一刻也不肯停,马不停蹄地,倏然就到了眼前。

白雨潇潇,明知是跑不过了,索性由它去,依旧不紧不慢地走着,在人家的田里撷了两片肥硕的香芋叶子，顶在头上，任凭雨水斜飞如秀娘手中起落的针线，在我眼前，织一个鲜嫩的夏天。

山宜青，水宜秀，石宜奇，竹宜瘦，菜宜鲜，瓜宜脆，茄宜紫，椒宜红。牵牛花攀上竹篱笆，大白鹅晃上岸来，老黄牛在田边吃草，农人顶着草帽把黄豆种进地里。这图景，多鲜活呀，明艳艳的，惹人的眼。

少年不识愁滋味，即便全身被雨水淋透又如何？依然是满心欢喜呀，田埂上，摘几朵淡雅的野菊，河岸边，采两枝蕴秀的紫薇，带回去插瓶……

倾听岁月的感动

文/花谢无语

夜色里醒来，迎着最早的黎明，踏着岁月如歌的行板，做一个飞翔的梦。不寂寞，因为有野花做伴，有清韵随行，有风信子指路，行囊中还装满了切切的叮咛。归来，若你还在，请为我温一盏茶香，我会从远方为你带来潮湿的海风，以及紫贝壳的初情。

沿着，一条野花飘香的小路去至山里，看山峦入云，听水流入心，触目四野，那一草一木都恍若是仙风道骨的空旷，仿佛尘世里的喧哗都从此老去，心，穿行其间，是无比寂静的。此一程，与山风无约，与流水无凭，但我深知，总有一念是因果的宿命，让我不辞遥远地与之邂逅，就如那只为我引路的蝴蝶，可以时刻聆听到我深切的呼吸，那不是浮华与漂泊的碰撞，那是来自内心最真挚的感动。生于世，安于斯，我们无须轻叹光阴走得太快，唯一可遵循的就是在大千景致里不忽略，不省略，不愠不火，万念万虑都以微笑着行事，若岁月懂得，那就是一种无言的眷顾。

绕过一截青石板的小径，依稀，可以听见水声，于是顺着声音寻去，眸间顿时绽放出喜悦，原来，我正在与一条野河相逢。看碧绿的水面泛着淡青色的葱茏，有成群的鱼儿结伴欢歌，间或，还会有蜻蜓戏水，来往穿梭于岁月幽深的梦境。一切，正如红尘转角，我用一泓清澈的柔美邂逅一缕薄风，风又用一季翩然的多情将我紧紧地抱拥。世间的缘分不过是如此，不需要撼天动地的相赠，也不要八千里云雨的簇拥，你在我眼里，我在你心里，而指间的红尘，就是一方宁静的水色，只愿与你，隔着光阴的长卷落落听风。

我说，从没有丈量过一段路遥不遥远，我只是依着心念而来，来寻一山的青，一水的秀，一生的风月冷暖，或许，就只是这一眼的尘缘。佛说，有些人，有些事，得到了，得不到，都是岁月慈悲的念，无须感叹，无须怨，心若静了，则满世界的嘈杂都可以看作是生命盛大的喜欢。

当怀揣着一帧心事，独自穿过岁月的山峦，那黛青色烟雨中的驿站，婉若是旅途中最美的念，只待流韵转过，悉数将野花野草的清香送至唇边。隔着红尘，谁把江南的风邀进小小的团扇？谁又把昨夜的幽梦放在柴扉之外一一铺展，岁月，从来不会为我们记录下一个永恒的诺言，一幅画来不及收笔，却原来，那尘世里的浮华三千早已在身后渐行渐远。陪伴，向来情深，离别，皆因缘浅，一程风月之后，当我不得不对着你万般无奈地做别，我仿佛又听见随风而至的耳语，你说你一直会等我，我也以微笑回应你，某年某日，我自会如约前来，云水渡，唯有你，知我的悲欢。

小峪河的水依旧缓缓地流着，绕过峰峰脉脉，沟沟汊汉，经年累月，谁都不曾刻意地去探寻那个源头，只知道，从远古至今，它如一位慈善的智者，始终用一泊如镜的深邃供养着心的旷远，成就了岁月广漠的温和，这种延续不会停止，直到生生不息。正如一段行走中的红尘，每一个弯折处都会有波澜起伏的瞬间，纵使一支拙笔，拼力地将三千风月写尽，也终是无法抵御尘世的变迁，唯有安心做浮华俗世中的一粒微尘，待流光转暖，我心，安能娴静如斯，如此，尚好。

岩头的迎客松，不知道已然站立了多少个朝夕。古往今来，有多少文人墨者在你的脚下穿梭而过，又有多少男男女女演绎着悲欢离合。然而你的目光，从来都只是仰望着天空的高远辽阔，哪怕你因此而被世人遗忘，风风雨雨的侵蚀，也并没有摧折你健硕的身躯，反而更加丰润了你苍劲的美丽，英纳湖，无时无刻不在聆听你深藏的心事，也会读懂你途经岁月寂寞的暗语。当时光，从眼前走过，不管是俗世的烟火，或者是远古的传说，定然，都会将所有的细节在生命里一一镌刻，心若懂了，情绪便温和了许多，一种生长，亦会是简单而快乐。

九叠飞瀑，顾名思义是形容一场声势之浩大，只等着雨水的囤积，再加上英纳湖的帮扶，形成一股强大的水流由山峰的横断处滚滚而来。那种冲天的气势被扬起又倾泻直落，奔腾，咆哮，冲刷着河道，拍击着浅滩，汹涌着一路向前。就好比是一个人处世的态度，面对烦嚣中的浮华，不卑不亢，用临江读雪的风骨去演绎万马奔涌的豪迈，我为你而来，你因我而歌，此时，心中有苍穹，眼里无繁复，在岁月的长河里浑然忘我。

喜欢乘船远渡，一人一桨，从湖水的波心里摇出，摇落万般孤寂，摇出满湖山色正浓。这一程，你无须担心会寂寞，也无须害怕风浪起伏太大会迷失进暗河。因为，总有清风在侧，在湖面泛起微波，仰头，看山峦层层叠嶂竞相退后，俯身，你便可以听到水草间鱼儿的窃窃私语，所有思绪都在这一山一水间愈发清秀起来，这就是英纳湖的温和。如久别不遇的两个人，每每想念，却并不袒露喜欢，也只是用平淡的心情隔着时光饮茶，然内心总会明了，如此的陪伴才最是妥帖而安暖。

多美的旅行，总要有一个结束，归来之时，天边的暮色已然渐浓。于是，心，在白天与黑夜的交汇时停止追逐，一如疲倦的鸟儿，满载着山光水色，清风流韵，只对着温暖的方向，对着深深想念的人，唯愿，所有的渴望都可以伴着清风而还，依着暮落而栖。

图书在版编目（CIP）数据

纵使人生荒凉，也要内心繁华 / 侠客等著 . —北京：
中国华侨出版社，2015.11（2021.4重印）

ISBN 978-7-5113-5802-8

Ⅰ.①纵… Ⅱ.①侠… Ⅲ.①散文集–中国–当代
Ⅳ.① I267

中国版本图书馆 CIP 数据核字（2015）第 286587 号

纵使人生荒凉，也要内心繁华

著　　者 / 侠客等

责任编辑 / 文　蕾

责任校对 / 孙　丽

经　　销 / 新华书店

开　　本 / 787毫米×1092毫米　1/16　印张/19　字数/262千字

印　　刷 / 三河市嵩川印刷有限公司

版　　次 / 2016年5月第1版　2021年4月第2次印刷

书　　号 / ISBN 978-7-5113-5802-8

定　　价 / 49.80 元

中国华侨出版社　北京市朝阳区静安里 26 号通成达大厦 3 层　邮编：100028

法律顾问：陈鹰律师事务所

编辑部：（010）64443056　　64443979

发行部：（010）64443051　　传真：（010）64439708

网址：www.oveaschin.com

E-mail：oveaschin@sina.com